En el tormento de la noche

En el tormento de la noche

Por

Iván Moncada

Dicen que el hombre nunca llegará a ser feliz, pero sólo lo dicen aquellos que no han conocido el verdadero amor.
Yo, por suerte, te conocí a ti.

Prólogo

Hoy en día, la cantidad de información que recibe el ser humano es tan ingente que las cosas más simples y, en muchos casos, antiguas, pasan desapercibidas para todos nosotros. Desde el comienzo de la humanidad el conocimiento y el progreso han sido tachados por la religión como un atentado contra las sagradas escrituras y la palabra de Dios, pero el paso del tiempo, a pesar de todas las objeciones que encontramos en nuestro lento caminar como especie, nos muestra quiénes somos y hacia dónde dirigirnos. Quizás tan sólo sea cuestión de esperar, a pesar de que nuestra vida sea únicamente un minúsculo grano de arena en el gigantesco reloj del universo. Aunque, un día, probablemente, seamos nosotros quienes dejemos pistas a otros sobre su existencia.

He escrito esta novela de ficción mencionando nombres de personas que forman, o han formado, parte de nuestra historia. Por supuesto, desde el máximo respeto hacia todas ellas. Otras, sin embargo, son meramente producto de mi imaginación. Cualquier coincidencia con la realidad es pura casualidad.

1

El alma apesadumbrada de un hombre misericordioso le obliga a doblar las rodillas hasta postrarse sobre el reclinatorio para pedir perdón. Perdón por no poder representar un papel que antes vivía con fervor y devoción, un papel que no concebía como tal, sino como la culminación de una vida al servicio de una creencia, de una fe, de un todo.

La noche era más oscura que nunca, la conciencia la sentía más turbia de lo que era capaz de imaginar, y en el corazón sentía la presión de millones de almas pidiendo por la llama de una simple vela con la que alumbrar sus vidas. Sólo hacía un día desde que se reunió con aquel hombre. Sólo un día desde que su fe fue cuestionada, y su mente y su razón agrandaron la duda hasta convertirla en dinamita sobre los pilares de su vida, y en la de millones de personas. Mañana será anunciado, pero por el momento, la noche le cobija mientras que, arrodillado, acaricia el dorado anillo con la imagen del pescador.

Iván Moncada

*   *   *

Al día siguiente, la pesadumbre de millones de almas, unidas al unísono bajo el dolor de un sentimiento de vacío, estremeció los cielos. La cadena se había roto, y no por los eslabones del gobierno que llevaban la palabra, sino por los de la fe de aquellos que la escuchaban. Durante todo el día el cielo se fue ennegreciendo y, al caer la tarde, miles de rayos comenzaron a descender hasta el suelo como devastadoras grietas luminiscentes intentando partir en mil pedazos el firmamento a su paso. El primero cayó sobre la cúpula más alta del mundo, la casa en donde la cadena se creía más fuerte.

"Porque como el relámpago que sale del oriente y se muestra hasta el occidente, así será también la venida del Hijo del hombre." – Mateo 24:27

"Y entonces se mostrará la señal del Hijo del hombre en el cielo; y entonces lamentarán todas las tribus de la tierra, y verán al Hijo del hombre que vendrá sobre las nubes del cielo, con grande poder y gloria." – Mateo 24:30

Iván Moncada

2

Veintiuno de octubre de 1975.

Teresa, una joven de casi treinta años, ingresaba en la maternidad del hospital de la Paz, en Madrid. Había estado con fuertes contracciones desde hacía más de media hora pero, desde que llamó a su marido al trabajo, que estaba haciendo turno de noche, y hasta que él logró llegar, éstas habían empeorado y Teresa pensaba que el niño nacería en casa. Gracias a Dios, y a la respiración que durante semanas había estado practicando, Teresa consiguió relajarse lo suficiente como para retrasar ligeramente la frecuencia de las contracciones hasta la llegada de José, su marido, logrando así llegar justo a tiempo al hospital.

Tan solo diez minutos más tarde, Teresa daba a luz a un precioso niño de tres kilos doscientos gramos. Tanto Teresa como José, eran personas muy religiosas, y en agradecimiento a

13

Dios, por evitar que el bebé naciese en el camino hacia el hospital, decidieron llamarle Viator, patrón del día del nacimiento del fruto de su amor.

Aunque el recién nacido estaba perfectamente, y les dijeron que esa misma noche podrían irse a casa con él, el pediatra fue a la habitación en la que estaba la feliz familia para darles la mala noticia de que hoy no podría ser, ya que habían detectado una ligera anomalía de bilirrubina en el niño, y debería quedarse para subsanarlo antes de que se convirtiera en un problema más serio. Aquel pequeño inconveniente no mermó la alegría de los recién estrenados padres, pero al decirle el médico a Teresa que lo mejor sería que se fuese a casa para descansar, pues ella estaba en perfecto estado y el niño estaría toda la noche en la incubadora, su felicidad sufrió un bajón. Teresa se apenó enormemente al oírlo, y preguntó al médico si, al menos, podría quedarse en la habitación para estar lo más cerca posible de su hijo, a lo que éste le respondió que sí, aunque objetando que estaban faltos de camas, ya que esa noche habían venido muchas parturientas, y algunas de ellas, con tremendas cesáreas, tendrían que esperar en camillas por los pasillos. Por unos segundos, Teresa miró a José y se agarraron las manos. Como buenos cristianos, estando ella y su hijo bien, y sabiendo además que había mujeres necesitadas a las que podían ayudar, decidieron que irían a casa a dormir y volverían a primera hora de la mañana. El médico sonrió y les dio las gracias, y a pesar de que no estaba permitido entrar en la sala de incubadoras a partir de ciertas horas, el pediatra le dijo a Teresa que lo acompañase para así poder llevar ella misma a su hijo hasta allí.

Después de haber llevado a Viator a la incubadora, y de haberle susurrado al oído —*Enseguida vuelvo mi vida* —, Teresa y su marido abandonaron el hospital para dirigirse a casa.

La tremendamente dichosa pareja vivía a las afueras de Madrid, en Leganés, en un modesto piso de planta baja a no demasiada distancia en coche desde el hospital, pero con su destartalado Seat 850 de tercera mano, el trayecto parecía el doble. Eran casi las cinco de la mañana cuando se montaron en el coche, hacía mucho frío y había comenzado a llover profusamente. José cogió la M-30 para luego desviarse por General Ricardos y atravesar Carabanchel, pero la casualidad, y un inoportuno conductor borracho, segaron sus vidas antes de que llegasen a su destino chocando fatalmente contra ellos.

Iván Moncada

3

Treinta y ocho años después. Septiembre de 2012.

Apenas un par de compañeros habían llegado antes que Mario a la comisaría. A través de las acristaladas ventanas, cuya suciedad era vagamente disimulada por las laminadas cortinas venecianas, se apreciaba cómo la noche comenzaba a desvanecerse tornando el cielo azul marino. Lo que los enamorados sentían al ver el amanecer junto a sus amados, era justo lo contrario a lo que Mario sentía, pues para él, simplemente significaba otra noche más sin haber dormido en casa. Mario era inspector de la Policía Nacional en la zona centro de Madrid, y un gran profesional según su comisario y compañeros. Constantemente trasnochaba o empalmaba un par de días consecutivos siguiendo las pistas y las corazonadas que lo ayudaban a solucionar los casos. Y hoy, no era una excepción. Sus visitas a comisaría eran raras y escasas, ya que solamente acudía para acceder a los archivos de la policía desde el ordenador de su casi vacío escritorio, o para que le asignasen un nuevo caso.

La mayoría de los crímenes que Mario investigaba eran asesinatos, e irregularmente, desapariciones fuera de lo normal, que solían acabar de la misma manera que los anteriores. El caso en el que había estado trabajando durante tres largos meses había terminado en una vía muerta, por lo que, tras informar al comisario, éste aconsejó archivarlo temporalmente y asignarle uno nuevo, motivo por el que Mario estaba en comisaría.

Sobre su mesa, una carpeta amarilla perfectamente centrada guardaba sus próximas noches en vela. Se la había dejado su jefe, del que apenas recordaba cuándo fue la última vez que lo vio cara a cara. Separó la silla de la mesa, y se sentó. Al abrir el dosier lo primero que vio fue un post-it.

"Éste para ti son casi vacaciones. Tómatelo con calma y descansa un poco"

Mario lo despegó y comenzó a leer. Después de llevar su vista por el informe del atestado y del forense, vio las fotografías del cadáver. Le habían destrozado el cráneo a golpes. — ¿Un psiquiatra asesinado?, no llevará más de dos o tres días — pensó Mario mientras apoyaba los codos sobre la mesa y frotaba su cara con las manos. Estaba cansado y necesitaba una ducha, así que cogió la carpeta y abandonó la comisaría para ir unas horas a su casa antes de comenzar de nuevo.

4

Horas más tarde, exaltado y con cierta ansiedad como de costumbre, Mario se despertó de su quebrado descanso. Eran las tres de la tarde, por lo que todavía podía aprovechar el día e ir a la consulta del psiquiatra para interrogar a la secretaria y al socio del muerto, sacando así las primeras conclusiones. Mario rondaba los nuevos veinte y estaba en muy buena forma física, pero el insomnio crónico que sufría lo mantenía a veces en estado zombi. Después de ducharse, se encaró frente al espejo del baño para afeitarse un poco, ya que a pesar de quedarle poco pelo y llevarlo muy corto, el de la barba ya casi lo superaba. Unos jeans, una camiseta corta y unas deportivas completaban su atuendo. Después, levantándose un poco la camiseta por detrás, escondió su pipa, cogió las llaves de casa y del coche, y salió de su piso.

Treinta minutos más tarde llegó al gabinete psiquiátrico donde tuvo lugar el homicidio. Subió las escaleras hasta la tercera planta y llamó al timbre. Los tacones de la secretaria dela-

Iván Moncada

taban su falta de costumbre en las alturas mientras se acercaba a abrir la puerta, posando primero suavemente la puntera y, de seguido, el tacón con fuerza. —Bingo— Se dijo a sí mismo cuando vio a una joven chica rubia abrir.

—Buenas tardes, soy el inspector Parra, les habrán avisado de que vendría, ¿verdad?

—Ah, sí, sí, pase inspector—respondió la chica.

—Ahora mismo el doctor no está con ningún paciente, le informaré de su llegada.

—¡No! Por favor, preferiría hacerle unas preguntas en privado antes de verlo —le dijo Mario, aprovechando que no había nadie en la recepción.

—Sí, por supuesto —Se dirigió la atractiva mujer al inspector, visiblemente nerviosa, mientras tomaba asiento tras su mostrador.

Mario se quedó mirando fijamente a la chica mientras sacaba una pequeña Moleskine del bolsillo trasero de sus vaqueros con un doble propósito; el primero, infundir respeto y ver cual nerviosa estaba, intentando percibir si quizás tenía algo que ocultar; y el segundo, para deleitarse durante más tiempo con su belleza. Intensos ojos castaños, deseables y carnosos labios rosados, una cara perfectamente iluminada por su suave y pálida tez y rizos teñidos de rubio en un recogido, dejando escapar algunos de ellos sobre los laterales de su cara otorgándole un extra de sensualidad.

—Bien, comencemos. ¿Cuál es su nombre? —le preguntó a la vez que escribía en la libreta.

—Sonia —respondió, a la vez que vio al inspector desviar sus ojos hacia ella, indicándole que prosiguiese —, Sonia Montero Mijas.

—¿Estaba usted aquí en el momento del homicidio?

—Sí —dijo en voz baja, ligeramente cohibida, mientras que frotaba y entrelazaba los dedos de sus manos con cierto nerviosismo.

—¿Justo aquí?, ¿en este mismo sitio?

—No, no, ahora que lo recuerdo, no estaba aquí. Estaba en el despacho del doctor Hernández —dijo llevando su mirada por un segundo hacia un lado.

—¿Cuánto tiempo lleva trabajando aquí?

—Casi cinco meses. Me contrató el doctor Hernández.

—¿El doctor Hernández?, ¿es el socio del difunto doctor Cayetano?, ¿verdad?

—Sí —respondió Sonia, asintiendo con la cabeza y con los ojos súbitamente enrojecidos y llorosos.

El inspector tenía más preguntas, pero la chica rompió a llorar, por lo que decidió pasar a interrogar al doctor y dejar que se tranquilizase. Para Mario estaba claro, Sonia y el doctor tenían algo más que una relación profesional.

Con el nudillo del dedo índice de su mano diestra, Mario llamó a la puerta del doctor con dos fuertes toques. Inmediatamente después, abrió la puerta.

Tras una mesa de despacho había un hombre cincuentón, con pelo y barba canosos, que parecía estar escribiendo, y Mario le dijo —Buenas tardes doctor Hernández. Soy el inspector Parra, de homicidios.

21

—Ah, sí, por favor pase, pase y siéntese —dijo el doctor levantándose de su sillón para ir hasta la puerta y estrechar su mano.

El inspector dio la mano al doctor y aceptó el ofrecimiento de éste para tomar asiento. Tras hacerlo, y mientras el doctor se sentaba nuevamente en su confortable sillón ergonómico, Mario echó un vistazo al despacho. Muebles clásicos de madera color caoba, una estantería que ocupaba toda una pared y que estaba tan repleta de libros que no había ni un solo hueco libre, un diván desde el que se podía ver un verde y frondoso parque que había justo enfrente a través de la ventana, la mesa con la silla en la que él se había sentado y el sofá sobre el que descansaba el doctor.

—¿En qué puedo ayudarlo, inspector?

—Como inspector al cargo de la investigación del homicidio del señor Cayetano, quisiera hacerle unas preguntas, a pesar de que mis compañeros le hayan formulado ya algunas de ellas el día de autos.

—Sí, cómo no. Cualquier cosa que pueda hacer para que arresten a ese asesino demente es poco —se ofrecía el doctor mientras se reclinaba sobre el respaldo de su sillón adoptando una posición más cómoda aún.

Mario había leído en el informe en el que el doctor Hernández identificaba al asesino como uno de sus pacientes, a pesar de no haberle visto cometiendo el crimen directamente.

—¿Por qué dice demente?

—Porque está claro que el asesino es uno de nuestros pacientes. En concreto es de mi colega y amigo, y tiene graves problemas mentales —decía levantando ligeramente la voz por un instante —. Bueno, era mi colega y amigo —terminaba calmado y con voz sosegada afligido por la pena.

—¿Me podría repetir a mí el nombre y apellidos del paciente que cree que cometió el homicidio? Porque no le vio cometer el crimen, ¿cierto?

—No, como les dije a los agentes que vinieron ese día, no le vi hacerlo. Pero justo cuando yo salía de mi despacho, debido a que oí un fuerte golpe en el suelo y quise saber que había pasado, vi como él salía por la puerta de entrada del gabinete, a la vez que se giraba y me miraba antes de cerrarla.

—¿El nombre?

—Se llama Salvador, Salvador Adaín Estrella.

—¿Supongo que tendrán ficha o expediente de ese paciente?, ¿podría echar un vistazo?

—Legalmente, y sin romper el juramento hipocrático, no podría. Aunque, por supuesto, le dejaré verlos. Cayetano está muerto y era paciente suyo. Y como le mencioné antes, estoy seguro de que fue él. Sígame.

Los dos se dirigieron al despacho contiguo, guiados por el doctor. Antes de entrar, el psiquiatra cerró los ojos y suspiró profundamente en un acto teatral que Mario reconocía perfectamente.

—Lo siento, esto me apena enormemente, era un gran amigo y compañero. —decía.

Una vez dentro, el doctor abrió una cajonera de la que colgaban cientos de carpetas llenas de papeles. Sacó una de ellas, y se la dio a Mario.

23

—Ésta es.

Mario la cogió, la abrió echando un vistazo rápido, y le preguntó —¿Hay alguna cosa más sobre este paciente?

—Oh, sí, por supuesto —dijo mientras, ahora, se dirigía al mueble inferior de una estantería similar a la que el doctor tenía en su despacho —, aquí están todas las cintas en las que se graban las sesiones de los pacientes de los que creemos que es conveniente tener constancia para un posterior estudio — prosiguió a la vez que sacaba una bolsa llena de cintas y se la entregaba —, aunque aquí sólo tenemos datos de los últimos cinco años, cuando Cayetano y yo establecimos el gabinete. Anteriormente, cada uno trabajaba en diferentes instituciones.

—¿Qué problema tiene este paciente?

—"Delirium in Somnia" —dijo el doctor pronunciando el nombre técnico —, delirios en sueños, ese es el problema del sujeto al que el doctor Cayetano llevaba tratando desde que tenía cinco años.

—¿Cuántos años tiene ahora? —preguntó Mario.

—Treinta y ocho, el próximo mes de octubre — respondió con rapidez y exactitud —, yo también le conozco bien, o eso creía.

—¿Usted también lo trató?

—No, nunca. Solamente permitía tener sesiones con Cayetano. Según me contó, le costó mucho abrirse desde el principio, cuando comenzó a tratarle en el orfanato. Pero algunas de sus sesiones las estudiábamos Cayetano y yo, en conjunto, para aportar diferentes puntos de vista.

Iván Moncada

Normalmente a Mario le gustaba quedarse un rato en la escena del crimen divagando sobre lo ocurrido, pero el despacho estaba impoluto, a excepción claro, de la mancha de sangre sobre la alfombra en la que el doctor Cayetano había caído muerto, así que no había mucho que ver allí, por lo que decidió que revisaría más tranquilamente en su casa toda la documentación que el doctor le había dado sobre el presunto asesino, o casi seguro, asesino.

Iván Moncada

5

Al rato de salir del gabinete, y como un gato a la espera de la oscuridad para salir a cazar, Mario se despejaba completamente recibiendo el ocaso. De camino a casa desde del gabinete psiquiátrico se paró para tomar un café en el bar que había a dos calles de su piso, y al que acudía asiduamente. El café no era el culpable de su desequilibrio biológico, sino un trastorno que ni los médicos, ni las pastillas, habían logrado solucionar. Rara vez sus livianos sueños se extendían más de dos o tres horas seguidas. De hecho, no recordaba cuándo fue la última vez que durmió a pierna suelta.

Sentándose en el sofá del salón, se descalzó con la única ayuda de sus pies. Después, encendió la televisión para tener algo de ruido de fondo, y comenzó a leer los expedientes del doctor Cayetano, los cuales estaban datados, el más antiguo, en agosto de 2007.

Paciente: *Salvador Adaín Estrella*	
Fecha: *16 agosto 2007*	**Facultativo:** *Dr. Cayetano*
Patología: *Delirium in Somnia*	

El paciente llega a consulta mostrando los mismos síntomas de inestabilidad emocional, timidez, y paranoia de costumbre. Comenzamos la sesión con la descripción de su último sueño. Fácilmente he logrado que comience a hablar sin necesidad de hipnotismo o técnicas de apaciguamiento alguno, lo que indica que éste es un sueño/pesadilla liviano.

El sujeto comienza la descripción de lo que ha visto en el sueño. Es recurrente, recordando semejanzas en sueños anteriores. Describe el lugar como árido, seco, y en el que hace mucho calor. Está solo, no hay nadie a su alrededor. El sujeto cierra los ojos y parece sumergirse en el recuerdo que tiene de él. Gesticulando con la cara, muestra las sensaciones que describe. Sed, soledad, agotamiento por andar sobre la abrasadora arena.

Después de media hora describiendo lo que vio y sintió, recuperamos nuestra terapia intercambiando impresiones sobre lo que ha soñado. Tras cuarenta y cinco minutos de sesión, el sujeto dice encontrarse mejor, más relajado y sosegado después de mi interpretación objetiva del sueño, haciéndole ver los aspectos positivos del mismo, en lugar de los negativos en los que siempre se centra. Soledad, angustia, miedo.

Pienso que el sujeto sigue sumido en un profundo trauma infantil, quizás causado por los años transcurridos en el orfanato. ¿Maltrato?, ¿envidia de los niños adoptados?, ¿psicosis hereditaria? Seguimos igual, aunque, al menos, no muestra empeoramiento con resultado de agresividad.

Iván Moncada

—Definitivamente creo que el doctor tiene razón, es un demente. Un simple demente que en un momento de locura, se encolerizó y agredió a Cayetano —pensaba Mario tras leer el informe de la sesión.

Durante varias horas estuvo echando un vistazo sobre el resto de documentos, pero no encontró nada que le indicase lo contrario, por lo que Mario decidió que a la mañana siguiente llamaría a comisaría para trasladar la orden de comparecencia para declaración de Salvador, a orden de detención por posible homicidio. Sólo habría que dar con él, y las huellas sobre el pisapapeles de piedra que usó para abrir la cabeza al doctor Cayetano confirmarían el resto, si es que la científica lograba obtener alguna.

Mario estiró los brazos y se desperezó mientras sus vértebras le pedían algo de movimiento. Girando la cintura de un lado al otro, se acercó a la amplia ventana del salón. Miró a través de ella y vio las solitarias calles. Ya eran las dos de la mañana, —la hora del paseo—se dijo. Entró en su habitación, cambió sus jeans por un pantalón de chándal, y se puso unas zapatillas de *running*.

A Mario le encantaba ir de noche a correr un rato por el Parque del Oeste, el cual, estaba a la espalda de su edificio. Pero no sólo lo hacía por afición, sino porque necesitaba estar lo más cansado posible para poder dormir un rato.

No era el único que corría por allí a esas horas, ya que de vez en cuando, se cruzaba con otros tres o cuatro corredores que como él, disfrutaban más corriendo de noche. Ese no era un parque peligroso, pero al no tener vallas, no eran corredores lo

29

único que rondaba por los aledaños. Algún camello suelto, alguna que otra puta, y algún grupo de jóvenes bebiendo completaban la fauna nocturna. Sobre todo en la senda del Rey, carretera que atravesaba el parque meridionalmente.

Zancada tras zancada, Mario acariciaba la arena de los caminos a ritmo constante. Tras cinco minutos, su cuerpo se había entonado y ahora comenzaba a acelerar hasta la velocidad a la que siempre corría. Después, su mente se aclaraba y no podía evitar que flashes del caso que tuvo que archivar se colasen en ella. Intentaba repasar los pasos que dio y las pistas que siguió en busca de algo que se le hubiese pasado por alto, pero su mente perdió la concentración y el hilo de sus pensamientos cuando unas pisadas se solaparon a las suyas. Giró levemente la cabeza, y miró de reojo. Mario no reconocía al corredor, vestía un chándal negro y no podía verle bien la cara con la capucha que llevaba, pero, por su forma de moverse, sabía que no era uno de los habituales. O era la primera vez que iba al parque, o nunca se había cruzado con él. Cosa rara. Aunque desde luego, parecía tener buen fondo y velocidad, pues no todo el mundo podía mantenerse mucho rato detrás de él.

Su innata competitividad le mantenía alerta, poniendo especial atención al golpear de los pasos de su perseguidor contra el suelo. De esa manera, evitaba tener que mirar hacia atrás para ver donde estaba éste. Varios minutos más tarde, Mario esperaba el desfonde del otro corredor, ya que había aumentado el ritmo salvajemente. De hecho, la agitada pero sincronizada respiración que oía tras de sí comenzaba a entremezclarse con profundos sonidos broncos por el esfuerzo. Sin apenas poder gesticular una sonrisa por el esfuerzo que él también estaba haciendo, Mario oyó cómo el hombre que intentaba ser su sombra en plena noche cambiaba sus cortos ruidos bucales por un seguido y continuado —¡Aaaaagggggghhhhh…! —, que casi daba miedo. Sin parar de correr, Mario giró ligeramente su cabeza para echar un vistazo rápido y saber qué pasaba. Sin embargo, en lugar de ver a un hombre decelerando aquejado por un dolor, lo que vio es que éste estaba incrementando su velocidad y poniéndose a su par. Durante unos cuantos metros, los dos corrían emparejados como si les fuese la vida en ello. Ahora que estaban codo con codo, Mario pudo ver completamente su cara. Al hacerlo, su cerebro rápidamente le reconoció, aunque sin recordar exactamente quién era. El constante y estrepitoso flujo de sangre y endorfinas producidas por su cuerpo debido al ejercicio extremo, aclaraban su mente intentando recordar donde le había visto. De repente —¡Joder! —se dijo a sí mismo justo cuando le vino la imagen a la cabeza de dónde le había visto. Era la cara de la foto, la foto de la ficha que el psiquiatra le dio. Era Salvador, el supuesto asesino del doctor Cayetano.

En ese momento, y sorprendido por su osadía, Mario giró aún más la cabeza para mirarle directamente. Salvador hizo lo mismo. La reacción de Mario fue instintiva intentando coger el brazo del supuesto homicida en plena carrera, sin darse cuenta de que estaban pasando justo al lado de un gran desnivel cubierto de espesa hierba que había en esa zona. Salvador le miró y sonrió. Después, con no demasiada fuerza, pero si la suficiente como para desestabilizarle, le empujó. Mario no pudo sujetar su brazo y cayó rodando. Entretanto, Salvador huía calmadamente mientras Mario le veía hacerlo en una sucesión de imágenes entrecortadas por las volteretas que daba cuesta abajo.

6

Dos de febrero de 1980, orfanato San Gregorio.

Todo era silencio en el gran dormitorio común, hacía ya varias horas que todos los chicos del San Gregorio se habían metido en sus camas y que el padre Damián apagase las luces. Casi siempre, algunos de los chicos, normalmente los más mayores, permanecían algunos minutos hablando de sus cosas entre susurros para evitar que el padre les escuchase y castigase, pero ya eran las cuatro de la mañana, y ninguno de ellos estaba despierto. Dos filas de camastros contra las paredes, a ambos lados de la gran y larga habitación, albergaban a los veintiséis niños con edades desde cinco a quince años. Espesas y pesadas mantas abrigaban sus jóvenes cuerpos del frío que allí hacía. La calefacción era escasa y siempre era apagada a las doce de la noche, lo que propiciaba que el intenso frío de febrero traspasase los grandes ventanales. Ventanales por los que los tremendos relámpagos de la feroz tormenta que había comenzado, iluminaban la sala entera asustando a aquellos a quienes los truenos desvelaban, teniendo como único refugio a sus miedos, el ocultamiento de sus cabezas bajo aquellas ásperas mantas.

Rozaban las cinco de la mañana cuando, de repente, uno de los chicos comenzó a gritar como si lo estuviesen matando.

Enseguida, los demás muchachos se despertaron sobresaltados. Algunos de ellos, aquellos que se despertaron con la tormenta, también comenzaron a gritar por el miedo infundido por los atroces truenos y los escalofriantes gritos del niño. La histeria se apoderó de la mayoría de los huérfanos, pero enseguida, el padre Damián apareció, en pijama y con zapatillas, y encendió las tenues luces del dormitorio.

—¡Pero qué narices está pasando aquí! —Gritó Damián —, ¡callaos!, ¡he dicho que os calléis!, tan sólo es una tormenta, por amor de Dios.

Paulatinamente, los muchachos comenzaron a guardar silencio. Todos, menos uno. Sus gritos se habían rebajado un poco, pero el cariz de los mismos parecía cambiar de miedo a dolor. Damián se acercó con pasos agresivos y cara de enfado hacia el chico.

—¡¿Pero qué es lo que te pasa?! —le preguntó mientras tiraba hacia atrás de la ropa de cama.

Al hacerlo, y ver a aquel niño, que de tanto moverse en la cama tenía la parte de arriba de su pijama arrebujada a la altura del cuello y el pantalón a la cintura, se echó las manos a la cabeza. Enmudecido por lo que vio, Damián se arrodilló junto al camastro y, muy despacio, posó su mano sobre la frente del aquejado e inquieto joven.

—¿Qué te ha pasado chiquillo? ¿Qué te ha pasado? — repetía una y otra vez mientras observaba el torso y piernas amoratados de aquel crío de cinco años, uno de los más jóvenes y recién llegado de las Carmencitas, quienes lo recogieron cuando tan sólo era un bebé.

La mano que acariciaba su frente y su cabeza, junto con las palabras del asustado y perplejo clérigo, calmaban algo los lamentos y la agitada respiración del muchacho. Entretanto, otro de los religiosos del orfanato acudió al dormitorio, y el Padre Damián le pidió que avisase a un médico. A los pocos minutos, el doctor apareció y auscultó al pequeño sin encontrar ningún hueso roto u otra anomalía física a excepción de los moratones que cubrían todo su cuerpo. El médico no daba crédito y no podía dar una explicación a lo que le había ocurrido. Después de inyectarle un antiinflamatorio y un calmante, el niño se quedó dormido.

Las dos noches siguientes en el orfanato fueron apacibles, y la paz reinaba en los oscuros dormitorios, pero pronto fue interrumpida de nuevo. Al tercer día, de nuevo los gritos y alaridos del mismo niño despertaban al resto. Esta vez no tenía magulladuras físicas, quizás tan sólo hubiera sido una pesadilla, pero los restos de suciedad en su cara y en su pelo, dejaban sin palabras al Padre Damián. No sabía qué le ocurría a aquel crío, más aún, cuando aquellos episodios se comenzaron a repetir asiduamente, algunas veces con pequeños cortes, rozaduras y otras extrañas marcas en su cuerpo. Al poco tiempo, y para

35

colmo del religioso, uno de los compañeros de aquel niño comenzó a contagiarse con síntomas parecidos, sólo que éste no sufría laceraciones, por lo que Damián decidió trasladar al muchacho a su cuarto para evitar que todos acabasen igual. No llegaba a comprender por qué, pero la noche atormentaba a aquel pobre huérfano.

Sin otra solución, y aconsejado por el doctor que atendía a los chicos del orfanato, se requirieron los servicios de un psiquiatra social para que indagase en los problemas del crío.

7

Múnich, mayo de 1943. Segunda guerra mundial.

Todavía no había llegado a amanecer cuando un nuevo bombardeo por parte de los aliados intenta arruinar objetivos estratégicos sobre la ciudad germana. Las sirenas gritan incesantes la aproximación de innumerables aviones para soltar su devastadora carga y los carros antiaéreos comienzan a escupir fuego intentando derribarlos. La gente corre a ocultarse en los sótanos de los edificios y refugios antiaéreos. Seguidamente, los impactos y las explosiones hacen temblar el suelo. Casi todas aquellas inmensas bombas caen en fábricas, acuartelamientos y supuestos centros secretos de las SS de los que los espías habían informado. A pesar de que por ahora la población no es el objetivo principal, alguna impacta sobre edificios civiles matando a decenas de personas, aunque todos saben perfectamente que, en cualquier momento, las órdenes de ataque pueden cambiar convirtiéndose en el objetivo principal del ataque. Objetivo psi-

Iván Moncada

cológico, como militarmente llamaban al bombardeo masivo sobre población civil.

Ocho minutos y medio, ese fue el tiempo que duró esta vez la lluvia de muerte y caos. Al salir a la calle, los desperdigados y numerosos focos de fuego alumbraban el horizonte que, ahora, se mezclaban con el amarillento sol naciente, permitiendo ver las inmensas columnas de humo que inundaban la extensa línea de la ciudad. Las sirenas habían cesado y Múnich comenzaba lentamente a lamer sus heridas.

En la fábrica bávara de motores de avión (BMW, Bayeriche Motoren Werke), los artilleros no dejaron de disparar sus tremendos cañones antiaéreos ni un sólo segundo. Aquella fábrica era uno de los objetivos más importantes, y aunque recibió bastantes impactos, el tamaño de la inmensa fábrica hacía que pareciesen daños menores.

Algunos de los soldados del régimen eran tan sólo unos críos, pero la lucha por la conquista de Europa y el delirio de una raza aria hacían que un germano fuese un hombre, y por tanto un soldado, a la temprana edad de dieciséis años. Mozos de carga para abastecimiento, servicios de correos, cocina y ayuda en la recarga de munición de artillería eran sus principales funciones. Como algunos de los jóvenes que hoy habían permanecido abasteciendo a los expertos artilleros de la BMW, los que, con gran destreza, habían logrado derribar varios aparatos enemigos.

Después de poco más de media hora, un par de unidades alemanas llegaron al puesto de mando que había en la fábrica. Tras el bombardeo, habían salido en busca de los posibles supervivientes de los aviones derribados, para detenerlos e interrogarlos antes de que muriesen por las heridas producidas por el salto en paracaídas y, de seguro, por el traumático aterrizaje bajo el fuego de las ametralladoras.

Habían logrado arrestar a seis soldados enemigos vivos, aunque algunos malheridos. Uno de ellos, al que hicieron un torniquete para evitar que se desangrase totalmente por la pierna que le faltaba, y que había perdido debido a la explosión de una de las bombas que iban a lanzar cuando un cañonazo nazi impactó contra su aeronave, murió a los pocos minutos, sin llegar ni tan siquiera a bajar del camión en el que les transportaban.

Uno de los ayudantes de artillería nazi se quedó mirando a los magullados y sangrantes hombres. Ya había visto escenas como aquélla en repetidas ocasiones, pero no lograba acostumbrarse a la tremenda barbarie que le estaba tocando vivir. Su nombre era Joseph y su vida como seminarista para entrar en la Iglesia fue interrumpida cuando el régimen obligó al seminario a inscribir a todos sus miembros en las Juventudes Hitlerianas y servir a la causa.

Los cinco prisioneros restantes fueron puestos en fila y el comandante alemán, al que incluso Joseph tenía miedo, se fue poniendo delante de todos y cada uno de ellos, mirándoles fijamente a los ojos con asco y desprecio. Sobre todo a uno en concreto, cuya vestimenta era un tanto campestre y extraña, no pareciendo un uniforme militar en absoluto. El último de los hombres de la fila también estaba herido y agonizaba por el terrible dolor de su perforado estómago. Una mina había estallado justo cuando él estaba en tierra desliándose de su paracaídas y uno de sus compañeros aterrizó sobre ella, alcanzándole la metralla y las vísceras de éste. Sin pensarlo ni un segundo, el comandante sacó su Luger P08 de la funda y le asestó un tiro en la cabeza. Rápidamente, el resto comenzó a gritar en voz alta su nombre, cargo militar y país, con la esperanza de que aquel exterminador recordase la convención de Ginebra, a lo que éste se echó a reír, y no precisamente pensando en el tratado, sino en lo que les esperaba a continuación para sonsacarles información. Joseph estaba a escasos ocho metros de ellos, y cuando el comandante se dio la vuelta para dirigirse al edificio en donde tenían el puesto de mando, a la vez que daba órdenes para que los metiesen dentro, el hombre sin uniforme le miró y le dijo sin palabras y sólo gesticulando la boca: —Ayúdame, por favor.

Extrañado por sus mudas palabras, pues pensaba que era inglés y lo que intentaba decirle aquel hombre no lo parecía, Joseph prefirió no avisar de su intento de comunicación.

Los soldados alemanes empujaron a los prisioneros con las culatas de sus ametralladoras para que comenzasen a caminar hacia el edificio, pero de repente, un grito se oyó cerca de ellos —*¡Pumpe verzögert, pumpe verzögert! (¡bomba retardada, bomba retardada!)* —En ese momento, una descomunal explosión volatilizó al soldado que gritaba y lanzó al resto de personas varios metros por los aires.

Al momento, tumbado sobre el sucio suelo, y con un terrible pitido en los oídos, Joseph miró al frente viendo a varios de sus compañeros, y a dos de los prisioneros, tendidos cerca del camión. Los escombros y la metralla les habían arrancado la

Iván Moncada

vida en un instante, destrozándoles la cara y mutilando sus cuerpos. Acto seguido, el joven seminarista se miró a sí mismo para ver qué partes de su anatomía habían desaparecido, pero al hacerlo, vio que estaba prácticamente ileso. Gracias a Dios, el cañón antiaéreo junto al que estaba, había parado aquel aliento de muerte que el inmenso obús lanzado en el bombardeo ahora había esputado.

Recobrándose un poco de la demoledora onda expansiva, Joseph se incorporó y miró a su alrededor. Al igual que, muy lentamente, lo hacía el resto de supervivientes. Aclarando su vista y apartando el polvo de sus ojos, vio que los otros dos prisioneros habían sobrevivido gracias a los tres soldados nazis que tenían delante y que les sirvieron de escudo. En cuclillas, y con mucha precaución, el prisionero con ropa extraña se acercó a él, le miró a los ojos por un instante mientras asentía ligeramente con la cabeza y colocaba su boca junto a su oído, y comenzó a susurrarle unas palabras a la vez que sacaba un pedazo de papel de su bolsillo y se lo daba. Después, se fue de allí escondiéndose entre los restos de escombros y vehículos en llamas mientras, atónito y con lágrimas en los ojos, el asustado Joseph miraba cómo desaparecía. No sabía el significado exacto de aquellas palabras, pues, aunque se parecían al italiano que estudiaba en el seminario y que era usado en la Santa Sede en Roma, no las comprendía bien. Pero, en cierto modo, quedaron grabadas en su memoria.

41

En El Tormento De La Noche

Iván Moncada

8

Con el orgullo más dolorido que el cuerpo, Mario se dirigió andando a su casa. —Hijo de puta —pensaba imaginando que Salvador le habría seguido desde el gabinete psicológico hasta su casa —. Lo que me faltaba, que un puto zumbado sepa donde vivo —se decía mientras movía la cabeza de un lado al otro —, la próxima vez no le será tan fácil —murmuraba de mala leche.

A la mañana siguiente, tras otra noche sin apenas dormir y con una mezcla de dolor y agujetas, Mario fue a la central. Tras hablar con Bermúdez, el comisario, se interpuso también una orden de arresto por agresión a la autoridad y se pidió al juez de guardia una orden de registro de la casa del sospechoso. Mientras tanto, Bermúdez le pidió que se personase en la iglesia de San Pedro el Viejo, donde el párroco se había lanzado desde lo alto de la antigua torre mudéjar de treinta metros de altura, acabando con su vida.

Iván Moncada

Siguiendo sus instrucciones, Mario se dirigió a la escondida iglesia del barrio de la Latina, en la confluencia de las calles Nuncio y Costanilla de San Pedro. Cuando llegó, el forense ya había hecho su trabajo, y el juez había levantado el cadáver. Desconsoladas, varias feligresas de muy avanzada edad lloraban incansablemente por el fallecido Padre Ramón. A primera hora de la mañana, con el sol aún perezoso, dos de ellas habían encontrado el cuerpo del religioso tendido en el suelo de la calle, sobre un gran charco de sangre, por lo que llamaron a la policía de inmediato. Mario debía de hablar con ellas para que le contasen lo que vieron y poder redactar el informe, así que decidió hacerles pasar dentro de la iglesia para hablar con mayor tranquilidad con aquellas afligidas mujeres.

Al entrar, Mario les indicó que se sentasen en uno de los primeros bancos cercanos a la puerta de entrada, pero para su sorpresa, las dos mujeres incrementaron su llanto y se dirigieron directa y apresuradamente, y sin pronunciar ni una sola palabra, a la oscura talla de Jesús el Pobre. Arrodillándose ante el santo, las dos señoras comenzaron a rezar en voz alta pidiendo por el alma del suicida, por lo que Mario se sentó a la espera de que aquellas dos devotas rezasen un rato, con la esperanza de que se calmasen y así poder hacer su trabajo.

Las sonoras palabras y llantos de las dos mujeres ponían al inspector algo nervioso y como de todas formas debía de subir hasta desde donde el cura había saltado, se levantó, indicó a las señoras que no se moviesen de allí y se encaminó hacia la torre.

Mientras andaba, junto a una de las paredes, Mario vio un pequeño mueble de madera en el que había información turística sobre la iglesia. Cogió uno de los folletos y, escalón tras escalón, con la única iluminación proporcionada por las saeteras de la torre, alcanzó el campanario. Durante unos minutos inspeccionó el angosto espacio en busca de algo que pudiese salir de ojo y que indicase otra posibilidad distinta a un suicidio, pero no encontró nada. Una agradable brisa comenzó a cruzar por los alargados ventanales de medio punto de la torre acariciando el rostro del inspector mientras comenzaba a leer el folleto que explicaba la historia de aquella iglesia en la que nunca había estado.

Además de la información típica con horarios de apertura, la procesión de Semana Santa de la talla a la que aquellas mujeres rogaban y la mezcla arquitectónica de ésta, había información curiosa que llamó la atención de Mario. *Según una antigua leyenda, después de construir la torre, no había forma humana de subir la campana a lo alto debido a su gran tamaño, así que, los extenuados obreros, tras intentarlo durante todo un día, lo dejaron por imposible. A la mañana siguiente, cuando regresaron para buscar una nueva forma de poder subirla, encontraron que el metálico mastodonte había desaparecido. Perplejos, comenzaron a buscarla, pero un extraño estruendo de tormenta en un cielo totalmente despejado llamó su atención, miraron al campanario, y vieron que ésta ya estaba en lo alto de la torre, volteando y sonando sin la ayuda de nadie.* —Curioso, hay que ver qué cosas cuentan —se decía a sí mismo sonriendo y apelando a su siempre científico y racional pensamiento mientras proseguía leyendo. *Un día, aquella gran campana se partió en dos y, de su metal, fabricaron dos más pequeñas, que, más tarde, alre-*

45

Iván Moncada

dedor de 1801, fueron sustituidas por la que hoy forma parte de esta iglesia.

Guardándose aquella octavilla en el bolsillo trasero de sus pantalones, Mario se giró y se acercó para ver la susodicha campana que comentaba aquel panfleto, dándose entonces cuenta de que, en ella, había restos de sangre y unas palabras toscamente escritas que resaltaban del ennegrecido y verdoso color de aquella antigua campana.

"Viatori Venit"

A la vista de aquel hallazgo, el ahora intrigado inspector se puso los guantes que, Pedro, uno de los compañeros de la científica, le había dado en la calle. Durante unos segundos observó detenidamente las letras y la sangre, y pasó la mano por encima de aquella antigua y sucia superficie. Notó que las palabras habían sido escritas arañando con algún objeto punzante, seguramente metálico, lo suficientemente duro como para haber podido grabarlas sobre algo tan robusto. Acto seguido, sacó la cabeza por la ventana de al lado para mirar hacia la calle, y juntando ligeramente los labios, silbó llamando la atención a los de abajo, —¡Pedro, sube! —gritó para que le pudiese oír. Enseguida, el "Tubitos", como llamaban a Pedro en la comisaría, recogió sus cosas dentro del maletín y entró en la iglesia. Mientras tanto, Mario, mirando aquella campana de nuevo y observando el poco espacio disponible que allí había, intentaba reconstruir mentalmente qué pudo haber ocurrido. —¿Quizás alguien le persiguió hasta aquí arriba?, ¿después hubo force-

Iván Moncada

jeo?, ¿la otra persona le empujó y el cura se golpeó en la cabeza con la campana antes de caer al vacío?, no sé — pensaba. En ese preciso momento, el dichoso monstruo de hierro comenzó a sonar ensordeciendo completamente al inspector mientras éste se tapaba los oídos con las manos y chillaba fuertemente para contrarrestar el terrible zumbido en su cabeza e intentaba hallar la salida para escapar de allí.

Apresuradamente, Mario comenzó a bajar las escaleras de la torre para ver quién era el que estaba tirando de la cuerda que bamboleaba una posible prueba de homicidio, y que por poco le deja sordo. Casi llegando abajo del todo, Mario se encontró con Pedro, que subía, tal y como el inspector le pidió.

—¿Estás bien? — preguntó el Tubitos al ver que el inspector masajeaba su oído con el dedo corazón de la mano derecha y gesticulaba con la boca para intentar restaurar la audición.

—¡¿Quién ha sido?! ¡¿Lo has visto?! — gritaba Mario sin saber que lo hacía mientras pasaba por el lado de Pedro.

A grandes pasos Mario se dirigió a la sacristía, y cuando entró, vio a un cura tirando de la gruesa y amarillenta cuerda que se alzaba hasta el campanario, mientras abundantes lágrimas brotaban de sus ojos.

—¡Pare! ¡Pare! ¡Pare! —Le gritaba el inspector agarrándole de los brazos para que lo dejase —¡Casi me deja sordo!

Con cara de susto, y semblante de pesar y aflicción, el cura paró y se quedó mirando a Mario.

—¿Está bien, padre? —preguntaba Mario conteniendo su enfado.

—¿Qué? —respondió el joven y moreno religioso con cara de tener su mente en otra parte y dejando de llorar por un momento.

—Soy el inspector Parra, ¿quién es usted?

—¿Yo?, yo soy Calúm señor, capellán de Guatapé, en Colombia —le respondía sin poder evitar romper a llorar de nuevo mientras seguía hablando —, no más llegué la semana pasada para pasar unos meses aquí y mire que pasó. El padre Ramón era muy bueno, más no sé qué ha pasado, ¿por qué pasó esto? —terminaba de hablar mientras se ponía de rodillas y llevaba sus manos a la cara para esconder su ahora desenfrenado llanto.

—Vaya — pensaba Mario, sabiendo que también tendría que esperar un rato hasta que se calmase para poder hacerle algunas preguntas.

Con los oídos algo mejor, el inspector se dirigió a Pedro, que le había seguido —Tubitos, ve arriba, por favor. En la campana hay restos de sangre para que cojas muestras y averigüemos a quién pertenecen. Analiza también unas palabras que hay arañadas para saber si son recientes y qué significan.

—Enseguida.

Mario salió a la nave principal, donde las dos mujeres esperaban sentadas en uno de los bancos, cabizbajas, y todavía rezando. Se acercó a ellas, y les dijo:

—Por favor, dejen de rezar por un momento y respondan a unas preguntas.

Las dos mujeres se persignaron y alzaron la vista para mirar al inspector a la cara.

—Cuéntenme, ¿cómo encontraron el cuerpo del padre Ramón y qué hacían?

—Pues verá, yo…

—Por favor, indíqueme primero cuál es su nombre y apellidos —la interrumpía el inspector.

Con voz baja, y como si contase un chismorreo del barrio, la señora prosiguió —Sí, sí, mi nombre es María Luisa Cepeda Martín. Como le decía, salí de casa temprano para ir a comprar unos "croissants" para el desayuno, porque a mi marido Juan le gusta desayunar siempre un "croissant" de la tahona de aquí al lado, bueno, a mí también. Entonces, cuando fui, el cuerpo del padre Ramón no estaba todavía, pero cuando regresé de comprar, le vi allí tirado, en el suelo. Pobre hombre, Dios le tenga en su gloria.

—¿Podría decirme qué hora era aproximadamente cuando encontró el cadáver?

—No serían más de las siete. Lo sé porque me gusta ser la primera en entrar y oler a pan recién hecho, y ellos abren a las siete.

—Bien, ¿y usted?

—Sí, agente —decía la otra mujer degradando de rango al inspector, algo a lo que estaba acostumbrado cuando hablaba con testigos mayores, para los que podía ser desde un "señor policía" a "sí, mi comandante" —. Mi nombre es Marisa, Marisa Pérez Zogálto, y yo fui la segunda en ver el cuerpo del padre Ramón. Salí de casa nada más oír a Luisa, cuando la vi por la ventana de mi bajo y dijo ¡Ay padre Ramón, ay padre Ramón!

—¿Entonces?, ¿estaba usted asomada? —preguntó Mario.

—Siempre está asomada —respondió Luisa a modo de crítica en lugar de Marisa.

Girando la cabeza, con gesto de "yo no te estaba espiando", Marisa miró a Luisa y dijo —Es que me gusta ver la calle, agente.

—¿Logró ver usted al padre Ramón cuando cayó, o ver si alguien que no fuese el padre Ramón entró en la iglesia?

Con cara de gurriato, ésta respondió, a la vez que negaba con la cabeza —No, agente, no vi a nadie.

—No le haga caso inspector, no ve más allá de sus narices, está cegata —decía Luisa.

Mario, viendo que esas dos viejas picajosas, ni sabían, ni habían visto nada relevante, les dijo —Está bien, eso es todo, señoras. Muchas gracias por su colaboración —después, el inspector las dejó recriminándose una a la otra sobre viejas rencillas, y se dirigió a hablar con el cura extranjero, del que poco obtuvo, pues era un cura que vino de intercambio para tres meses y ni tan siquiera había llegado a conocer bien al padre Ramón.

Mario salió de la iglesia y miró su G-Shock multi banda, auto-sincronizado con el reloj atómico de Múnich. Eran las nueve y media exactas, y fuera de la iglesia, se había concentrado un grupo de vecinos curiosos que no paraba de chismorrear. En ese momento, la Blackberry del inspector comenzó a sonar.

—Parra —respondió Mario.

Iván Moncada

—Inspector, soy Verónica, de legal. Ya está la orden de registro.

—Gracias, Verónica. Por favor, que la lleve un agente al domicilio y que se persone un cerrajero por si el sospechoso no está, ahora mismo voy para allá.

—Enseguida, inspector.

—Gracias.

Nada más colgar, un —Psshh, psshh — llamó la atención de Mario, quién se giró, y vio a otra mujer mayor que ahora le hacía gestos disimulados con la mano para que se acercase a ella.

—¿En qué puedo ayudarle, señora? — le preguntó el inspector.

Con cautela, mirando hacia ambos lados antes de hablar, le dijo —yo creo que no se ha suicidado, como todos dicen.

—¿Y por qué cree eso, señora? —preguntó Mario con el mismo tono de voz susurrante que había utilizado la anciana.

Aquella mujer le hizo un gesto con la cabeza a Mario para que se apartasen un poco del bullicio de la gente y poder contárselo. Cuando se hubieron retirado, la mujer comenzó a hablar.

—Últimamente, el padre Ramón se veía con mala gente.

—¿Qué gente?

—Gente de esa que venden drogas y son malas personas. Les he visto haciendo negocios en la calle muchas veces, y también pegarse entre ellos. Siempre entran en la iglesia mirando de un lado a otro para que nadie les vea, pero yo les observo desde mi terraza. Allí arriba — terminaba la mujer indicando

51

con el dedo su casa. La cual estaba justo enfrente de la entrada de la iglesia.

—¿Vio usted algo esta mañana?, ¿alguna de esas personas que dice?

—No, esta mañana, no. Pero sí vi al padre Ramón entrar en la iglesia y, más tarde, a un hombre alto y delgado.

—¿Cómo era ese hombre?

—No lo sé, era muy temprano y no había apenas luz, llevaba una capucha y no le vi la cara, sólo puedo decirle que iba vestido todo de negro.

—¿Oyó voces, u otro sonido que le llamase la atención?, me refiero a voces de disputa o algo parecido.

—No, solamente oí por un momento un ligero toque de campana en el campanario, como cuando hace mucho, mucho aire. Supongo que sería cuando el padre Ramón cayó desde ahí, o le tiraron. Pero al dar a la otra calle, no le vi caer —terminaba de contar la mujer con voz de intriga, para hacerle saber al inspector que algo oscuro había pasado allí.

Mario tomó los datos de la mujer, la cual se mostraba reticente a dárselos, y acabó —Muchas gracias, señora. Investigaré lo que me ha contado — después se retiró y se acercó al grupo de compañeros que estaba junto a la puerta de entrada de la iglesia. Sin duda, Mario quería saber más sobre las amistades del cura, pero ahora debía de ir a registrar el domicilio del sospechoso de homicidio del doctor Cayetano, por lo que se dirigió a uno de sus compañeros, el subinspector Balboa, y le puso al tanto de lo que aquella mujer le contó, ordenándole que indagase sobre la vida del religioso muerto.

Iván Moncada

Seguidamente, guardó su libreta y el inspector se dirigió a su "K", un vehículo camuflado BMW serie 1 de 200 CV que fue requisado a unos narcos, y que ahora formaba parte de la DGP. Velozmente condujo hasta el domicilio que Salvador tenía a su nombre y que constaba en la ficha del gabinete psicológico. Calle Pelícano, 8, en Carabanchel.

En tan sólo diez minutos, el inspector Parra llegó a la calle Pelicano. Bajó del coche y, escudriñando la calle con la mirada, vio a uno de los policías de paisano que vigilaba la casa del supuesto homicida desde que se cursase su busca y captura. Se acercó a él, y le preguntó:

—¿Algún movimiento?

—No, inspector.

—Enseguida nos traen la orden de registro, vamos a entrar.

—De acuerdo.

Al poco tiempo, un agente uniformado llegó en scooter oficial para entregarle la orden a Mario y, enseguida, apareció la furgoneta del cerrajero.

Parra ordenó al agente que trajo la orden que permaneciera en el portal y no dejase entrar a nadie mientras que él y los dos policías que estuvieron de vigilancia subían al piso.

Una vez frente a la puerta, Mario la golpeó repetidas veces con la mano abierta mientas gritaba —¡Abra, policía! — pero tras varios intentos, nadie abría ni respondía. Uno de los policías bajó para llamar al cerrajero, que, ataviado con sus herramientas, le siguió. Rápidamente, el grueso hombre, que trabajaba muy a menudo con la policía para abrir cualquier tipo de

Iván Moncada

acceso a inmuebles, colocó un gato extensor horizontalmente sobre el marco de la entrada y comenzó a accionar la carraca. A cada golpe de brazo sobre la larga palanca, el marco cedía sonando y crujiendo, hasta que, con un último "crack", el cerrajero empujó la puerta con la mano y ésta se abrió.

Con sus pistolas en la mano, el inspector y los dos agentes irrumpieron en la vivienda sin parar de repetir — ¡Policía!, ¡¿hay alguien dentro?! — mientras iban cuarto por cuarto registrando el piso. No había nadie, y la vivienda parecía desolada, pues no existían apenas muebles, tan sólo, una cama en el dormitorio principal, unos antiguos fogones de gas en la cocina con algunos muebles bajos y algo de ropa en los armarios.

— ¿Se ha ido? — preguntó uno de los agentes.

— No estoy seguro, no hay casi nada aquí. Sin embargo, está todo muy limpio, no hay ni siquiera polvo en el suelo — le respondía Mario mientras pasaba la mano por los impolutos azulejos.

— Mirad por todos los lados, algo debe de haber — dijo Mario.

Los tres revisaron todo lo que había. Miraron entre la escasa ropa del armario, los posibles huecos y cajones de la cocina, el colchón de la cama y debajo de ella, pero no hallaron nada. Minutos más tarde, cuando ya iban a abandonar el piso, uno de los agentes indicó algo a Mario.

— ¡Inspector!

— ¿Sí?

— Aquí hay algo extraño.

Parra se acercó, y el agente le dijo:

—En este armario tiene que haber algo, si se fija en el grueso del tabique y en la profundidad del armario, algo no cuadra.

—Cierto — dijo el inspector a la vez que comenzaba a sacar la ropa que había colgada y quitaba la barra del perchero.

Dentro del armario, y con el puño cerrado, Mario comenzó a golpear el fondo.

—Está hueco. Pídele al cerrajero una palanca y un martillo.

Mientras uno de los agentes iba a pedir las herramientas al cerrajero, Mario se dio cuenta de que, en la parte de arriba del fondo del armario, había un espacio hasta el techo. Mirando de arriba abajo, el inspector posó las palmas de sus manos contra el falso fondo y presionó hacia delante y hacia arriba. Al momento, la tabla que ejercía de fondo y que había sido pintada y camuflada para pasar desapercibida, se desencajó quedando suelta. Con ayuda del otro agente, la quitaron y encontraron el hueco que había detrás.

—¡Joder! — dijo el agente al ver todo su interior lleno de fotografías y recortes de periódicos entre la penumbra.

Mario metió medio cuerpo dentro y vio la cuerda de un plafón colgando del techo. Tiró de ella, y ahora, claramente, pudo ver todo aquello. El agente, que estaba a su lado, rápidamente dijo, al mirar unas fotografías que estaban clavadas en la pared con chinchetas.

—¡Inspector!, es usted.

Perplejo, Mario observó durante unos segundos el *collage* de la pared en el que, además de él, había fotografías de más gente, muchos de ellos parecían religiosos vestidos de hábito, y diversos recortes de periódicos, sobre todo sobre los últimos escándalos de la iglesia por todo el mundo. En el suelo también había dos cajas con más papeles, pero antes de proceder a revisar todo aquello, Mario llamó por teléfono a la central para que enviasen a la científica para sacar huellas y fotografías.

Iván Moncada

9

19 de abril de 2005, Estado de la Ciudad del Vaticano.

Después de cuatro rondas de votaciones, por fin había fumata blanca. Al momento, esta vez el Cardenal Medina, se acercó al balcón de la Basílica de San Pedro. La euforia embargó a los fieles presentes en la plaza de la Basílica gritando de alegría mientras Medina apelaba al "queridísimos hermanos y hermanas" en cuatro idiomas distintos y pronunciaba las palabras "Habemus Papam". La expectación era máxima para saber quién sería el nuevo Papa. Luego, el Cardenal pronunció los títulos eclesiásticos del elegido y dijo su nombre:

—Cardinale Ratzinger.

La multitud elevó el griterío de alegría por el nuevo Papa y las televisiones de todo el mundo retransmitían el momento. La jornada fue frenética para el nuevo Papa, y los días posteriores, un constante y ajetreado vaivén de visitas al nuevo pontífice, sobre el que a partir de ahora recaería toda la responsabilidad de asumir los retos inmediatos de la iglesia.

*   *   *

Dos semanas después de su nombramiento, el nuevo Papa cogía las riendas de la Iglesia. Entre sus prioridades estaban la incesante sangría de devotos que parecían perder la Fe, debido, en gran medida, a los acuciantes rumores sobre turbias finanzas de la Iglesia, y los frecuentes escándalos de supuestos abusos de religiosos a jóvenes por diferentes puntos geográficos, de los cuales, era ya consciente.

Algunos de los escándalos fueron llevados a tribunales en los que, previo pacto económico con los demandantes, quedaron zanjados. Pero los juicios mediáticos paralelos no cesaban, y poco a poco, el Santo Pontífice se ponía al día de la situación general de la Santa Sede, la cual, comenzaba a pesar sobre sus hombros desde el comienzo.

El Santo Padre estaba decidido a cortar la enfermedad que pudría la sagrada institución en el transcurso de su papado, y con pulso firme, viajó a donde aquellos problemas eran más sensibles y la herida en la sociedad había calado más profundamente. A cada viaje, lo que encontraba le sorprendía cada vez más. Negocios ilegales y corrupción para que algunos clérigos se enriqueciesen, visitas asiduas de otros a prostíbulos y salones gais, y lo peor de todo, la multitud de casos de pedofilia, destrozando la confianza de la gente, y poniendo en tela de juicio la "santidad" de todos los religiosos.

Durante mucho tiempo, Ratzinger se mostró inflexible con todos aquellos temas que, a su juicio, y como conservacionista y férreo defensor de la ortodoxia católica, atentaban contra la iglesia, rehusando la modificación de posturas frente al aborto, eutanasia, divorcio y homosexualidad, y prometiendo "tolerancia cero" con la pedofilia. Debía intentar restaurar la fe en la iglesia, por lo que en varias ocasiones, llegó a pedir perdón a las víctimas de abusos prometiendo que los culpables "responderían ante Dios y ante la justicia ordinaria", siendo la primera vez que lo hacía en su visita a Portugal, en 2010. Pero no tardó mucho en darse cuenta de que sus intentos caerían en saco roto, pues una noche, dos personas le visitaron en sus aposentos, en el palacio del Vaticano.

Tras el silencio de las inmensas salas del Vaticano, hombres conocedores de sus secretos acechan en las sombras a la espera de la oportunidad de entregar un mensaje a Ratzinger. Rondaba la medianoche cuando, en el pasillo que daba al aposento del pontífice, se oyeron unos pasos. La puerta de la estancia del Papa se abría lentamente y, dentro la cama, el agotado Joseph dormía presa fácil del inmenso ajetreo que su cargo requería. Uno de los hombres sacó de su bolsillo un trozo de papel y lo dejó sobre la mesilla, en la misma en la que Ratzinger dejaba cada noche su rosario, el rosario que le había acompañado desde el seminario, muchos años atrás.

A la mañana siguiente, Joseph se despertó, y se levantó torpemente de la cama debido a su edad y a su cada vez más frágil estado de salud. Dando gracias a Dios por el nuevo día, el Papa vio el pedazo de papel junto a su inerte compañero de rezos. Lo cogió y lo desdobló. Leyéndolo, todavía no lo suficientemente despejado, Joseph no comprendía su significado.

"L'anello del pescatore non rappresenta il potere, ma solo l'immagine. Lascia le cose come sono, ci prendiamo cura noi della chiesa. P2."

(El anillo del pescador no representa el poder, sino sólo la imagen. Deje las cosas como están, nosotros nos encargamos de la iglesia. P2.)

Después de leer la nota varias veces, Ratzinger comprendió su significado, recordando alguna de las conversaciones con altos cargos eclesiásticos con los que habló en sus viajes y a los que advirtió sobre su conducta, y éstos le respondieron que aquello no estaba en su mano.

10

Cuatro de mayo de 1980, orfanato San Gregorio.

Un joven psiquiatra recién licenciado y si experiencia comenzó a asistir a los niños del orfanato. Su nombre era Javier, Javier Cayetano, y se había especializado en traumas infantiles.

Era jueves cuando, por primera vez, Cayetano acudía al centro de menores que le asignaron. El coordinador del orfanato era el padre Damián, un hombre recto y bondadoso que rondaba la cincuentena. Antes de comenzar, Cayetano y Damián se reunieron, y el cura puso en antecedentes al psiquiatra sobre los chicos que tendría que ver y sus problemas. El recién estrenado doctor iba tomando nota de todo cuanto Damián le decía. Escrupuloso y metódico, Javier había confeccionado unas fichas a las que asignar a cada uno de los niños, y las cuales ordenó alfabéticamente y por orden de patología tras terminar de escuchar al religioso. Pero cuando creía haber terminado de hablar con Damián, y pensaba que comenzaría a trabajar, éste le habló de Viator.

Atento a las palabras del cura, Javier escuchaba anonadado lo que éste le contaba. No podía creer lo que le decía. Si aquellas palabras hubiesen provenido de otra persona, quizás pensaría que estaba desquiciada y fuera de sus cabales por la convivencia con tanto niño, pero después de haber estado conversando con el padre Damián durante casi una hora, sabía que aquello era cierto.

Abrasiones cutáneas, rojeces y moratones, cortes, suciedad en su cuerpo, gritos de verdadero dolor… Javier nunca había oído nada así, ni tan siquiera de sus profesores, alguno de ellos con prestigio y reconocimiento internacional.

Al finalizar su reunión, Damián llevó a Cayetano a recorrer las instalaciones y a presentarle ante los niños. En el comedor, antes de que todos se sentasen a la mesa, el Padre les obligó, uno a uno, a dar un paso al frente y decir su nombre. Luego, presentó al doctor. Les dijo que el señor Cayetano era un médico que estaría durante bastante tiempo en el orfanato para ayudarles, advirtiéndoles que le tratasen con respeto y acatasen sus instrucciones, tal y como lo harían si él mismo se las diese.

Damián les dio permiso para sentarse a comer, y todos, ordenadamente, se sentaron. Javier se sentó junto a Damián y los profesores del orfanato, todos ellos religiosos, y tras una oración de Gracias, todos comenzaron a comer. El resto del día los niños acudían a su clases, y al finalizar la jornada, salían al patio para jugar y disponer de unas horas de entretenimiento. Durante todo ese tiempo, Javier se dedicó a observar en silencio a los muchachos, estudiando su comportamiento y sociabilidad, en especial a Viator, pues Javier sentía gran intriga por lo que Damián le contó.

*　　*　　*

Después de una semana yendo al orfanato cada mañana, y regresando a su casa por las noches, Javier conocía a casi todos los niños por su nombre. Algunos de ellos tenían la suerte de ser adoptados, sobre todo los más pequeños, mientras que los más mayores los miraban con recelo sabiendo que ellos ya no correrían esa suerte para poder salir de allí. El camastro de Viator había sido llevado de nuevo a la sala común a petición del doctor, y en los dos últimos días, Cayetano estuvo hablando con algunos de ellos sobre sus problemas, siempre en sitios de fácil visibilidad, para que de esa manera, Viator les viese hablar con él y cogiese confianza. Pero en la mañana del octavo día, nada más entrar por la puerta del orfanato, Cayetano se encontró con Damián, quien le esperaba impaciente.

—¡Doctor!, ¡necesito que venga conmigo, rápido!

—¿Qué ocurre? —preguntó Javier extrañado.

Sin muchas más palabras, el apresurado cura le llevó hasta su alcoba, donde había llevado a Viator.

—Dios mío, ¿qué le ha pasado? —preguntó el doctor al ver que el chico presentaba signos de deshidratación, tenía los labios cortados y con pellejos, y algunas ampollas en la piel como si hubiese estado una semana en pleno desierto.

—Le ha vuelto a ocurrir. Se despertó en medio de la noche gritando y pidiendo agua, y lo encontramos así. Hemos llamado al hospital, enseguida vendrá un médico.

La imagen de ver con sus propios ojos a aquel niño después de uno de sus ataques impactó enormemente a Cayetano. Viator, esta vez, necesitó casi una semana para recuperarse completamente del lamentable estado en el que le encontraron. Desde aquella mañana, el joven psiquiatra solamente salía del orfanato para ir a coger ropa limpia de su casa, pues decidió quedarse allí todo el tiempo necesario hasta averiguar que le pasaba.

Muy despacio, y con gran esfuerzo, Cayetano logró ganarse la amistad del asustadizo Viator, quién sólo tenía un único amigo con el que hablaba y jugaba y que era su compañero en la noche, pues sus camastros estaban uno junto al del otro. Mantenían alguna charla en la que, a duras penas, éste le contaba qué había soñado, y qué pasaba en el sueño. Pero aquel crío era demasiado pequeño como para poder sacar algo en claro. A la vez que a Viator, Javier atendía los problemas de los demás pequeños, los que en su mayoría eran verdaderos traumas infantiles y rebeldía por no ser adoptados.

A las tres semanas, un nuevo suceso ocurrió, y desesperado, Javier acudió a uno de sus profesores para que le ayudase con aquel caso, que más que psiquiátrico, parecía casi algo demoniaco, como el padre Damián alguna vez dejó caer. Durante todas y cada una de las noches siguientes, casi durante un mes, y hasta que llegó el siguiente ataque, Cayetano, junto a su profesor, habilitaron una estancia del orfanato para que Viator durmiese por las noches. En ella, los dos psiquiatras instalaron cámaras de vídeo y micrófonos para ver cuánto acontecía en las noches de aquellos ataques.

Por lo que mostraban las cámaras, aquel niño tenía sueños y pesadillas casi todas las noches, pero no distintas a las de otros chicos de su edad. Hasta que, el segundo martes de Junio, nuevamente, se despertó con un nuevo ataque. Esta vez más que gritos eran lamentos y el crío no paraba de llorar diciendo una y otra vez:

—¡No, no sé qué quieres de mí! ¡Déjame! ¡Déjame!...

Cuando se despertó, el muchacho presentaba pequeños derrames en los dos ojos. En cierto modo, fascinados, los dos psiquiatras estudiaron la cinta una y otra vez sin poder conjeturar el problema que, muchas noches, atormentaba a ese pobre niño. Después de algún tiempo, y varios episodios nocturnos más, todos ellos grabados en vídeo, el profesor de Cayetano sugirió realizar con el chico una sesión de hipnosis, aunque sin demasiadas esperanzas de obtener resultados.

Iván Moncada

11

Guarecido en un baño público del metro, Salvador se escondía en uno de los boxes, sentado sobre un inodoro y sobrecogido por una repentina tiritona. Había visto cómo unos hombres vigilaban su portal desde un coche y cómo después, la policía, entre ellos Mario, entraba en su casa. Sabía perfectamente que le buscaban, por lo que tendría que ser especialmente cauto si quería acabar su encomienda.

Después de un buen rato Salvador se dirigió a los lavabos, abrió el grifo y frotó sus manos bajo el agua. Luego, lavó su cara y se quedó mirando su reflejo en el espejo mientras las gotas escurrían por su rostro. A veces se sentía extraño cuando veía su reflejo. Tenía la sensación de ver a un desconocido, con esos pómulos marcados sobresaliendo ligeramente de su delgada y pálida cara, el encrespado pelo negro y los intensos ojos verdes en los que podía perderse preguntándose quién era realmente.

Iván Moncada

Seguidamente, Salvador cogió algunas toallitas de papel para secarse y sacó un móvil del bolsillo. Miró la bandeja de entrada y leyó un mensaje nuevo que había.

"Pensione Gatto, camera 203" (Hostal el gato, habitación 203)

Aquel mensaje era la respuesta a uno que él envió anteriormente, diciéndole a alguien que su casa ya no era segura. Sin dilación, Salvador salió de los aseos y se dirigió al andén, se montó en el tren que acababa de llegar y se alejó de aquella estación. Minutos más tarde abandonó el metro en la estación de Antón Martín y comenzó a caminar en dirección al hostal. Allí, en pleno corazón de Madrid, Salvador se sentía seguro, ya que arropado por el bullicio de la gente y de los visitantes que iban a la Puerta del Sol, podría pasar desapercibido.

Una vez llegó al hostal, se acercó al mostrador y le dijo al recepcionista, que estaba leyendo el periódico y no se había inmutado por su presencia —Dos, cero, tres—, y éste, sin pronunciar palabra, se giró para coger la llave y entregársela, agachando la cabeza nuevamente para continuar con su lectura. Salvador subió por las escaleras hasta la segunda planta y entró en la habitación. Era pequeña, oscura y con un minúsculo baño. Suficiente para él.

Salvador se acercó a la ventana, corrió la cortina y no vio más que la pared del edificio que tenía enfrente. Mirando hacia abajo vio que, entre ambos edificios, había un callejón por el que poder escapar en caso de ser necesario. Luego, se dirigió al estrecho armario empotrado y miró dentro. De su interior sacó una bolsa de deporte negra que alguien había dejado para él, la puso sobre la cama y la abrió. Dentro de la bolsa había algo de ropa y dos sobres amarillos grandes. Cogió uno de los sobres y vació su contenido junto a la bolsa. Había dos pasaportes, con dos fotografías distintas de Salvador y nombres falsos. También había dos tarjetas de crédito del "Unicredit Banca Di Roma" con esos mismos nombres y dinero en efectivo. Después abrió el otro sobre. Había mucha documentación en ése. Parecían expedientes. Expedientes en los que figuraban fotografías de gente, direcciones de esas personas por Europa y América, horarios y hábitos, sitios en los que hospedarse y mapas de transporte público. Salvador era una persona inestable, peligrosa y sociópata, pero era del interés de alguien. De alguien que le necesitaba y le ayudaba.

Iván Moncada

En El Tormento De La Noche

Iván Moncada

12

Año 30 d.C., pueblo de Naín, Galilea.

Al atardecer, apostados junto a un arroyo en una pequeña dehesa en las inmediaciones de Naín, un grupo de soldados romanos, compuesto por un tribuno, un centurión y una docena de soldados, encendían una gran hoguera para asar el cordero que, sin permiso, requisaron de un rebaño. Con una cuerda ataron las patas traseras del animal y, pasándola por la rama de un árbol, lo colgaron cabeza abajo para matarlo y desollarlo. Entre bromas, dos soldados reían adivinando qué pensaría el animal antes de asestarle la estocada con el sucio y oscuro metal que, para todo, servía a su dueño. Para no desperdiciar nada, primero colocaron una cubeta de madera bajo la quijada del borrego, después, entre nerviosos balidos, la sangre rápidamente lo llenaba salpicando el suelo en el que seguramente hubo pastado. Hábilmente, uno de los romanos trabajó y

71

extrajo la piel que, por supuesto, formaría parte del abrigo de alguno de aquellos soldados durante la fría noche.

A ningún romano que se preciase le gustaban aquellas tierras. En Galilea, el día era abrasador y la noche demasiado fría, las etnias a las que controlar numerosas, y las mujeres demasiado ásperas. Pero la extensión del imperio prometía largas estancias a sus tropas, comandadas allí por el prefecto, Poncio Pilatos.

Después de montar el animal, limpio, sobre una gran estaca, la clavaron junto al fuego para que se asase. Ya tan sólo quedaba esperar, por lo que, al no haber divisado enemigos por aquellas lindes, sacaron un pellejo de vino del carro sobre el que viajaba el tribuno y todos comenzaron a beber. Historias de batallas gloriosas, traiciones y política en Roma y su vasto imperio, y todo ello adornado con relatos sobre rameras cariñosas, colmaban sus conversaciones y despertaban risas cada vez más inconsistentes producidas por la ingesta del preciado vino.

El cordero ya estaba hecho, y como voraces animales con la cordura perdida por su embriaguez, uno tras otro, arrancaban un pedazo de carne del tierno manjar con sus manos y lo desgarraban con sus amarillentos y maltrechos dientes, alumbrados únicamente por el cálido fuego de la hoguera que hacía que la cerrada noche, aún lo fuese más.

Estando en plena cena, todos guardaban silencio mientras masticaban y tragaban famélicos por la gran marcha de ese día, pero, de repente, sin que ninguno de ellos lo esperase, una piedra certera impacto contra la cara del centurión.

Iván Moncada

—¡Aaaagggghhhh! —Gritó, dejando caer su trozo de carne al suelo —, ¡nos atacan! —prosiguió mientras sangraba por la nariz profusamente, alertando a sus hombres que, raudos, se echaron a las armas y se pusieron de pie para hacer frente al enemigo.

—¡*Ladrones! ¡Ladrones! ¡Habéis robado ese borrego!* — decía en hebreo una voz joven desde la penumbra, que enseguida enmudeció para salir corriendo de allí.

—¡Vamoooossss! —exclamaba uno de los soldados, el más fiero y sanguinario de todos ellos, alentando al enemigo a atacarles.

—¡¿Dónde están, no los veo?! —gritaba uno.

—¡Yo tampoco! — respondían un par más.

Durante unos segundos, su histerismo y su exagerada reacción ante la agresión, viendo que no estaban siendo atacados, se calmó. En silencio y con extrema cautela, los soldados salieron de la luz de la hoguera para adentrase en la noche y dar caza a los osados que cobardemente les atacaron arrojándoles una piedra.

Cinco minutos más tarde, la voz en la lejanía de uno de los soldados irrumpió en el silencio sepulcral de aquella inmensa oscuridad.

—¡Lo tengo! ¡Lo tengo!

Como perros buscando a su presa después de haber probado la sangre, todos corrieron hasta su compañero. Rodeando al soldado, que de la ropa sujetaba al insensato que se metió con ellos, descubrieron que tan solo era un crío. Un crío con cara de no saber qué pasaba, ni por qué le habían cogido.

Iván Moncada

Los romanos pensaron que aquel niño les debió ver cómo tomaban sin permiso el animal, probablemente de su rebaño, o el rebaño de su familia, y esperó hasta que estuvieran mermados por el alcohol para increparles y apedrearles, suponiendo que no podrían cogerle. Aunque lo que no sabían es que, aquel niño, no era el mismo que les arrojó la piedra.

Rápidamente, la furia de los romanos se tornó en risa, pues el muchacho comenzó a llorar completamente asustado. Pero, enseguida, el centurión que recibió la pedrada llegó hasta el grupo de soldados.

—¡Dejadme a mí! —dijo enfurecido, mientras que se acercaba al chico levantando la mano bien abierta, y luego, con gran violencia, le daba un impresionante golpe en la cara.

Por un segundo, el crío dejó de llorar, ya que el golpe que recibió le cortó el llanto súbitamente para dar paso a un terrible dolor que casi le cortó la respiración. Después, el niño reaccionó e intentó huir, pero el centurión se sentía humillado por aquel mocoso mientras el resto continuaba riendo. Como si de un esclavo que ha robado algo a su amo se tratase, el incompasivo hombre, patada tras patada, seguía golpeando al niño mientras éste, entre gritos de dolor, intentaba ponerse de pie y correr mientras se revolcaba por la tierra. Hasta que, al final, aquel crío dejó de moverse y el centurión se hartó de patearle.

Los soldados habían dejado de reír, pues, aunque les divertía aquello, creyeron que lo había matado a patadas. El robusto maltratador se quedó mirando al resto, y dándoles una orden, les dijo:

—Volvamos y acabemos de cenar. Este niño ya no ofenderá a ningún romano más.

Lentamente, todos se dieron la vuelta y regresaron donde habían parado a pasar la noche, dejando el cuerpo del niño tirado en medio del campo, con la oscuridad velando por su cuerpo.

A la mañana siguiente, los romanos despertaron y recogieron sus cosas. Debían seguir su camino, pero antes, tenían pensado pasar por el mercado de Naín para hacer acopio de víveres. Cuando llegaron, justo a la entrada del pueblo, una muchedumbre salía y, muchos de ellos, sobre todo las mujeres, lloraban y hablaban en voz alta a la vez que elevaban sus brazos hacia el cielo. Preocupados por saber qué pasaba, el tribuno se acercó y preguntó a una mujer.

—Buena mujer, ¿qué ocurre?

La mujer, con lágrimas en los ojos, miró al gentil, y respondió —Es el hijo de una de mis primas, el único hijo que tenía. Lo han encontrado muerto esta mañana. Ella es viuda, y ahora se ha quedado sola —terminaba, volviendo a seguir a su gente, que se dirigían a dar sepultura al joven fallecido.

Los romanos estaban molestos, pues ahora, deberían esperar a que enterrasen al muerto para que les vendieran lo que necesitaban, o partir y parar en el siguiente pueblo, que estaba a un día completo de camino.

—¿Qué hacemos? —pregunto el centurión al tribuno.

—Creo que lo mejor será irnos, ¿has visto a esa otra gente que también se acerca por allí? —le respondió, señalando con el dedo a un nuevo grupo de personas, éste mucho más nume-

75

roso, que se acercaba directamente hacia el grupo que portaba el féretro del fallecido.

Intrigados, los sirvientes de la gran Roma permanecieron en su posición antes de emprender camino para alejarse de aquel gentío. Desde la distancia, vieron cómo un hombre, al que todos los demás parecían seguir, se aproximó a la viuda y habló con ella. Después, aquel hombre, que también parecía hebreo, caminó lentamente hasta el féretro y posó su mano sobre él. Al momento, la gente de su alrededor, en una mezcla de asombro y miedo, alzó la voz al ver que el muerto se incorporaba y apartaba con sus manos la mortaja comenzando a hablar, llamando a su madre.

La gente rompió a ovacionar al hombre que obró el milagro, llamándole "mesías". Los conquistadores romanos, perplejos por lo que habían visto, se asustaron enormemente al comprobar desde la distancia que, aquel niño, que había vuelto de entre los muertos con el cuerpo amoratado por los golpes, era el que el centurión apaleó la noche anterior.

Los armados hombres, hijos de Roma, se miraron unos a los otros sin saber qué hacer. Hasta que el tribuno dijo:

—Rápido, salgamos de aquí. Hay demasiada gente.

Y con tremenda agilidad, se alejaron de Naín.

13

Después de recibir el aviso, Pedro, que acababa de estar con Mario, fue a la calle Pelícano. Nada más subir las escaleras y entrar en el piso, vio a Mario.

—¿Me está siguiendo, inspector? —dijo a Mario a modo de broma.

—Acompáñame —le pidió al Tubitos.

Al entrar en la habitación principal, Mario le indicó el armario. Pedro se quedó mirando por un momento, mientras se ponía unos guantes de látex, y dijo:

—¿Ese eres tú, Mario?

—Me temo que sí —acto seguido, y mirándole directamente a los ojos, el inspector prosiguió —, lo quiero todo: huellas, ADN, si lo hay, y todo lo que se te ocurra, ¿de acuerdo?

—Sí, sí. Tenlo por seguro, Mario —respondió, viendo que la cosa era muy seria.

—En cuanto lo tengas llámame, por favor.

Mario salió de la habitación, y Pedro comenzó primeramente a fotografiarlo absolutamente todo, para después buscar las posibles huellas, pelo, o cualquier otro resto orgánico en las fotos y recortes de periódicos, el armario, y el piso por completo.

Mientras tanto, Mario se dirigió a la casa del doctor Cayetano. Quería hablar con su viuda, necesitaba saber algo más sobre Salvador, y quizás, ella pudiese ayudarle.

En la zona norte de Madrid, en la urbanización Mirasierra, estaba el domicilio del doctor. Conduciendo por las solitarias calles residenciales de la urbanización, repletas de grandes árboles y casas caras, el inspector encontró sin demasiada dificultad el chalé individual del fallecido. Toda aquella zona era realmente bonita, silenciosa y carente de la vorágine de la gran ciudad, incluso, ahora que Mario había salido del coche, le parecía no estar en Madrid. El inspector se acercó a la puerta de paso que había en la valla de entrada, y pulsó el botón del telefonillo.

Segundos después, la voz de una mujer sudamericana se oye al otro lado —Sí, diga.

—Buenos días, soy el inspector Parra, de homicidios. Quisiera hablar con la esposa del doctor Cayetano.

—Un momento, por favor —responde, colgando el telefonillo y, supuestamente, yendo a preguntar a la señora.

Al momento, se escucha nuevamente ruido al otro lado del interfono —, sí, puede pasar —dice, a la vez que se oye el sonido del pestillo eléctrico.

El inspector Parra empujó la puerta, entró en la propiedad de la casa siguiendo un camino de piedra rodeado por un jardín pletórico de plantas y bien cuidado, y llegó hasta la entrada de la vivienda, donde la chacha le esperaba.

—Acompáñeme —dijo ésta, tras dejar pasar a Mario y cerrar la puerta.

Detrás de ella, Mario cruzó por un largo pasillo hasta el salón. Un salón muy decorado, y con clara tendencia clásica.

—Señora —se dirigió la doncella a la dueña de la casa —, el inspector.

La afligida mujer miró al inspector sin levantarse del sofá, y le dijo:

—¿En qué puedo ayudarle?

—Buenos días, señora. La acompaño en el sentimiento, y siento molestarla, pero necesitaría hacerle algunas preguntas.

—Siéntese, por favor.

Mario se sentó en un sillón, frente a la viuda.

—El motivo de mi visita es saber si en alguna ocasión su marido le comentó algo sobre uno de sus pacientes, en concreto sobre uno, Salvador Adaín.

—Adaín —repitió ella pensando e intentando recordar —Sí, Salvador Adaín, lo recuerdo. Mi marido no me hablaba demasiado de sus pacientes, lógicamente, pero sí me habló alguna vez de él. ¿Tiene algo que ver con su muerte?, el socio de mi marido me dijo que cree que fue uno de sus pacientes quien le asesinó.

—No lo sabemos todavía, pero tenemos que seguir todas las pistas para encontrar al homicida.

Iván Moncada

Con un gran suspiro, la mujer del doctor Cayetano comenzó a contar lo que sabía de aquel paciente.

—A esa persona le estuvo tratando mi esposo desde que era un niño, cuando comenzó a ejercer la profesión, en un orfanato. El San Gregorio. Lo único que sé, o recuerdo, es que ése era uno de los casos más insólitos que se habían visto en psiquiatría, o al menos, es lo que siempre decía.

—¿Sabe si su marido guardaba alguna documentación sobre esta persona aquí, en su casa?

—Puede ser, arriba tenía un despacho en el que pasaba muchas horas con algunos de sus casos.

—¿Me permitiría echar un vistazo a sus papeles?

—No creo que sea correcto dejarle verlos, Javier era muy escrupuloso con el secreto médico-paciente, pero... —unos segundos de silencio siguieron a sus palabras y, cabizbaja, recordaba a su buen marido —, ¡a la mierda!, ése, o algún otro malnacido de los que trataba de ayudar le ha matado —decía, mientras se llevaba la mano a la boca para taparse y comenzando a llorar — ¡Suba arriba, es la habitación del fondo del pasillo!, ¡está usted en su casa! —terminaba aquella mujer, cuyo mundo se había hundido a sus pies con la muerte de su marido y la desdicha intentaba ferozmente ahogarla en el lodo de la pena y la soledad, pues no tenía ningún hijo con el que compartir su dolor.

—Gracias —respondió Mario, levantándose del sillón y dirigiéndose hacia las escaleras.

Al oír llorar a la señora, la doncella entró en el salón para ver si podía ayudarla, pero ésta le pidió que la dejase sola.

El inspector subió las escaleras y recorrió el pasillo entrando en el despacho del doctor.

Revisando las estanterías abarrotadas de libros y los cajones, con cientos de papeles, finalmente encontró en uno de ellos una gruesa carpeta en la que ponía "Orfanato de San Gregorio". La cogió y la puso sobre el escritorio.

Al abrirla, encontró que allí estaba toda la documentación de los cinco años en los que Cayetano estuvo a cargo del servicio psiquiátrico del orfanato. Hoja tras hoja, el inspector fue leyendo por encima los informes, pero no había nada sobre ningún niño llamado Salvador. De hecho, en aquellos informes no constaba ningún nombre. Posiblemente, para proteger la identidad de aquellos jóvenes, el orfanato o el mismo doctor, cortaron la cabecera de los informes. Así sería muy difícil saber sobre quién hablaban, pero, atendiendo a lo que la viuda le había contado, buscó aquéllos en los que los traumas descritos fuesen más extensos y mostrasen mayor problemática.

Después de casi una hora, Mario reunió unos cincuenta folios en los que se describían, con gran detalle, los sueños que atormentaban a algún chico en concreto. En especial, aquellos en los que se hacía referencia a unas cintas de vídeo. Enseguida el inspector comenzó de nuevo a revisar el despacho, hasta que, al final, logró encontrar una caja de cartón con varias cintas VHS. En el despacho no había televisión ni vídeo, por lo que decidió preguntarle a la señora si le permitiría llevarse aquel material, con la promesa de devolvérselo lo antes posible para, así, poder visionar las cintas y revisar su contenido. Sin ningún reparo, sumida en un sentimiento de frustración y amargura, la esposa del doctor Cayetano le dio permiso.

La tarde llegaba a su fin, y Mario se fue a casa. Consigo, llevaba toda aquella documentación y, después de ponerse cómodo, una a una, vio todas aquellas cintas grabadas en blanco y negro en su viejo Panasonic. En la mayor parte del tiempo, sólo se veía en las grabaciones a un niño, difícilmente identificable como Salvador, pues era muy pequeño, que permanecía plácidamente durmiendo. Mario pasaba esas partes de las grabaciones en "FastForward" para detenerse justo cuando el niño se despertaba de golpe envuelto en alaridos, convulsiones, temblores y fuertes ademanes con los brazos y las piernas, cada vez de una manera distinta. Al finalizar una cinta, Mario revisaba los informes intentando averiguar cuál correspondía a cada cinta, pero era muy difícil, ya que había muchos más informes que vídeos, y además, era complicado adivinar qué sueño concordaba con cada despertar del muchacho.

Ya eran las cinco de la mañana, y a pesar de no haber ido a correr al parque para poder conciliar el sueño, Mario estaba cansado. Había estado viendo los vídeos y revisando informes desde las diez de la noche del día anterior y, recostándose sobre el sofá, cerró los ojos, y se quedó dormido.

*　　*　　*

5:54 de la mañana. Terminal T4 aeropuerto de Barajas.

En la inmensidad de los descomunales pasillos del aeropuerto, las gentes, cuales almas perdidas en el purgatorio, deambulan de un lado al otro para dirigirse a sus puertas de embarque. Es muy temprano, y hay poca gente, pero Salvador recibió un mensaje en su móvil indicándole que recogiese un billete en el mostrador de "Lufthansa" a las cinco de la mañana, para coger el vuelo de las seis hacia Boston, en Estados Unidos. Ya hacía un buen rato que estaba dentro de la sala de espera cuando las azafatas anunciaron el embarque y, las nueve personas que allí había, comenzaron a pasar, una a una. El vuelo llevaba algo de retraso, pero no tardaron apenas nada de tiempo en cerrar las puertas y salir a la pista. El vuelo iba a ser largo, ya que hacía escala en Múnich, tiempo de sobra para que Salvador repasase la información que llevaba en su mochila de mano, y luego se quedase profundamente dormido.

Iván Moncada

Iván Moncada

14

13 de mayo de 1917, Cova da Iria, Portugal.

En plena noche, un niño, de escasos cinco años, se encuentra de repente en medio de un campo de cultivo, bajo una brillante y colosal luna llena. No sabe dónde está, pero su semblante muestra calma y sosiego tras mirar a su alrededor y comprobar que está sólo. Con la perfecta visión que la blanca e intensa luz que desde el cielo baña los suelos, el muchacho comienza a andar sin rumbo. Como muchas otras veces le ha ocurrido, simplemente espera a que algo suceda o llame su atención. No sabe bien cómo llega a esos lugares, pero poco a poco va aprendiendo a sobrevivir en ellos, e intenta pasar desapercibido. Aunque sabe que siempre llega a ellos por algún motivo, por ahora, escapa a su comprensión.

Sobre la quietud del silencio, sólo escucha sus pasos en la arena y algún ave nocturna comunicándose con sus congéneres. Sobresaltados, tres conejos, que aprovechaban la noche pa-

Iván Moncada

ra comer los verdes tallos del sembrado, huyen despavoridos al ver al chico que les miraba sin cesar su marcha. Pronto abandonó las tierras de labranza en las que apareció y prosiguió su camino campo a través. Estuvo andando hasta el alba sin encontrar a nadie, hasta que, alertado por un rebaño de ovejas que vislumbró frente a él, vio a tres pastores que las cuidaban.

Aquellos pastores, de corta edad como él, dos niñas y un niño, mostraban gran destreza manejando a los animales que guiaban. Seguramente llevarían años pastoreando a pesar de ser tan jóvenes, aunque no era la primera vez que veía esa escena. Tras observarlos un momento, y sin un motivo para hacerlo, decidió seguir a los pastorcillos y a su rebaño.

Durante un rato, permaneció detrás de ellos a distancia suficiente como para que no le viesen, y al llegar a una colina con frondosa hierba, los niños se sentaron sobre unas piedras a descansar mientras los animales pastaban. En aquel momento, con el cielo ya celeste y el sol intentando romper por encima de las montañas en la lejanía, una fuerte luz comenzó a brillar. El muchacho que los observaba desde la distancia creía que simplemente era el sol naciente que irrumpía en el nuevo día, pero al ver a los pastores ponerse de pie asustados y quedarse mirando al deslumbrante destello, se dio cuenta de que no lo era. Desde donde estaba, podía oír a los niños hablar, pero no alcanzaba a ver qué era aquello, pues le cegaba hasta el punto de dolerle los ojos y tener que apartar la mirada.

—*Lucia, ¿Qué é isso? (Lucia, ¿qué es eso?)*—preguntaba la niña más pequeña mientras se agarraba al brazo de la mayor.

Iván Moncada

—*É uma dama, ¿você não vê? (es una señora, ¿no la ves?)*—
le respondía, con la cara deslumbrante de alegría y sonriendo a
la luz.

—*Sim, ela é muito bonita (sí, es muy hermosa)* —decía
mientras todo miedo desaparecía de su mente.

—*Eu posso vê-la, mas não ouvem. ¿O que ela diz? (yo puedo
verla, pero no la oigo ¿Qué es lo que dice?* —dijo el niño ante las
palabras de éstas.

Sentado de espaldas a esa extraña luz, que no hacía
sombra en las plantas y las rocas, para así evitar quemar sus
ojos, y mientras que los pastorcillos se acercaban aún más a ella,
el muchacho escuchaba cómo la niña mayor le relataba al niño
todo lo que aquella mujer, que veían y les hablaba, mostraba
ante ellos, pues de los tres, era el único que no alcanzaba a distinguir o entender las imágenes.

Aquella niña decía que la mujer de la luz era su señora y
que había venido del cielo, que debían de rezar el rosario cada
día, y que deberían acudir allí cada día trece para transmitirles
un importante mensaje, pues en el mensaje, había una adver-
tencia para la humanidad, ya que Dios estaba enfadado con
ellos por su estilo de vida pecaminoso y el castigo sería la guerra y la aniquilación. Les prometió que, si lo hacían, les diría
cómo la humanidad podría redimirse de sus pecados.

Aquello duró sólo un momento, y la luz que habló a los
tres niños, se fundió con el sol que, ahora sí, lo inundaba todo
tras superar las altas cumbres del horizonte.

Perplejos, pero seguros de que lo que habían visto era
real, los tres niños se miraron unos a otros, y se fueron de allí

87

Iván Moncada

conduciendo su rebaño. El pequeño viajero les siguió como pudo, pues lo veía todo borroso y le dolían mucho los ojos después de haber mirado a aquella luz.

Mientras los pastorcillos seguían su camino de regreso, el niño, llamado Francisco y la niña pequeña, llamada Jacinta, que eran hermanos, y junto con la mayor, Lucía, prima de éstos, prometieron que no le contarían a nadie lo que habían visto, pues si lo hacían, nadie les creería y les castigarían. Cuando llegaron al pueblo y fueron a buscar a sus padres que, azarosos, andaban recolectando hortalizas como hacía la mayoría del pueblo, justo en la huerta de detrás de la vieja iglesia, la niña pequeña no pudo evitar la emoción y dijo a sus padres:

—¡*Mãe, pai! ¡Temos visto a Virgem e não falado!* (*¡Madre, padre! ¡Hemos visto a la Virgen y nos ha hablado!*)

Enseguida, el rumor de lo que los niños habían visto se extendió por el pueblo como la pólvora.

Uno de los vecinos, que era un hombre mayor y obsesionado con las cosas del demonio, salió en busca del cura para hablarle de lo que la pequeña niña contaba. En su camino, y sin quererlo, se topó con el pequeño que apareció aquella mañana en medio del campo y que apenas veía debido a los derrames que tenía en sus ojos.

—¿*Quem é você? Eu nunca vi você o publo* (*¿Quién eres tú? Nunca te he visto por el pueblo*) —le preguntaba mientras pensaba que, quizás, él era el culpable de que aquellos tres niños dijesen que habían visto a la Virgen.

Encolerizando, debido a su retorcida mente, el hombre le cogió por los brazos fuertemente haciéndole daño y comenzó a gritarle.

—¡¿*É você quem colocar essas outras crianças essas mentiras na cabeça? ¿É você, hein? ¿É você?!* (¿*Eres tú quien ha metido esas mentiras en la cabeza a los otros niños? ¿Eres tú, eh? ¿Eres tú?*) —le repetía una y otra vez sin parar de zarandearle.

—¡No, no sé qué quieres de mí! ¡Déjame! ¡Déjame!... —chillaba asustado.

En el momento en que aquel bruto aflojó sus manos por un segundo, el niño logró soltarse y echó a correr. Pero aquel trastornado hombre corrió tras de él para cogerle y llevarle ante el cura. Sin embargo, después de torcer la calle que daba a la plaza del pueblo, el violento señor perdió el rastro del niño que, como evaporado en el aire, desapareció de allí.

En El Tormento De La Noche

Iván Moncada

15

22 de septiembre de 2012. En la actualidad.

Como si presintiese lo que iba a suceder, Mario abrió los ojos y se despertó justo antes de que su teléfono sonase.

— ¿Sí? — preguntó nada más cogerlo.

— ¿Mario?, soy Pedro. Ya tengo el análisis de lo que se encontró en el piso.

— Gracias, Pedro. No te vayas, en un rato estoy ahí.

— De acuerdo. Hasta ahora.

Mario colgó el teléfono y miró su reloj. Eran las ocho de la mañana. Observó todo a su alrededor y, viendo la esparramera de papeles que inundaba la mesa y el suelo de su salón, recordó lo que estaba haciendo, pues se sentía bastante aturdido y perdido. Durante un momento, el inspector permaneció sentado en el sofá, con las manos entrelazadas sobre la nuca y ligeramente inclinado hacia delante, intentando centrar su mente.

Iván Moncada

Las ventanas de la casa estaban orientadas al Este, y la claridad de la mañana se colaba abrumadoramente por doquier. Mario se puso de pie y fue a la cocina. Abrió el mueble superior contiguo al del fregadero, y cogió la caja de Paracetamol. Se metió dos pastillas en la boca y, a morro, bebió algo de agua del grifo para que pasasen con facilidad por su gaznate. No sabía por qué se sentía tan sumamente cansado, pero lo estaba.

Quitándose la ropa por el camino, se dirigió a la ducha. Debía ponerse en marcha, había quedado con el Tubitos, quería que le explicase todo lo que había encontrado con el máximo detalle posible.

Media hora más tarde, después de abandonar su casa, Mario llegó a la calle de Julián González Segador, donde estaba la comisaría general de la policía científica. Enseguida se acreditó y accedió al edificio. Directamente bajó a la planta inferior, donde sabía que estaba Pedro, y golpeó con los nudillos la cristalera del laboratorio para llamar su atención. Al verle, Pedro salió a buscarle.

—Hola Pedro, ¿Qué tienes?

—La verdad es que mucho. Ven, vamos a mi mesa.

Andando por el pasillo central, a unos pocos metros de la entrada del laboratorio, había una gran sala en donde los científicos tenían sus escritorios.

—Siéntate a mi lado —le pidió el Tubitos al inspector para que pudiese ver bien la pantalla de su ordenador.

—He escaneado todos los documentos que había en el armario para no manosear las pruebas. Mira —le comentaba

Pedro mientras entraba en la carpeta con el número de caso y comenzaba a pasar las fotos y recortes de periódicos.

—¿Había alguna huella? —preguntaba Mario

—Sí, pero las únicas huellas que hay son del sospechoso, Salvador Adaín Estrella. Aunque está limpio, no tiene antecedentes, de hecho, he tenido que cotejar las huellas con las de su DNI. En el pisa papeles del gabinete psicológico tampoco había nada, lo debió de limpiar antes de huir.

Centrándose en el material encontrado en el piso del supuesto homicida, continuó —Te cuento. He logrado averiguar quiénes son algunas de las personas de las fotografías. Unos son religiosos, Obispos y curas; otros, personajes políticos de poco calado, de Italia mayormente; y un profesor, de la universidad "*la Sapienza*", en Roma. Del resto, no hay forma de saber quiénes son. Indagando un poco en la red he descubierto que, al menos, tres de ellos están muertos, o eso dice la información que encontré en Google. Y aparentemente, murieron por causas no precisamente claras, accidentes un tanto raritos casi todos.

—¿Y los recortes?

—La mayoría de ellos son de supuestos escándalos financieros y sexuales, algunos relacionados directamente con algunas de las personas de las fotografías y, de una u otra forma, todos ellos con la iglesia.

—¿De dónde son?

—Puf… hay de todo. Italia, sobre todo Roma y Nápoles, Alemania, Francia, América, incluso aquí, en España. Y he averiguado algo curioso.

—¿El qué?

Iván Moncada

—Mira el reverso de las fotografías —le decía mientras hacía "click" en un icono del programa que estaba usando para ver la parte posterior de los documentos escaneados.

—¿Ves estos números en la trasera de las fotografías?

—Sí.

—Esos números son una combinación que corresponde al lote del papel fotográfico, de Agfa en este caso, fecha de fabricación, número de serie de la máquina que las reveló y número de fotografía, referente a la cantidad de fotografías total que la máquina lleva impresas. Por lo que, tras investigar un poco, y hacer un porrón de llamadas, he logrado averiguar que se trata de una máquina de revelado Fuji FP230B que fue vendida en el 2005 a una tienda de fotos de Vittoria, en Roma. Y según el distribuidor de Fuji en Italia, se llama FotoVittoria, y a día de hoy sigue abierta.

—¿Roma?, ¿qué diablos tiene que ver el sospechoso con todo esto?

—Quién sabe, pero parece algo más que un simple tío con problemas mentales. ¿No?

—No sé qué decir, la verdad, me acabas de dar muchas cosas en las que pensar. ¿Había ADN?

—Sí, tengo varias muestras de pelo y restos del cepillo de dientes. Pero no tengo nada con lo que compararlas.

—Vale. Buen trabajo, Tubitos — le decía Mario a Pedro con una sonrisa en la boca mientras se levantaba de la silla y terminaba —, si encuentras algo más llámame, ¿de acuerdo?

Iván Moncada

—No hay problema. Voy a seguir con todo el inmenso retraso de cosas pendientes que tengo. Hablamos —se despidió Pedro.

Mario salió del edificio y sacó su móvil del bolsillo, buscó en la agenda, y marcó a Balboa. Tenía pendiente la investigación de San Pedro el Viejo.

—¿Si?

—Balboa, soy Parra. ¿Sabes algo de San Pedro el Viejo?

—Algo he conseguido. Resulta que el cura tenía una relación con un adolescente marroquí, y por lo que comentan en el barrio y varios yonkies de la zona dicen, un primo de éste se enteró y le estaba extorsionando.

—Por Dios, qué asco me da toda esta mierda.

—Sí. Pero de esta mierda es de la que comemos, ¿No? Jajajajaja…

—¿Has localizado al chico y al primo?

—No, todavía no. Pero ando cerca, en cuanto los coja los llevo a comisaría y te aviso.

—Vale, hablamos.

El inspector colgó y se montó en el coche para dirigirse a ver al doctor Hernández, ya que había cogido la documentación que tenía Cayetano en su casa y quería que le diese su opinión, con la esperanza de que le ayudase a casar las cintas con los informes.

Al llegar al gabinete, Mario se extrañó bastante al ver que, quién abría la puerta, era Hernández y no Sonia, la secretaria.

—Buenos días, doctor.

95

—Oh, inspector. Buenos días —respondía sorprendido al verle de nuevo.

—¿Está usted ocupado?, necesitaría su ayuda si es posible.

—Sí, como no. Pase, pase. Hace cinco minutos terminé con el paciente con el que estaba y hasta dentro de dos horas no tengo más citas —decía el psiquiatra mirando la caja que el inspector tenía entre sus manos.

—¿Y la secretaria? —preguntó Mario, sabiendo casi de seguro cuál sería su respuesta.

Reticente a dar demasiadas explicaciones, dijo —¿Sonia?, si, bueno. Tras lo ocurrido con Cayetano… se sentía muy deprimida y decidió que quería dejar el trabajo.

—Lástima, parecía una buena chica.

—Sí —asentía con la cabeza y sonreía ligeramente cambiando de tema —, pasemos a mi despacho, estaremos más cómodos.

—Por supuesto —respondió Mario siguiéndole.

Una vez se sentaron, el inspector Parra comenzó a explicarle por qué había ido.

—Bien, doctor. Ayer estuve con la viuda del doctor Cayetano y me dio permiso para coger alguna documentación de su despacho. Documentación referente a Salvador. Cuando Cayetano comenzó a desempeñar su trabajo como psicólogo en un orfanato —Hernández ponía cara de extrañado mientras levantaba una ceja, quizás por haber logrado acceder a aquellos papeles —. Durante toda la noche, estuve leyendo los informes y visionando las cintas, pero, debido a que los informes no tienen la cabecera con los datos de los pacientes, sólo fechas, no logro saber si son de Salvador. Al igual que las cintas.

—Bien, déjeme echar un vistazo —decía, a la vez que Mario le entregaba la carpeta con los informes.

Durante más de diez minutos en completo silencio, y pasando su vista por encima de los descolocados papeles, el psiquiatra dijo —Sí, sin duda es la letra de Cayetano y yo diría que, al menos, hay informes de tres sujetos distintos.

—¿Tres?

—Sí —respondía el doctor comenzando a explicar por qué había llegado a aquella conclusión —, el primer indicio de que son tres personas distintas, es su patología. Uno de ellos, del que solamente hay tres informes, habla de un trauma infantil por abandono de sus padres biológicos y cómo éste desarrolla cierta agresividad hacia sus compañeros, sobre todo hacia los más pequeños y los que mayor posibilidad de adopción tenían.

Asintiendo con la cabeza y con gran interés en sus palabras, el inspector comenzaba a tomar anotaciones en su Moleskine.

—El segundo. Describe a un niño poco comunicativo y solitario. Con problemas del habla, y con gran tendencia al llanto fácil al que, después de varias sesiones, prolongadas durante casi dos años, el doctor Cayetano consiguió corregir su comportamiento logrando que fuese más afable y llegando incluso a hacer varios amigos en el centro. De éste hay siete informes. Y el resto, parecen ser del mismo paciente, aunque tampoco lo puedo asegurar.

97

—¿Le importaría que viésemos un par de cintas y me diese su opinión?, ¿y si puede, explicarme qué significan exactamente?

—Faltaría más, de hecho, siento gran curiosidad —decía Hernández mientras se levantaba y desplazaba las puertas correderas de uno de los muebles de la pared, descubriendo una televisión plana, un lector de DVD y un reproductor de vídeo en los compartimentos inferiores.

Mario eligió dos de las cintas, las que más le impresionaron, y se las dio al doctor.

El intrigado psiquiatra introdujo la primera de ellas y, cogiendo los mandos de los aparatos, se sentó.

En las primeras imágenes, el niño que salía en la grabación permanecía durmiendo plácidamente sobre un camastro antiguo. La habitación estaba poco iluminada, no pudiendo ver bien el fondo de la estancia, pero al haber sido grabadas en blanco y negro, sí lo suficiente como para ver la cara del chico. Mario no sabía bien por qué, pero el doctor subió el volumen de la televisión casi del todo y accionó el zoom del televisor, reduciéndose la calidad de la imagen considerablemente, aunque todavía se podía distinguir lo suficiente la cara del niño. Entonces, a pesar del terrible ruido de fondo, se lograba oír la respiración.

—La respiración es rítmica y suave, y el aparente movimiento incesante de sus ojos bajo los párpados, indica que está dentro del sueño REM —Comentaba el psiquiatra para que el inspector supiese qué es lo que veían.

—Así está durante un buen rato, por lo menos veinte minutos. Tendrá que pasar esa parte para llegar a ver la reacción del chico —le sugirió Mario.

El doctor presionó el botón del mando y la cinta avanzaba rápidamente mientras la barra de tiempo indicaba los minutos transcurridos. Entonces, en el minuto dieciocho, presionó el Play de nuevo.

Como en una de esas películas de posesiones infernales, el durmiente niño despertó, irguiéndose y comenzando a gritar y a hablar. El psiquiatra no había bajado el volumen, aunque Mario tampoco le había avisado, por lo que ambos dieron un respingo del susto.

Mientras reducía el atroz grito del niño con el mando a distancia de la tele, el doctor le preguntó a Mario —¿Ha visto eso?

—¿El qué?

—Eso — repetía mientras rebobinaba unos segundos —. Fíjese —alertaba a Mario mientras sus ojos, abiertos como platos, no se despegaban de la pantalla del televisor.

Hernández pulsó el Play de nuevo, pero esta vez en "Slow-Motion". Ahora las imágenes transcurrían a la mitad de velocidad, lo suficientemente lentas como para apreciar lo que el doctor había percibido.

—¡¿Lo ha visto ahora?!

—No lo sé, ¿el qué exactamente? —replicaba Mario acercándose más a la tele.

—Ese corte en la grabación.

99

Iván Moncada

—Ah, sí. Me fijé en eso anoche. Pero eso puede deberse a que la cinta es vieja.

—No lo creo, inspector —le respondía el doctor Hernández, mientras rebobinaba de nuevo para visionar otra vez el momento exacto al que se refería —, fíjese más detalladamente.

Esta vez, pasó las imágenes más lentamente aún.

—¿Lo ve?, durante una fracción de segundo no se ve al niño. Sin embargo, la cama y el resto de cosas de la habitación si se ven. Eso no puede ser por la degradación de la cinta —le decía el psiquiatra a Mario, totalmente fascinado y anonadado.

Mario, sin palabras para poder explicar lo que había visto, miraba las imágenes y la cara de Hernández.

—¿Cómo es eso posible? Debe de haber una explicación lógica. La gente no desaparece así como así.

El psiquiatra comenzó a revolver los informes buscando algo que leyó cuando Mario se los dio.

—¡Éste es! —Exclamó el doctor sujetando uno de los papeles frente a su cara —Sólo que Cayetano no vio ese corte de imagen con los aparatos de vídeo y televisiones de hace cuarenta años —añadió.

El emocionado psiquiatra le dio el informe al inspector para que lo leyera mientras se acercaba a la pantalla y seguía observando con detenimiento la parte en la que aparecía Cayetano intentando calmar al niño.

Mario comenzó a leer, intentando principalmente averiguar por qué el psiquiatra había decidido que aquel era el informe que concordaba con la grabación que estaban viendo, pero no encontraba la relación.

Fecha: 10 de Junio 1980	**Facultativo:** Dr. Cayetano
Patología: Terrores nocturnos / Pesadillas (pendiente de estudio)	

El sujeto es un varón, de cuatro años, que presenta aparentes terrores nocturnos.

En varios episodios, el sujeto se ha despertado en medio de la noche, sin repetición de patrón horario, sobresaltado y gritando. Todo indicaría pesadillas estimuladas por su convivencia en el orfanato en el que reside. Durante varias semanas, el niño ha sido estudiado, y tras algún nuevo episodio, se ha decidido realizar grabaciones durante todas las noches. Por el momento no se ha podido esbozar un diagnóstico por falta de grabaciones de las supuestas pesadillas anteriores. Nuevamente, hoy se sigue con la vigilancia nocturna del paciente.

4:32 de la madrugada del 11 de Junio. Alertado por los gritos, acudo a la habitación del niño. Hoy si se ha despertado como se espera para el estudio de su problema. Esta vez, se ha grabado todo. Tras tranquilizar e inspeccionar al sujeto, se aprecia un elevado estado de nervios, e inexplicablemente, hiposfagma en ambos ojos.

El tutor hizo mención indirecta a "la mano del diablo" sobre el niño cuando me puso al corriente de sus problemas. Posible Predisposición de éste por ser religioso, me relató lesiones del muchacho tras los "ataques" ¿Auto inducidas quizás? ¿Abusos en el centro?. Difícil de decir, pues yo mismo metí al sujeto en la cama ayer y estaba en perfecto estado. Sin duda, es realmente extraño e inquietante.

Ya se ha hecho de día y he visionado el vídeo. Lo que más me ha intrigado es el hecho de que, el sujeto, ha pasado de la completa pasividad a la completa actividad sin mostrar estadio intermedio, sin progresión en la pesadilla. ¿????

— ¿Por qué cree que éste es el informe de esta grabación?

Iván Moncada

—Está claro. Acérquese y vea esto en detalle —le pidió Hernández al inspector Parra —¿Ve los ojos del paciente? ¿Eso que parece una negrura?

—Sí. ¿Qué les pasa? —preguntaba Mario mirando la distorsionada cara del niño por el exagerado zoom.

—Tiene hiposfagma. O lo que comúnmente se llama "derrame ocular", a lo que hace referencia Cayetano en el informe.

Mario miró de nuevo el informe, encontrando la referencia que hacía el difunto doctor —Sí, ahora lo veo —le dijo.

El psiquiatra estaba entusiasmado con todo aquello y, acto seguido, extrajo la cinta que habían visto para insertar la otra que Mario le dio.

Después de reproducir los mismos pasos que con la anterior, y de haber avanzado hasta el momento en el que el paciente se despertaba, Mario y Hernández vieron el mismo lapsus de desaparición de la imagen del niño.

—¡Es espectacular! —exclamaba el doctor.

Esta vez, el muchacho no parecía presentar daños físicos de ningún tipo, aunque los síntomas no eran exactamente los mismos, ya que, al despertar, solamente decía —¡Aayy...! ¡Aayy...! —seguido de diversos ademanes con los brazos y piernas como si estuviese forcejeando o luchado contra algo o alguien.

—¿Cree usted que ese niño es Salvador? Y, ¿a qué cree que se debe lo que le ocurre?

—Ohhh..., mi querido inspector —decía Hernández sonriendo —, es una buena pregunta a la que no le podría responder a ciencia cierta. Los conocimientos que tengo sobre el caso de ese hombre y, únicamente, por las veces que Cayetano y yo compartimos y estudiamos algunas de las grabaciones de sus sesiones, antes de su asesinato, podría decir que concuerda con su comportamiento en parte, pero lógicamente, viendo a ese niño, no puedo asegurarlo.

—¿En parte?

—Sí. Como le dije en nuestro primer encuentro, la patología de Salvador se podría describir como "Delirium in Somnia", pero esto... oohhh señor, es realmente increíble, y sólo se podría asemejar a los llamados "Viajes astrales".

—¿Viajes astrales? ¿Qué son viajes astrales?

—Los viajes astrales, no aceptados bajo el amparo de la ciencia por carecer de pruebas contundentes que lo demuestren, son cuando, un individuo, dice desdoblar su cuerpo de su mente en sueños, aunque, en este caso, no se corresponde totalmente con la descripción, pues es todo su ser el que se desvanece.

—¿Cómo? Eso suena a ciencia ficción, ¿no?

—Es cierto. Pero tan cierto también como que, muchas personas, durante siglos, relatan haber experimentado la separación de sus almas, como la mayoría de ellos aseguran, llegando a ver sus cuerpos sobre sus lechos, rondando por sitios desconocidos para ellos, o viajando por mundos lejanos.

—¿Cree usted en eso?

—Bueno. Como psiquiatra me niego a acreditar tales experiencias, pero como ser humano, me pregunto ¿por qué hay tantos testimonios sobre viajes astrales?

—¿Piensa que la demencia de Salvador es debida a que cree viajar en sueños, trasportándose a otro lugar?

Elevando las cejas para mostrar su estupefacción, acompañado por una voz profunda y penetrante, mientras se inclinaba hacia delante sobre su sillón y se llevaba las manos sobre su boca a modo de rezo, el doctor dijo —No sabría qué responder, ya que, como usted también ha visto, la imagen de ese niño aparenta desaparecer durante unas décimas de segundo, en todas las cintas que hemos visionado.

En aquel preciso momento, el teléfono de Mario comenzó a sonar.

—Parra ¿dígame? —respondió rápidamente.

—Mario, soy Isabel, la vecina de tu madre.

—¿Isabel? Sí..., dime —respondía Mario desconcertado por la llamada de la vecina de su madre.

—Mario, hijo, han llevado a tu madre al hospital, se ha caído y creo que se ha roto la cadera. La oí esta mañana pidiendo auxilio porque no se podía levantar del suelo y entré con la llave que me dio.

—¡Joder! —Exclamaba Mario poniéndose de pie —¿En qué hospital está? —preguntó

—En el de Santa Cristina. Me estoy cambiando y ahora iré yo también para estar con ella.

—De acuerdo —decía preocupado el inspector, frotándose la cabeza con la mano izquierda mientras sostenía el teléfono pegado a la oreja con la derecha—, muchas gracias Isabel, enseguida voy para allá.

Iván Moncada

Mario colgó y se dirigió al doctor —Lo siento, doctor, pero he de irme.

—Sí, sí, descuide. No se preocupe —le respondía después de oír la conversación de Mario al teléfono, y añadiendo —. Si quiere, puedo hacerme cargo del material que ha traído. Así podré ver todas las grabaciones y estudiarlo a fondo.

Mario miró fijamente al doctor, intentando averiguar si lo decía honestamente y se podría fiar de él, y dijo —De acuerdo, se lo dejo. Así me podrá decir algo más sobre Salvador. Esto es de locos —acababa el inspector, refiriéndose a lo que habían visto y a lo que el psiquiatra le había contado sobre los Viajes Astrales.

Despidiéndose, Mario abandonó el gabinete y se puso en marcha para ir al hospital.

—¡Madre mía! ¡Lo que me faltaba ahora! —exclamaba mientras conducía, refiriéndose al percance de su madre.

La madre de Mario, Rosario, tenía setenta y nueve años, y desde hacía un par de ellos, caminaba ayudándose de un andador. Llevaba viuda casi otros veintidós, cuando el padre de Mario murió por culpa de una parálisis cerebral que le dejó en coma, falleciendo pocos meses después. Desde entonces, Mario intentaba prestarle a su madre toda la atención posible, que no era mucha, debido a su absorbente trabajo.

Rosario tuvo a Mario bastante mayor, a la edad de cuarenta años, y desde que murió su marido, se hizo cargo de su hijo trabajando como planchadora en una fábrica de confección de ropa.

Iván Moncada

Con dieciocho años, y después de acabar sus estudios de COU, Mario estuvo trabajando de repartidor en la misma fábrica en la que trabajaba su madre mientras comenzaba a cursar estudios para ingresar en el cuerpo de policía.

A Mario le encantaba ser policía, y poco a poco, fue ascendiendo y estudiando para llegar a ser inspector.

A los veinticinco minutos de dejar al doctor Hernández casi con la palabra en la boca, Mario llegó al hospital y preguntó por su madre. Estaba en urgencias, a la espera de una decisión por parte de los médicos. Rápidamente Mario encontró su cama. Su madre estaba dormida, fuertemente sedada para que no sintiese dolor, según una enfermera le dijo.

—Sí, espere un segundo, voy a avisar al doctor de que está usted aquí —dijo la enfermera.

—Sí, por favor —replicaba Mario.

A los pocos minutos, el doctor que había visto a su madre apareció.

—¿Es usted familiar de doña Rosario?

—Sí, soy su hijo. ¿Cómo está?

—Bueno, es una mujer mayor, y seguramente, debido a la descalcificación de huesos, parece haber sufrido una rotura de cadera, cayéndose al suelo.

—¿Le van a operar?

—Sí, ya hemos pedido quirófano, pero probablemente no tendremos uno disponible hasta mañana o pasado mañana. De momento, la mantenemos con sedación para evitarle los dolores. No obstante, hemos pedido más placas para ver todos los daños. En cuanto sepamos algo más se lo haremos saber.

—De acuerdo. Muchas gracias.

El doctor se fue a atender a otros pacientes hasta tener los resultados finales de las radiografías. Mientras tanto, Mario se sentó en el borde de la cama observando a su madre. Aquella mujer que lo había dado todo por él y a la que la edad iba minando su salud a pasos agigantados.

En El Tormento De La Noche

Iván Moncada

16

Vuelo DLH 4586 con destino Boston.

Una sucesión de fuertes turbulencias despertó a Salvador. Sudoroso y visiblemente asustado, miró nervioso y compulsivamente a su alrededor. Por un instante, no recordaba donde estaba, ni cómo había llegado hasta allí. La megafonía del avión anunciaba turbulencias, y el Display luminoso que anunciaba a los pasajeros que debían abrocharse los cinturones de seguridad parpadeaba incesantemente, en sincronía con un molesto tintineo sonoro.

Al momento, Salvador se situaba y tranquilizaba. Se había quedado profundamente dormido y había tenido una pesadilla. Pero el brusco desnivel que sufrió el avión le sacó inesperadamente de ella. De nuevo, una voz metálica que salía por los altavoces hablaba.

—En aproximadamente diez minutos tomaremos tierra en el aeropuerto internacional de Logan. El tiempo es inestable debido a una tormenta estival y tenemos una temperatura de veintiocho grados centígrados. La hora local de Boston es las trece y cuarto. Esperamos que su vuelo con nosotros haya sido de su agrado, esperando en que confíen sus futuros vuelos con Lufthansa.

Seguidamente, el comandante de cabina repetía exactamente lo mismo en inglés, y las azafatas recorrían los pasillos comprobando que todo el mundo tuviese los cinturones correctamente abrochados y las bandejas de sus asientos subidas.

Salvador guardó el sobre con la documentación que estuvo leyendo antes de que se quedase dormido y que aún permanecía sobre su regazo, metiéndola en la mochila, bajo sus pies.

Nada más aterrizar y desembarcar, Salvador pasó por el control de inmigración, y se dirigió a la salida del aeropuerto. Estaba exhausto después de doce horas en el presurizado avión, así que, después de que un autobús le llevase al centro de la ciudad, anduvo durante un rato por las apabullantes calles de aquella tremenda urbe para estirar las piernas.

Paseando, encontró un restaurante en el que comer, o casi cenar para él, y voraz, engulló una hamburguesa con patatas y dos refrescos de cola. Estaba bastante cansado por el largo día que tan pronto comenzó aquella mañana para él, pero no tenía ni gota de sueño. Amable, la camarera limpió la mesa en la que estaba Salvador, aprovechando éste el momento para pedirla un café con un torpe y básico inglés. Luego, sacó un mapa de los que encontró en el hostal de Madrid y, con el dedo, trazó varias rutas hacía un sitio en concreto y la forma más fácil y rápida de poder escapar de allí. La camarera volvió con su café, y desconfiado, lo dobló para que aquella mujer no pudiese ver que estaba haciendo.

Durante el viaje había repasado una y otra vez la documentación que llevaba. Su encargo era sencillo, aunque no exento de riesgos. Debía visitar a un cura poco conocido. Un hombre que se escondió y apartó del circo mediático que se montó cuando en 2002 se acusó a un sacerdote, John J. Geoghan, de pederastia. Posteriormente, el cardenal de la diócesis de Boston, que encubrió los abusos durante casi treinta años, intentó enmendar sus errores acusando a otros ochenta y seis religiosos más por el mismo delito.

Después de abandonar el restaurante, Salvador se dirigió al sudoeste de la ciudad en busca de la iglesia dónde ese cura, Mikel Stubnorn, oficiaba servicios. La iglesia era en realidad una catedral, la catedral de la Santa Cruz de Boston. Al llegar, Salvador entró en el templo. Estaban en plena misa y los bancos se hallaban repletos de fieles. Lentamente, y andando por el pasillo lateral, al que unos grandes arcos lo separaban de la nave central permitiéndole divisar a todo el mundo, Salvador fue avanzando hacia el altar y se sentó en uno de los primeros bancos. El religioso que procesaba la misa no era Mikel, pero enseguida Salvador le localizó. El cura que él buscaba estaba sentado en una silla, detrás del altar, junto con otros religiosos. El sexagenario, pequeño y rosado cura de pelo blanco y gafas, observaba y atendía a la misa con detenimiento.

Casi cuarenta minutos más tarde, el oficio finalizó, y todos los asistentes fueron abandonando el sagrado y antiguo edificio. Salvador esperó fuera, expectante y sosegado, a que el cura cuya fotografía tenía en la información que le hicieron llegar, apareciese. A las seis de la tarde, hora local de Boston, Mikel, por fin, salió de la catedral por la puerta trasera de la sacristía. Cauteloso, Salvador le siguió a pie durante dos manzanas, hasta que éste se subió a un autobús. En el cartel del voluminoso vehículo ponía "Central City – Roxbury – Deham", y Salvador también subió a él. Aquel hombre se dirigía a su casa, pues Salvador sabía que vivía en la calle Crawford, en Roxbury, por lo que, pacientemente, esperó sentado cuatro filas de asientos detrás de donde se había sentado Mikel.

Al llegar a Roxbury, Mikel se levantó para bajar del autobús. Salvador esperó hasta el último momento, cuando el cura hubo bajado y las puertas estaban casi a punto de cerrarse, para también apearse. A su paso, de camino a casa, Mikel saludaba a todos los vecinos con los que se encontraba, y Salvador, cruzó al otro lado de la calle para seguirle desde la distancia. Al rato, el cura llegó a su casa finalmente.

Mikel vivía en una bonita casa independiente de dos plantas, con un cuidado jardín delantero y bastante cerca de una escuela de primaria. La noche se cernía sobre la ciudad, y paulatinamente, los ciudadanos de Roxbury desaparecían de las calles para hacer vida dentro de sus complacientes casas.

Horas después, oculto por la oscuridad del negro cielo, Salvador se acercó a la casa de Mikel. Desde la ventana lateral de la casa, que daba directamente a la cocina, se podía ver al hambriento cura sentado a la mesa cenando un jugoso pastel de carne. Ajeno a los ojos que le observaban, Mikel, inmerso en sus pensamientos, se levantó y dirigió a la pila para lavar el plato y los cubiertos que había utilizado tras terminar de cenar. Salvador se apartó de la ventana, y esperó hasta que la luz de la cocina se apagase. Luego, con gran habilidad, consiguió desenganchar el rudimentario pestillo que bloqueaba la ventana, y se introdujo en la casa.

No pasó mucho tiempo hasta que el incauto religioso se quedó dormido sobre su confortable y mullido sofá del salón, mientras el sonido del televisor le procuraba una improvisada y soporífera nana de fondo. Salvador, preparado ya para hacer lo que había venido a hacer, se sentó sobre una silla, justo al lado de Mikel.

Con su penetrante y ronca voz, Salvador dijo:

—¡Padre Mikel! ¡¿Se ha confesado hoy por sus pecados?!

Dando un respingo y despertándose asustado por aquella desconocida voz, Mikel le miró con los ojos tremendamente abiertos, entendiendo perfectamente sus palabras, pues hablaba español.

—¡¿Quién...quién es usted!? ¿...qué quiere?, yo no poseo nada de valor —dijo, pensando que era algún latino de la zona que había irrumpido en su hogar para robarle.

Deleitándose con el miedo que engullía el alma de aquel hombre de Dios, prosiguió —Según tengo entendido, Padre, usted ha hablado con alguien, diciendo que tiene pruebas para poner a la iglesia de nuevo en evidencia.

—¿Qué...? No le entiendo, no...no sé de qué me está hablando. Yo no he hablado con nadie de nada —respondía asustado por las palabras inculpatorias de Salvador.

Iván Moncada

—¿Seguro, Padre?

—Por favor, no me haga daño. No sé qué es lo que quiere de mí.

—Usted lleva parte de las cuentas del arzobispado, ¿verdad? ¿Y no ha encontrado cierta información, cierta cantidad de dinero a la que no puede dar explicación?

En aquel momento, Mikel entendió a qué se refería. Tres meses atrás, mediante un email, informó al tesorero de la Santa Sede de que había encontrado irregularidades en las cuentas de la archidiócesis. Encontró varias cuentas secretas con grandes cantidades de dinero, y tras investigar un poco, averiguó que había muchos trapos sucios. Rápidamente informó al Vaticano pidiendo su intervención, y amenazando con que, si no ponían ellos remedio, lo haría él haciéndolo público.

Cada vez más asustado, Mikel dijo:

—Sí. Lo hice. ¿Qué le han dicho que haga? —preguntó, mostrando sus cartas.

—No se inquiete, Padre. Simplemente deme las copias de lo que encontró, y le dejaré en paz.

En aquel momento, y tras meditar durante unos segundos, el cura se puso de pie y se acercó a un gran mueble de madera que ocupaba gran parte de una de las paredes del amplio y con mal gusto decorado salón. De uno de sus cajones, sacó un pequeño montón de papeles que, temeroso, se acercó a entregar al desconocido y siniestro hombre.

—Siéntese, Padre —le ordenó Salvador, mientras comenzaba a revisar los papeles que el cura le ofrecía, para asegurarse de que era lo que buscaba.

Iván Moncada

El pulso del cura estaba por las nubes, y su enrojecido y sudoroso rostro desvelaba su desazón mientras se sentaba de nuevo en el sofá. Salvador los revisaba y hurgaba a la vez que andaba alrededor del compungido clérigo, mirándole directamente a los ojos de vez en cuando.

—Bien, ¿esto es todo?, ¿no hay nada más?

—No, eso es todo lo que me llevé.

Entonces, dejando los papeles sobre una mesilla, Salvador se acercó lentamente a Mikel y, como un rayo, le asestó en la garganta un fuerte golpe con el puño. El cura intentaba respirar y toser entre los asfixiantes sonidos de su rota tráquea y mientras sus manos rodeaban su extremadamente dolorido cuello. Se estaba ahogando, y Salvador observaba cómo su rostro se tornaba azulado mientras, de su bolsillo, sacaba un mechero para prender los papeles.

Casi ya inmóvil, por la falta de oxigenación de su sangre, Mikel veía cómo aquel malévolo hombre encendía, una a una, las pruebas que sacó a escondidas de la archidiócesis, mientras las dejaba caer al suelo y las esparcía por su salón haciendo que el fuego comenzase a devorar su casa. Enseguida, todo alrededor del ya asfixiado cura, se convirtió en una inmensa hoguera de purificación a los ojos de Salvador. Para él, aquel hombre era un pecador que intentaba hundir a la Iglesia, pero con su ayuda, su pecado sería juzgado por Dios y limpiado por el fuego de la redención.

Salvador abandonó la casa, y en pocos segundos, el fuego tomó toda la vivienda mientras él se alejaba de allí enviando un mensaje con su móvil.

115

Iván Moncada

Iván Moncada

17

Varias horas más tarde, en Roma, en las afueras del Vaticano, en un recóndito y casi inaccesible sótano de un edificio del barrio de Regola, varios hombres se reunirían en secreto. En la entrada de acceso a los cimientos de lo que antiguamente era una escuela, un hombre fornido y con cara de pocos amigos, esperaba, de aquellos pocos que habían sido requeridos al *"conventu" (reunión)*, la contraseña de la orden para dejarlos pasar sin que él tuviese que pedirla.

Solamente se esperaba a seis miembros de la orden, los más poderosos, y por ahora, sólo cinco habían llegado. Unos pasos se oían aproximándose al guardián de la centenaria puerta, descendiendo la vieja y angosta escalera de caracol que, desde una entrada secreta en uno de los pisos bajos del ahora bloque de viviendas, daba a las antiguas galerías del antaño invencible imperio romano que ahora soportaba toda la estructura del edificio.

Iván Moncada

Éste, al oírlos, pasó su brazo por detrás de su americana para empuñar su pistola, ya que, si no oía la palabra de acceso antes de cinco segundos desde que la persona que se aproximaba terminase de bajar el último peldaño, le pegaría un tiro sin contemplaciones. Fuese quien fuese.

—*Ego servus Michael (soy siervo de Miguel (arcángel))* — dijo en Latín y con fuerte acento italiano, el hombre que se aproximaba con el rostro y la cabeza tapada con la capucha de la negra capa que vestía.

Acto seguido, el tremendo custodio, sacó una llave de su bolsillo, y abrió la vieja cancela forrada de madera para dejar entrar al miembro que acababa de llegar. A su paso, cerró nuevamente, y permaneció frente a las escaleras de acceso. Pero esta vez, con su arma apuntando directamente a los esquirlados y desgastados peldaños superiores.

Los gruesos y pétreos muros insonorizaban las palabras de los hombres que allí se habían reunido, y que comenzaron a hablar en la antigua lengua romana: El latín.

—*Buenas noches hermanos. Os he convocado hoy para tratar un peligro que poco a poco va en aumento y atenta contra nuestros intereses y los de nuestra orden* —expuso uno de ellos, que aparentaba ser el líder.

—*¿Qué o quién es ese peligro?* —preguntaba otro.

—*Todos lo sabéis bien, es aquel al que hemos advertido sobre su intento de corregir la conducta de la gran empresa.*

—*¿Y qué vamos a hacer al respecto?* —decía uno haciendo uso de la palabra.

—*Antes de tomar medidas extremas, le vigilaremos más de cerca. Podemos tener un nuevo miembro en la orden, alguien realmente cercano y con poder para moverse libremente por la Santa Sede. De esa manera, nos adelantaremos a sus movimientos. Es por eso que hoy estamos aquí, para aceptar o no a ese miembro. Ruego pues, emitan su voto.*

—¿*Cuán cercano es?* —preguntó otro de los misteriosos hombres.

—*Alguien quien, antaño, tan sólo portaba alabarda y ahora ostenta un mayor poder* —respondió el líder, abriendo los brazos con las palmas abiertas hacia arriba, en espera de sus votaciones.

—*A favor...*

—*...A favor*—respondieron lentamente y entrelazando sus miradas los seis, uno tras otro.

—*Que así sea.*

Cuando la votación hubo concluido, los miembros desaparecieron del lugar de la misma forma en la que vinieron.

Iván Moncada

18

Año 395 d.C., Constantinopla.

Sin ya casi aire en sus pulmones, un joven muchacho de doce años salía de debajo del agua para respirar. Irrumpiendo en la superficie y tomando una gran bocanada de aire, miraba con cautela a su alrededor mientras su respiración se normalizaba. Estaba en una gran estancia cubierta, dentro de una pequeña piscina de agua templada. Cenefas de color verde destacaban sobre las ocres piedras que cubrían las paredes y las columnas de aquel lugar. Un gran agujero en lo alto de la cúpula que se cernía sobre su cabeza dejaba entrar la potente luz del sol, la luz hacia la que nadó esperando encontrar aire para no morir ahogado. Era la primera vez que aparecía en uno de esos extraños sitios estando bajo el agua, pero rápidamente, reaccionó y salió de allí para esconderse detrás de una columna y secar su cuerpo y su ropa. Esa rara ropa que esta vez vestía y que parecía un viejo camisón.

Iván Moncada

Unas voces lejanas, de las estancias colindantes, se colaban dentro de la gran sala donde él apareció. Sabía que debía salir de allí, ya que si alguien le encontraba, seguramente le tomarían por un ladrón y le castigarían, como ya le había ocurrido en alguna ocasión y, a pesar de saber que aquello era un sueño y tarde o temprano despertaría de él, parte del dolor y de las secuelas físicas siempre le acompañaban de regreso.

Con los pies desnudos, y como si de un pequeño ratón intentando escapar de la cocina de un chef encolerizado por su presencia se tratase, comenzó a andar de puntillas en dirección a la única salida posible, el gran arco del que provenían las voces.

Con el pecho pegado a las gruesas piedras que conformaban el arco y asomando ligeramente la cabeza para ver al otro lado, el joven viajero vio a un par de mujeres hablando. Una de ellas, estaba sentada sobre un gran y amplio sillón de exuberantes colores y vestía finas gasas malvas. La otra, permanecía de pie, detrás de la mujer del sillón, mientras le acicalaba su larga, negra y rizada melena. A pesar de su corta edad, el chico comenzaba a darse cuenta de que era capaz de entender el lenguaje de todo aquel con el que se cruzaba en sus sueños, aunque las primeras palabras que llegaban a sus oídos siempre se tornaban enrarecidas e incomprensibles.

Absortas en una banal conversación, ninguna de ellas se percató de la presencia del chico que, sigiloso, pasaba a sus espaldas conteniendo la respiración. Desde las descomunales aberturas que soportaban las talladas y gruesas columnas a forma de terraza de la parte más retirada de la estancia, se podía ver cómo una gran ciudad se extendía con el mar de fondo, hacia la que las dos mujeres miraban y cuyo olor a salitre era tremendamente perceptible para él. Pronto, el joven viajero llegó hasta el otro lado y se encaminó por un largo y alto pasillo. Diversas habitaciones, más pequeñas que la anterior, salían de él como las retorcidas ramas de un viejo árbol impidiéndole encontrar la salida, hasta que, tras descender por unas escaleras, se adentró en una altísima estancia rectangular sumida en la penumbra. Allí dentro sabía que no encontraría la forma de abandonar la laberíntica casa de mil habitaciones en la que apareció, pero los círculos de luz que se dibujaban en el suelo por medio de unos pequeños orificios que había en el techo, le encandilaban y asombraban. Al momento, sus ojos se acostumbraron a aquella poca cantidad de luz, logrando discernir las colosales paredes que le rodeaban. En ellas, miles de dibujos esculpidos colmaban cada centímetro de piedra.

Sin comprender su sentido, el chico andaba lentamente por el centro de la sala, yendo de uno de los círculos de luz al otro y permaneciendo encima de ellos mientras los suaves rayos de sol bañaban su cabeza y cuerpo. No sabía qué era, pero le parecía espectacular, ya que al incidir la luz en su cabeza, las paredes de la zona en la que estaba se iluminaban con su reflejo, pudiendo ver con detenimiento las figuras. Maravillado, y olvidándose de seguir buscando una salida, su asombro fue quebrantado por una áspera voz.

—¿Quién eres tú, cuyas huellas he seguido desde los baños hasta esta estancia sagrada?

123

Iván Moncada

Asustado, el niño se apartó de la luz para esconderse en la oscuridad.

Mientras caminaba lentamente hacia el chico, aquel hombre preguntaba —¿Cómo es posible que hayas podido eludir a mis guardias?, nadie, jamás, ha entrado aquí.

Acostumbrado a sentir un miedo que no le gustaba, el niño respondió —No...no lo sé señor.

—¿Dices que no sabes cómo has entrado? ¿Qué respuesta es esa si estás aquí? —le preguntaba estando ya a poca distancia de él.

Aquel hombre parecía bastante alto y muy delgado a pesar de no poder verle bien, pues caminaba por uno de los lados de la sala, en la oscuridad.

—Perdóneme señor, no era mi intención entrar aquí. Sin saber cómo, aparecí de debajo del agua y solamente intentaba salir de su casa —le respondía el chico con sinceridad, intentando que el hombre que estaba ya casi a su lado no le hiciese daño.

Sin decir nada más, el señor de aquel palacio del que el joven no supo escapar, dio un par de pasos acercándose a los rayos de luz, pero sin que estos le tocasen. Entonces, el chico pudo ver su cara, la cual no mostraba rabia o enfado alguno tras oír sus palabras, las mismas palabras que otro hubiese tomado como una burla, castigándole duramente. Es más, mirarle daba cierta paz, envuelto en su túnica y con esa cabeza ligeramente alargada y calva.

—Sal a la luz y deja que te vea —dijo el hombre ladeando la cabeza y mirando a aquel niño que permanecía en cuclillas abrazándose las piernas.

A pesar de saber que en esas ocasiones lo mejor siempre era correr, los grandes y oscuros ojos de aquel hombre le pedían una oportunidad. Oportunidad que aceptó, levantándose y acercándose a la claridad que ofrecían las oquedades que se alzaban varios metros sobre él, iluminando parcialmente de nuevo su rostro.

—¿Cuál es tu nombre, muchacho?

—Mi nombre es Viator, señor —le respondía sin temor al ver que no pretendía hacerle daño.

—Curioso nombre te dieron tus progenitores, más aún, si no sabes cómo llegas a los sitios —decía el hombre con una leve sonrisa en la cara y prosiguiendo —, ¿sabes por qué llegas hasta ellos?

—No, señor.

—Bueno, quizás sea pronto para ti, lo averiguarás con el tiempo.

—¿Dónde estoy? —se atrevía a preguntar Viator, de hecho, era la primera vez que lo preguntaba.

—Muy lejos de tu casa, probablemente.

La respuesta de aquel hombre no le sacaba de dudas, aunque poco importaba, ya que pronto volvería a casa.

—Y… ¿Cuál es tu nombre? —curioso, preguntó Viator.

—¿Mi nombre…? —Se preguntaba éste mientras miraba a las regias paredes —, mi nombre aquí es Nekhatón —decía

Iván Moncada

refiriéndose a esa sala, mientras extendía los brazos y miraba a su alrededor.

Viator también miró hacia las paredes, tal y como el hombre había hecho, sin poder evitar preguntarle —¿Qué son esos dibujos?

Entonces, Nekhatón miró al joven e intrigado viajero y se puso encima de uno de los círculos de luz. Al hacerlo, y como pasase con Viator, pero esta vez con mucha más intensidad, la luz iluminó su brillante y extrañamente alargada calva cabeza, haciendo de la oscuridad el día hacia donde Nekhatón miraba. Los grabados y colores de algunos de ellos, junto con las ahora visibles dimensiones de aquella gran cámara, dejaron a Viator boquiabierto.

—¿Qué son? —preguntó Viator sin dejar de mirar los distintos grabados que mostraban las paredes, desde simples marcas, unas pegadas a otras, a otros más complejos en los que aparecían personas, algunas con cabezas de animales.

—Lo que ves es la historia de mi pueblo desde que vinimos aquí. Gran parte del pasado y parte del futuro que ha de llegar, y en la que tú también apareces, Viator. Al igual que lo ineludible y que pronto esperaba, y que tu llegada me confirma.

En aquel momento, la voz de un hombre se oía gritando en la distancia.

—¡Señor! ¡Señor! ¡Nos atacan, intentan entrar en palacio!

Aquellas voces estremecieron y pusieron en alerta nuevamente a Viator, sabiendo que, como pasaba la mayoría de las veces, algo malo iba a suceder.

—¡Está ocurriendo! ¡Rápido, ven conmigo! —gritó Nekhatón a la vez que cogía por el brazo a Viator.

A toda prisa, los dos salieron de la cámara por las escaleras y, una vez arriba, Nekhatón se giró y miró hacia la entrada. Luego, el suelo comenzó a retumbar, y una gigantesca losa comenzó a descender para sellar las escaleras de acceso, quedando totalmente ocultas. Después, Nekhatón llevó al viajero hasta los baños en los que apareció y, sin mediar palabra, le lanzó al agua.

Iván Moncada

19

Hospital Santa Cristina, en la actualidad.

Mario estuvo junto a su madre toda la noche, sentado en una incómoda silla, junto a su cama, en urgencias. A penas dio un par de cabezadas para dormir un poco, pero no le hacía falta mucho más, pues estaba atento a su madre constantemente.

Ésta se despertó en un par de ocasiones y mantuvo con Mario breves conversaciones en las que le decía, entre delirios y palabras inconclusas, cuánto sentía haberse caído. Después, nuevamente se dormía víctima de los analgésicos y calmantes. Mario se sentía impotente por no poder hacer nada más que esperar, viendo a su querida madre postrada en aquel lecho prestado, por el que tantas personas habían pasado antes.

Un par de señoras mayores, que venían a ver a sus enfermos maridos, alertaron a Mario de que era la hora de las visitas. Miró su reloj, eran casi las once de la mañana. Sabía que pronto llegaría Isabel, la vecina y amiga de su madre, una mujer

129

viuda como ella y de su misma edad, para quedarse a hacerle compañía mientras él iba a trabajar.

La espera era algo que a Mario le consumía, pues no era demasiado paciente, más aun sabiendo que su madre no sería operada hasta la mañana siguiente, como el doctor le informó la noche anterior.

Isabel no tardó mucho en aparecer y, tras comentarle cómo había pasado su madre la noche, le pidió que por favor, le avisase si ocurría algo. Mario abandonó la sala de urgencias y se dirigió a la cafetería para desayunar, ya que estaba famélico, pues llevaba en ayunas desde la comida del día anterior.

No tardó más de diez minutos en saciar su apetito. Luego, respiró hondo, e intentó reactivar todas las cosas que tenía en mente. Lo primero que hizo fue revisar su móvil, en el que había varios mensajes.

22:15 Remitente: Tubitos "Mario, me he enterado de lo de tu madre, espero que no sea mucho y se mejore pronto."

23:36 Remitente: Balboa "Hola Mario. Me han dicho lo de tu madre y no te he querido molestar. Ayer por la noche detuve al niño marroquí de San Pedro el Viejo y a su primo. Les presioné sobre el asesinato del cura y lo negaron, aunque admitieron su relación con él y el chantaje que le hacían. Les he pedido muestras para análisis y han colaborado. Les mantendré aquí veinticuatro horas, hasta que el Tubitos me informe de los resultados. Dime algo cuando puedas."

Tras ver el mensaje de Balboa se dirigió a su coche para ir a comisaría mientras seguía leyendo los mensajes.

00:00 Remitente: desconocido "☻ no me saludaste en el parque, fue una grosería por tu parte"

—¡¿Pero…Que coño…?! —se preguntó exaltado a sí mismo al leer el último de ellos.

Aunque perplejo, sabía de quién era ese mensaje, ya que nunca hablaba con nadie mientras salía a correr y, como pudo comprobar al registrar su piso, aquel cabrón le había estado vigilando.

—¡Estúpido! Ya te tengo, rastrearemos el mensaje y seguiremos tu móvil — se decía a sí mismo sonriendo y cambiando sus planes de ir a comisaría para dirigirse a la científica y dejarles su móvil para localizar al remitente del mensaje.

Al rato, Mario llegó a la central de la policía científica y se dirigió directamente al despacho de Pedro.

—¿Está Pedro? —le preguntó a uno de sus compañeros.

—Sí, andaba por aquí. Mira en la máquina de café.

Mario se encaminó a la pequeña sala en la que todos aquellos cerebritos tenían las máquinas de "Vending" y el microondas para calentar la comida.

Allí estaba. Sentado en la mesa común, devorando una Pantera Rosa con una mano y removiendo el café con el palito de plástico con la otra.

—¿Cuándo vas a dejar de comer esas porquerías, Tubitos?

—¡Hola! —decía con la boca llena y tragando —, ¿Qué tal está tu madre?

—Jodida. Se le ha fracturado la cadera por dos sitios. Mañana la operan.

—Vaya, lo siento.

—Necesito a alguien de comunicaciones. El zumbado del piso que tenía fotos mías me ha enviado un mensaje.

—¡No me jodas! ¿Me estás vacilando?

—Mira —le decía Mario mientras le enseñaba el mensaje.

—¡Que gilipollas! Si te lo ha enviado desde su móvil podemos triangular su posición. Y si lleva GPS aún más. Vamos. —terminaba Pedro, engullendo el último trozo de bollito y empujándolo con aquel laxativo brebaje.

Los dos subieron hasta la última planta del edificio, en donde la policía tenía toda la tecnología necesaria para seguir y pinchar teléfonos móviles.

Nada más entrar en la sala, el Tubitos se giró hacia Mario.

—¿Ves esa tía del fondo?, es Marisa. Es una puta máquina, ya verás.

Mario siguió a Pedro hasta la inmensa mesa repleta de aparatos y móviles que Marisa tenía.

—Marisa, ¿tienes un momento?

—Sabes que no, pero para el Tubitos, lo que sea —le respondía sonriendo. Aquel mote que le puso Mario la primera vez que le vio, y ahora era usado por todo el cuerpo para dirigirse a Pedro.

—Éste es Mario, y hay un sospechoso de homicidio que le ha enviado un mensaje y necesitamos localizarle.

—Ah, entiendo. Aunque sabes, que si no abrimos informe técnico y no tenemos petición judicial, lo que averigüe no podrá ser usado legalmente para nada.

—No es problema —decía Mario —, únicamente necesito saber dónde está para poder detenerlo, ya tiene orden de busca y captura.

—Ok. Déjame el móvil y dame quince minutos —le pidió Marisa.

—Si quieres vamos mientras a mi mesa —decía Pedro —, he analizado unas muestras que me envió Balboa para el caso de San Pedro el Viejo, pero no coinciden con la sangre que había en la campana.

—Sí, vamos.

Mientras andaban, y se metían en el ascensor, Pedro se interesaba por la madre de Mario.

—Y… ¿Qué vas a hacer después de que operen a tu madre? ¿Se podrá valer sola?

—Puf…no lo creo, el doctor me ha dicho que, a su edad, los huesos sueldan con dificultad y que seguramente tendrá que usar silla de ruedas de aquí en adelante.

—Vaya putada.

—Sí. No sé. Tendré que buscar a alguien para que la cuide. Isabel, su vecina, pasa mucho tiempo con ella. Pero esa mujer tampoco está para atender a nadie. Quizás mire un centro de día. Ya lo hablaré con ella cuando esté mejor, porque ahora se le va y se le viene la cabeza con todos los calmantes que le están administrando.

Al momento, los dos estaban sentados en el escritorio de Pedro, y éste, le mostraba a Mario los resultados de las pruebas comparativas que había hecho.

—¿Ves?, no hay coincidencia alguna. Ni del menor, ni del primo de éste. Y tampoco son del cura.

—Entonces no tenemos nada —decía Mario llevándose la mano a la mandíbula, frotándose el mentón.

Al haber accedido a la carpeta del caso, el sistema actualizó las búsquedas que Pedro había definido para los nombres de las personas que aparecían en las fotos. Y un sonido le alertó de que se habían producido cambios.

—A ver qué es esto —dijo el Tubitos mientras entraba para ver la notificación.

En la pantalla, aparecía una nueva coincidencia para uno de los nombres. El nombre de Mikel Stubnorn. El programa informático abrió una ventana del explorador enviándole a una noticia de sucesos de un periódico internacional. El "Boston Globe", en él, aparecía el nombre del sujeto subrayado en amarillo, destacándolo de entre las numerosas líneas de la noticia a la que encabezaba el título:

"PRIEST FOUND DEAD IN HOME FIRE"
(Sacerdote hallado muerto en incendio casero)

Una fotografía del religioso aparecía junto a la noticia, en la que no había lugar a dudas, era uno de los hombres que Salvador tenía en su collage.

—Vaya ¿Lo estás leyendo? —preguntó Pedro a Mario.

—Sí, y dice que está pendiente de investigación, aunque creen que se debe a un accidente doméstico.

El sonido del teléfono sacó a ambos de su lectura.

—Extensión 421. Es Marisa —dijo Pedro mientras cogía el auricular —, dime.

El Tubitos se quedó en silencio unos segundos mientras escuchaba lo que Marisa le decía. Mientras tanto, Mario le miraba con cierta impaciencia, preguntándole al poner el auricular de nuevo en su sitio.

—¿Y bien?

—Marisa me ha dicho que ha descubierto la procedencia del remitente, aunque no ha podido localizarlo, pues no se envió desde un móvil, sino desde el servicio de mensajería del PC de un cibercafé.

Mario, que permanecía sentado junto a él y estaba ligeramente inclinado hacia delante para estar más cerca del monitor, levantó las cejas, e hizo un ademán con las manos pidiendo que dijese desde donde se envió el mensaje.

—Lo enviaron desde Boston, en Estados Unidos.

La expresión de su cara cambió al oír aquellas palabras. Después, mientras se erguía, Mario miró nuevamente hacia la pantalla del ordenador.

—¿Crees que ha sido él? —preguntó el Tubitos.

—No lo sé. Pero…si como ahora mismo estamos pensando los dos, Salvador está asesinando a esas personas, debemos pararle como sea.

—Si es así, y teniendo fotos tuyas, ¿piensas que eres uno de sus objetivos?

Mario miró a Pedro por unos segundos mientras permanecía en silencio.

—Podría ser. Pero si así fuese, ¿por qué no acabó conmigo el día que me abordó en el parque?

Los redondos y abiertos ojos de Pedro desvelaban su incredulidad ante todo aquello. En cierto modo, le parecía estar ante una de esas películas policiacas de asesinos en serie en las que Denzel Washington, o algún otro, era el protagonista.

—Venga, aquí parados no hacemos nada. Vamos a por mí móvil.

Nuevamente, los dos se dirigieron a la última planta. Marisa se había adelantado a lo que Mario le iba a pedir y le había instalado un programa espía en el terminal. El programa hacía que, cuando recibiese un nuevo mensaje, éste también fuese a los servidores de la científica para ser procesado, y así le sería reenviado un mensaje anexo indicándole la procedencia y posición del remitente de cada mensaje.

—Muchas gracias Marisa, te debo una —le agradeció Mario a la perspicaz ingeniera.

—Me la apunto —dijo ésta sonriendo.

Mientras salían de comunicaciones, Mario le pidió a Pedro que le informase de cualquier otra cosa que apareciese en el cruce de nombres del sistema y, como un rayo, se dirigió a su comisaría en el distrito centro. Allí le esperaba Balboa, además, debía hablar con el comisario para poder hacer una petición a AENA para que les facilitasen la lista de los pasajeros que hubiesen volado hasta Boston en las últimas cuarenta y ocho ho-

136

ras. Pues tenía el presentimiento de que Salvador estaba detrás de la muerte del cura del incendio.

Iván Moncada

138

20

Por la tarde, después de estar con el comisario Bermúdez más de veinte minutos explicándole todo lo que había averiguado y sabía sobre Salvador, éste expidió la solicitud para
indagar sobre el pasaje de los vuelos que Mario le dijo. Pidiéndole, debido a su implicación directa por tener el supuesto homicida fotografías suyas y haber establecido contacto directo
con él, que extremase las precauciones al máximo.

Aunque no había evidencias como para sostener una
alerta de arresto internacional ante la Interpol, Bermúdez con-
fiaba vehemente en Mario y, al menos, se sentía en la obligación
de trasladar la amenaza de "persona peligrosa" ante las autoridades europeas.

Posteriormente, Mario fue a ver a Balboa para saber sobre los dos chicos que mantenían retenidos, a los que enseguida
bajaron a ver a los calabozos. Balboa le comentó de viva voz a
Mario lo mismo que le dijo en el mensaje, pero, al no tener

Iván Moncada

pruebas contra ellos, debían de ponerlos en libertad, pero antes, Mario quería hablar con ellos.

En el calabozo había varios detenidos, y Mario se puso delante de la puerta con cara de pocos amigos mientras Balboa se acercaba a él señalando a los dos chicos y diciendo:

—Son esos dos.

Mario miró a los compañeros que custodiaban la jaula y, sin quitar los ojos de encima a los asustados marroquíes, gritó:

—¡Subidme a esos dos a la sala!

Enseguida, dos agentes abrieron la gran celda común y esposaron a los dos chicos para subirlos a la sala de interrogatorio.

—¡Joder! ¿Pero a qué coño hueles? —dijo uno de los policías, el que esposaba al mayor de ellos.

—Mira su pantalón, se ha meado encima —le respondía a su compañero el otro policía, al ver la mancha oscura en los vaqueros de éste.

—¡Hostias, no puedes decirlo para que te llevemos al baño! —le gritaba el agente recriminándole.

Aquel muchacho no tendría más de veintidós años, pero, al contrario que el joven, de dieciséis, estaba aterrado y le daba pánico ir a hablar con Mario, cuyo grito, pidiendo que les subiesen, le había amedrentado haciendo que su repleta vejiga no aguantase más y se vaciase.

Estando en la pequeña habitación en donde interrogaban a la los detenidos, Mario comenzó a preguntarles por su relación con el cura y su asesinato. Aquellos muchachos estaban cansados, atemorizados y hambrientos, por lo que, al momento, los dos contaron al inspector lo mismo que ya dijeron a Balboa. El mayor no podía más y, sin que Mario hubiese llegado a ser extremadamente agresivo en el interrogatorio, éste comenzó a llorar como un niño. No parecía que supiesen mucho más de lo que ya habían contado, así que, les dejaron marchar después de ficharles.

—¿Qué piensas? —le preguntó Balboa.

Negando con la cabeza, Mario le respondió —No creo que hayan tenido nada que ver con su muerte, pero quiero saber de quién es la sangre de la campana, así que, por favor, indaga un poco más en la vida de ese cura. ¿De acuerdo?

—Sí, no te preocupes. Ya me encargo yo. Suficiente tienes ahora con lo de tu madre.

Con cara de cansancio, Mario asintió a las palabras de Balboa mientras sacaba del bolsillo su móvil para ponerle el sonido mientras un mensaje entrante sonaba.

19:08 "Llamada perdida, del 630542635"
DGP tracking 19:08 *630542635* missed call through movistar server c/maestro amadeo vives 2, Madrid- España. +/- 8mt.

Tenía una llamada perdida, ya que puso el móvil en silencio mientras interrogaba a los marroquíes. Rápidamente, al ver la procedencia de la llamada, gracias al software de rastreo que Marisa le puso, y reconociendo que era la dirección del hospital de Santa Cristina en donde su madre estaba ingresada, devolvió la llamada.

—Hospital Santa Cristina. Dígame.

141

—Hola, Soy el hijo de Rosario Vela, mi madre está ingresada allí y tengo una llamada perdida suya.

—Sí, un momento —dijo la mujer que respondió la llamada, dejándole en espera.

Al minuto, nuevamente se oía ruido y la voz de aquella mujer volvía — Sí, le hemos llamado para informarle que nos han adelantado el quirófano, van a operar a su madre en un par de horas aproximadamente, sobre las nueve y media o así. Le rogamos que usted, o algún otro familiar, venga antes para estar aquí cuando la bajen a quirófano.

—Sí, sí. Enseguida voy, tardo veinte minutos.

—Muy bien, muchas gracias.

Mario colgó y se despidió de Balboa.

—Es del hospital, la van a operar en un rato. Por favor, díselo a Bermúdez, estaré con el móvil apagado unas horas.

—Ok, no te preocupes.

Con relativa calma y preocupación por su madre, el inspector salió de comisaría para dirigirse al hospital.

21

3 de octubre de 2012, Estado de la ciudad del Vaticano, 2:10 a.m.

Acompañado por un solo guardia y, casi a escondidas, un hombre mayor de pelo blanco, con perilla y gafas, y ataviado con un traje de lino marrón oscuro, es conducido dentro del palacio.

Aconsejado por el guardia, los pasos de ambos intentan pasar lo más desapercibidos posible mientras recorren parte del Vaticano hasta detenerse en la capilla *"Redemptoris Mater"*.

—Eccolo qui, signore. (Aquí es, señor). Decía el guardia al misterioso invitado, traído en plena noche para reunirse con alguien, mientras entreabría la puerta de acceso a la sombría capilla, carente de luz.

—Grazie —respondía agradecido el invitado.

Iván Moncada

Tras cruzar el umbral de la alta y ornamentada puerta, el guardia la cerró, permaneciendo allí para proteger la entrada hasta recibir nuevas órdenes.

Entonces, y proveniente de una de las esquinas contrarias a la puerta de entrada, una voz, también en italiano, preguntó en voz baja.

— *¿Claudio? ¿Eres tú?*

Reconociendo rápidamente su voz, éste respondió — *Sí, Joseph, estoy aquí.*

Un pequeño farolillo de LED irrumpía en la oscuridad, lo suficiente como para que ambos se viesen las caras. Al acercarse, y estar frente a frente, un abrazo recordaba la amistad que los unía desde hacía más de treinta años y que, desde el nombramiento de Joseph como Papa, había impedido que pudiesen verse con la misma asiduidad que antes.

Claudio Sassuolo era profesor de historia de la universidad de la Sapienza, desde hacía casi el mismo tiempo que conocía a Joseph, con el que entabló amistad en una charla que Claudio dio sobre el cristianismo y quién, tras su jubilación, seguía ejerciendo esporádicamente como profesor emérito.

Después de abrazarse, Claudio le preguntaba a Ratzinger — *¿cómo está mi querido Pontífice?*

— *Oh, mi querido amigo, para ti soy y siempre seré simplemente Joseph.*

Risas cómplices salían de sus labios contentos de verse de nuevo.

Al separarse, Claudio expresó abiertamente a su amigo su inquietud por tanto secretismo— *Aunque, aún me pregunto el porqué de este inusual encuentro. Al principio creía que debía ser el protocolo cuando un guardia del Vaticano se presentó en mi casa, pero el que vistiese de paisano me desconcertó un poco, y cuando me dijo que debía ser de madrugada...*

—*Sí. Siento que nos veamos así, pero las circunstancias me obligan a guardar discreción, pues tengo algo que enseñarte* —le decía mientras sacaba un papel doblado de debajo de su túnica y proseguía —. *Tú eres la única persona que sabe de la iglesia lo suficiente, fuera y dentro de ella, como para aconsejarme, mira* —le entregaba la nota que encontró una mañana sobre su mesilla de noche, al despertar.

Joseph miraba fijamente la cara de Claudio en busca de la reacción que le haría comprender la seriedad de las palabras escritas, pues era experto en teología eclesiástica, sectas religiosas e historia bíblica, y la respuesta fue inmediata, al ver la cara de preocupación de su amigo y la forma en la que le miró al levantar la vista.

—*Una mañana apareció en mi mesilla, junto a mi cama, alguien la dejó mientras dormía* —añadió Joseph.

—*La verdad, no sé qué decir* — suspiraba profundamente el profesor —*claramente parece una amenaza, pero la firma "P2" de "Propaganda Due" me desconcierta un poco.*

—*Es por eso que necesitaba tu opinión y discreción.*

—*Bueno, como ya sabes "propaganda Due" era una logia secreta masónica que se formó con los miembros que se ausentaban de sus propias logias, llegando a hacer verdaderas barbaridades y rozando el carácter propio de una mafia, infectando la sociedad y el gobierno italiano, militares de alto rango, los servicios secretos y muchas personalidades. Tenían muchas y diversas ramas internacionales con*

145

miembros al más alto nivel. Pero en los ochenta fue desarticulada, o por lo menos eso creía hasta esta noche. Aunque también, podría ser la argucia de alguien para amedrentarte.

—Para mí solamente son palabras vacías, pues la Iglesia tiene ahora mismo problemas mucho mayores de los que preocuparse. Son malos tiempos para nosotros querido Claudio, la Iglesia se tambalea, y antes de poder darle mayor importancia a amenazas personales, me gustaría poder corroborarlas —terminaba diciendo Ratzinger, sabiendo lo que su amigo respondería a sus palabras.

—Si alguien ha logrado dejar esta nota en tu habitación, cualquier intento de investigación por tu parte caerá en saco roto, pues ha tenido que ser alguien de dentro. Deja que yo lo investigue en la calle, es el único lugar en el que encontrar respuestas, ya que aquí, dentro de estos muros, sólo se habla de lo que unos cuantos quieren —se ofrecía el profesor, a su Papa y amigo.

—Gracias por tu ayuda, querido Claudio, pero te pido que tengas el máximo cuidado, el mal consume el mundo y el peligro acecha por doquier —abrazaba nuevamente a su nocturno invitado.

—Tú también Joseph, el poder ciega a la gente y el papado es deseo de muchos —terminaba diciendo el profesor, para después girarse y abandonar la capilla, echando primero un vistazo atrás, antes de cruzar la puerta, para ver como Joseph apagaba el farolillo.

Nuevamente, acompañado por el guardia, el profesor fue escoltado hasta la salida del palacio del Vaticano y llevado en coche de regreso a su casa en Roma. Mientras tanto, y oculto en la penumbra, tras una ventana que daba al exterior del palacio, unos dedos tecleaban un mensaje de texto en un móvil relatando lo que había visto.

146

Iván Moncada

Al momento, dentro de un gran caserón señorial de la otra punta de Roma, el mensaje era recibido y leído.

2:58; Remitente:+393472366901 "Il profesore é stato qui questa mattina presto. Benedicto non era nella sua camera. Si sono riuniti in segreto" (El profesor ha estado aquí esta madrugada. Benedicto no estaba en su habitación. Se han reunido en secreto)

En El Tormento De La Noche

Iván Moncada

22

Isla del Gallo, Imperio del Perú, septiembre de 1526.

Con sopor febril, Viator despertaba sintiendo que todo a su alrededor se movía. Como de costumbre, no sabía dónde estaba, pero ya tenía dieciséis años y se había convertido en un experto pasando desapercibido adaptándose a las situaciones con las que se encontraba. Cauteloso, se incorporó y se sentó sobre la pila de sacos en los que despertó. El lugar en el que estaba era muy oscuro y todo parecía estar hecho de madera. Casi parecía que estuviese encerrado en una celda, excepto por la gran cantidad de bultos, sacos y bidones que había a su alrededor. Sobre su cabeza, la madera crujía y pasos apresurados de botas se oían. Entre las rendijas del techo, tímidos y fugaces rayos de sol se colaban ofreciendo algo de claridad en aquel claustrofóbico y abarrotado espacio. Un carraspeo junto a él le sobresaltó, momento en el que se dio cuenta de que no era la única persona que allí había. Mirando más detenidamente, vio

Iván Moncada

que, al menos, una docena de hombres yacían por los rincones y colgados en hamacas.

Torpemente, e intentando no pisar o chocar con ninguno de aquellos hombres, luchaba contra el vaivén de su cuerpo para abrirse paso hasta unas escaleras que tenía cerca y por las que entraba mayor cantidad de luz, creyendo que era un mareo pasajero. Ayudándose con sus manos, apoyándolas sobre los tremendamente inclinados peldaños, logró salir de allí.

Una fuerte brisa, acompañada de salpicaduras de agua, sacudió su cara mientras escuchaba:

—¡Arriad la gavia! ¡Cerciorad el calado!

Todo ante él era un incesante ir y venir de gente corriendo de un lado al otro. Cuando alzó la mirada, vio unas grandes velas hinchadas por el viento —¡Madre mía! —se dijo a sí mismo sabiendo ahora que estaba en un barco, mientras contemplaba la ingente cantidad de hombres que había en la cubierta.

Hacía un calor agobiante, el cielo estaba despejado y la calmada marea permitía ver el horizonte mientras aquel mastodonte de madera se mecía sobre las azuladas aguas permitiendo divisar el acercamiento de la nave a tierra firme. Nuevamente, un grito ordenaba a la tripulación qué hacer.

—¡Preparen el ancla y las rampas para el desembarque! —se oía a la vez que un silbato lo acompañaba.

El relinchar de unos caballos y las voces de los hombres que vio durmiendo anteriormente, alertaron a Viator de que sería mejor esconderse y no estar por medio. Rápidamente, descendió las escaleras y se situó detrás de una de las pilas de barriles que, uno junto al otro, estaban amarrados con gruesas cuerdas.

Todos los que descansaban en la bodega despertaron y subieron a la cubierta; a excepción de un par de hombres que acudieron a tranquilizar a los caballos, pues, al violentarse el bamboleo del barco contra las cercanas y rompientes olas de la costa, se pusieron tremendamente nerviosos.

Al momento, un fuerte frenazo, que hizo caer a Viator al suelo, indicaba que el casco de la nave se había arrastrado por la playa hasta su total inmovilización. Más gritos se oían en la cubierta. Apresuradamente, Viator se dirigió a la proa del barco, pasando agachado junto a los caballos sin que ninguno de los marineros le viese. En los laterales de la cubierta había varios cañones enfrentados a pequeñas escotillas por los que éstos debían de posicionarse en caso de usarlos, y Viator abrió una de ellas para poder ver qué pasaba en el exterior.

Aquella abertura le proporcionaba espacio suficiente como para sacar la cabeza y los hombros, por lo que fácilmente podría escapar de allí con algo de contorsión. Afuera, varios marineros saltaron hasta el agua mientras que, desde la borda, les lanzaban unos cabos con los que afianzar el barco a los árboles de la playa. Después, unos grandes tablones fueron posicionados formando una rampa, cuando, una gran escotilla, que ejercía de suelo de la cubierta, fue arrastrada dejando entrar toda la luz del día en las bodegas.

Todo parecía indicar que iban a desembarcar, por lo que en breve, aquellos hombres comenzarían a sacar los caballos y a acarrear todo aquel material, no quedando sitio en el que poder esconderse.

—Ahora es el momento —se dijo a sí mismo Viator, mientras con un movimiento de hombros logró sacar medio cuerpo por la escotilla.

Pensando que podría sujetarse a la madera del barco para evitar caer de cabeza a la orilla, sus manos se escurrieron con las resbaladizas algas que cubrían el casco, precipitándose hacia la playa. De repente, Viator se encontró bajo un salado colchón de espuma y agua de mar que amortiguó el golpe gracias a una ola que se adentraba en la playa. Instintivamente, se puso de pie y pegó su espalda al barco para que nadie pudiese verle desde la borda.

En la cubierta se oían voces y gente discutiendo. Uno de los hombres alzó la voz de entre los demás y gritó —¡Estamos hartos de este infierno, llevamos más de dos años de un lado al otro sin conseguir nada! ¡No queremos seguir descubriendo nada en este nuevo mundo!— luego, un numeroso grupo de voces reafirmaban lo que éste expresaba. Al momento, la misma voz volvía a pronunciarse —¡Queremos volver a casa! ¡Queremos volver a España! —y un gran grupo de voces continuaba apoyando sus palabras, cada vez con más fuerza y energía.

Entonces, comprendiendo que aquella disputa les mantendría entretenidos, Viator respiró hondo y echó a correr hacia los árboles sin mirar atrás. La distancia hasta poder estar nuevamente a cubierto no excedía los treinta metros, pero sus empapados ropajes y la deslizante arena, le frenaban en su huida.

Iván Moncada

Finalmente, y tras esconderse en unos tupidos arbustos que colmaban la base de los árboles, Viator comenzó a mirar hacia el barco mientras recuperaba la respiración. Aquel desacuerdo entre tripulación y los que parecían ser los mandos de la nave llegó, poco a poco y mientras comenzaban a bajar a los animales, hasta tierra firme.

Algunos de aquellos hombres vestían armaduras de metal que les cubría el pecho, al igual que cascos con puntiagudas viseras en la cabeza; el resto, sin embargo, parecían simples marineros. En un momento determinado de la reyerta, uno de los hombres con armadura, el que parecía estar al mando de los demás, aunque no por demasiado tiempo por lo que acontecía, desenvainó su sable e hizo una línea en la arena. Viator estaba demasiado lejos como para oír lo que decían, pero, al momento, unos pocos hombres, doce en total, atravesaron la línea posicionándose al lado del hombre que la marcó.

Durante varias horas Viator estuvo observando lo que todos ellos hacían; y por lo que parecía, estaban descargando víveres y diversos enseres para dejar a aquellos trece hombres en tierra firme y hacerse de nuevo a la mar.

Viator permanecía expectante, como de costumbre, al refugio de la sombra que le proporcionaban aquellos árboles que lindaban con una espesa vegetación. Mientras tanto, el sol comenzaba a azotar fuerte y el barco en el que él apareció partía con la tripulación restante que, desde la borda y la proa, miraba a aquellos pocos que se quedaron en tierra.

De repente, y pensando que alguno de aquellos soldados le había descubierto, Viator notó una mano que se posó

sobre su hombro. Al girarse, se sorprendió aún más al comprobar que no era ninguno de ellos, sino una joven indígena, de
piel muy morena, con dibujos pintados en la cara y que solamente cubría su cuerpo a la altura de la cintura, dejando ver sus
pechos.

La chica retiró la mano de su hombro y, acercándose y
mirándole fijamente a los ojos, le preguntó:

— *¿Eres tú también un hombre venido del mar?*

Boquiabierto, sobre todo por ver los pechos de la chica,
Viator respondió —No, no vengo del mar.

— *Entonces, ¿de dónde vienes?*

Por unos segundos Viator no supo qué responder, pero
rápidamente y sabiendo que aquella chica de ojos grandes y
negros no le comprendería, su subconsciente buscó una palabra
con la que relacionar sus sueños y dijo —Del cielo, vengo del
cielo.

Al escucharle, la chica se retiró de Viator sin dejar de
mantener el contacto visual, y después, le miró de arriba abajo.
Viator no sabía si le tenía miedo o si simplemente aquella respuesta le había desconcertado, pero, en cierto modo, él también
lo estaba. De nuevo, pero con una mezcla de miedo y respeto, la
chica alargó su mano para tocarle, primero la pierna, luego un
brazo y finalmente la cara, como si fuese un ser extraño y nunca
visto antes por ella.

De golpe, la joven dejó de tocarle y se puso en pie, diciéndole — *Ven, ven conmigo, te llevaré a donde vivo, todos querrán
verte* —mientras una leve sonrisa acompañaba sus palabras.

Viator no sabía si seguirla pero, tenía que hacer algo, o seguir vigilando a aquellos hombres armados y esperar a ver qué pasaba, o acompañar a la chica de piel tostada y agradable sonrisa.

Aunque siempre desconfiado de casi todo, prefería ir con ella —Sí, iré contigo —respondió, levantándose y comenzando a andar detrás de ella.

Pocos minutos después, Viator, y la joven con la que se encontró, abandonaron la zona de árboles para llegar a otra playa, dándose cuenta entonces de que se encontraban en una isla.

—*Ayúdame, tenemos que ir por allí* —decía la chica, mientras se acercaba a una canoa que estaba tapada con ramas y señalaba el horizonte mostrando a Viator que, realmente, la tierra firme se alzaba en las dos riberas de la desembocadura del inmenso río en el que estaban y que se abría a mar abierto.

Sin despegar los labios, Viator le ayudó a poner la canoa en el agua, y los dos subieron a ella. Aunque joven, posiblemente de su edad o incluso más joven que él, aquella chica remaba con gran destreza, y pronto se alejaron de la isla remontando el río.

Viator también cogió un remo y, como pudo, pues nunca lo había hecho antes, comenzó a remar para ayudar a desplazarse más rápido. Estuvieron navegando durante un par de horas por aquel gran y ancho río bordeado a ambos lados con espesa jungla, hasta que éste se fue estrechando poco a poco impidiendo su navegación. Luego, Viator ayudó a sacar la canoa del agua y se adentraron en la frondosa selva.

Iván Moncada

Viator nunca había estado en un sitio como ese anteriormente, y los sonidos de animales le inquietaban.

—¿Qué son esos ruidos?

Girando la cabeza para mirarle y responderle, una nueva sonrisa endulzaba la cara de la joven mujer —*Sólo son los animales de la jungla, no te harán nada estando conmigo.*

—¿Cuál es tu nombre? —le preguntó Viator.

—*Mi nombre es Aquetzalli, ¿y el tuyo?*

—Yo soy Viator —respondía, mientras a ella se le escapaba una risa, pues el nombre le debió parecer gracioso.

Viator también rió, y con paso firme, seguía a Aquetzalli a través de la casi impenetrable vegetación, con la extraña sensación de estar siendo observado.

Horas más tarde, el esfuerzo de la caminata, junto con el tremendo calor y asfixiante humedad, estaban agotando las fuerzas de Viator. Aquetzalli no parecía inmutarse, seguramente acostumbrada a deambular por aquellos parajes, que eran su hogar, pero se dio cuenta de que Viator estaba exhausto, por lo que desvió algo su camino para acercarse a un río de agua clara y fresca para que descansase y bebiese.

Arrodillándose, Viator comenzó a beber con la ayuda de sus manos, después, comenzó a echar agua por su cabeza y nuca, y finalmente, acabó metiéndose de cuerpo entero. Durante varios segundos permaneció refrescando su cuerpo debajo del agua, manteniendo la respiración. Cuando salió, encontró que la sensación que hubo tenido durante largo rato era cierta, les estaban observando. Un numeroso grupo de indígenas, con pinturas decorando sus cuerpos y caras, mantenían sus arcos y lanzas apuntando hacia él. Aquetzalli mantenía una discusión con uno de ellos a varios metros de Viator, y por los ademanes de aquel hombre, que debía de ser el jefe del grupo, la conversación había llegado a su fin.

Desde lejos, Aquetzalli le dijo a Viator — *¡No tengas miedo, son guerreros de mi pueblo, no te harán daño!*

Violentamente, sacaron a Viator del agua y le pusieron de rodillas. Después, dos de aquellos guerreros aparecieron con un gran palo, y el jefe, le dio una patada en el hombro haciéndole caer al suelo. Al momento, y como si fuese un animal al que acababan de cazar, le transportaban colgado, atado al palo por las muñecas y tobillos. Después de un rato en aquella posición, sintiendo ya sus pies y manos totalmente dormidos, y viendo pasar las copas de los árboles y rayos de sol constantemente ante sus ojos, Viator perdió la consciencia.

Iván Moncada

23

Viator no sabía cuánto tiempo había pasado desde que fue apresado, sólo sabía que había recobrado el conocimiento dentro de una oscura habitación. Le dolían las muñecas y los tobillos, y las cuerdas habían marcado su piel hasta el punto de quemarle. Con torpes movimientos al principio, logrando levantarse y dar varios pasos hasta llegar a una gruesa tela que colgaba de la entrada a modo de cortina, Viator arrimó su cara para ver el exterior por uno de los lados, viendo dónde estaba.

Desde la altura, como si estuviese en una montaña tallada con escalones de piedra desde la que divisar todo el horizonte, incluso por encima de los árboles que copaban la selva, vio un espectáculo increíble —¡Dios mío! —exclamaba en voz baja para sí mismo, maravillado al ver la inmensidad de una gran extensión sin árboles sobre la que se alzaba una colosal ciudad construida totalmente de piedra.

A ambos lados de la entrada, dos guerreros custodiaban para que nadie entrase o saliese. Uno de ellos se percató de que

Iván Moncada

Viator había despertado y gritó a otro indígena que estaba al final de los escalones, ya sobre la cobriza arena del suelo, limpia de toda vegetación —*¡Ha despertado!* —. Poco a poco, los habitantes de piel morena de aquella ciudad se gritaban el mensaje uno al otro, a través de una vasta extensión, hasta alcanzar la pirámide más alta. Después, transcurridos un par de minutos, un mensaje de respuesta llegaba de la misma manera —*¡Traedle ante mí!*

Entonces, aquellos dos fornidos y armados hombres irrumpieron en la estancia en la que estaba Viator, dejando entrar la cegadora luz del día. Casi en volandas, le sacaron de allí y comenzaron a descender por los escarpados peldaños hasta el suelo. De camino a su destino, los pobladores de la pétrea ciudad se arremolinaban a su alrededor para verle, para ver al hombre que dice venir del cielo.

Observado por miles de ojos y manos que intentaban tocarle a su paso, llegaron hasta los pies de la gran pirámide, en donde un viejo hombre, con la cara y cuerpo casi totalmente cubierto por tatuajes, descendía con ayuda de dos jóvenes indígenas. Al pisar el suelo aquel anciano, todos se arrodillaron, menos Viator, que le miraba fijamente.

—*¡Arrodíllate ante el sagrado hechicero Whakan!* —dijo uno de los guerreros golpeándole en la parte trasera de las rodillas, haciéndole caer al suelo.

Después, el hechicero se acercó a Viator y todos los demás se apartaron.

—*No pareces un hombre venido del cielo, ¿lo eres?* —le preguntó Whakan.

Viator alzó la mirada y le respondió —Realmente no sé si vengo del cielo, solo sé, que cuando duermo, viajo por él hasta lugares lejanos en tiempos distintos al mío —temeroso de que el haber seguido a Aquetzalli fuese un error y ahora fuese a pagar las consecuencias, su respiración y los latidos de su corazón, comenzaron a acelerarse.

Apoyado sobre un gran báculo de madera, con plumas de colores en lo alto, Whakan comenzó a andar en círculo mientras le observaba, parando nuevamente frente a él. Su pueblo esperaba que se pronunciase, y al momento lo hizo, levantando los brazos y el báculo al aire, y gritando —*¡Le llevaré a la cueva sagrada y sabremos de donde viene! ¡Si es del cielo vivirá, si no, morirá!* —todos aquellos indígenas se pusieron de pie y comenzaron a gritar y a ovacionar a Whakan.

Enseguida, y acompañados por varios guerreros que custodiaban a Viator y cuatro musculosos hombres que llevaban a Whakan sobre una estructura de madera, se adentraron en la selva. Estuvieron caminando y abriéndose paso por la espesura durante largo tiempo, complicándose de vez en cuando su marcha al tener que descender y encumbrar las rocas de un afilado desfiladero, pero por fin, llegaron a su destino. Tras las densas ramas de unos árboles, la entrada de una cueva se abría paso en la roca.

Whakan ordenó que le bajasen, y mirando a Viator le dijo —*Acompáñame, y juntos averiguaremos de dónde vienes.*

Antes de entrar, Viator miró a su alrededor, comprendiendo que no lograría salir de aquella selva por sí mismo si intentase escapar, y sabiendo, que si lo intentaba, aquellos guerreros le cazarían como a un animal, por lo que no tenía elección.

El sagrado hechicero entró en la cueva seguido por Viator, mientras el resto se quedó afuera, ya que les estaba prohibido el paso. A los pocos metros, cuando la luz del exterior era ya casi nula, Whakan prendió una antorcha que parecía haber salido de la nada y, lentamente, se adentraron hacia la oscuridad. Al principio aquella gruta era bastante estrecha, y sus rocas afiladas y cortantes, pero después, tras descender por un angosto pasadizo, llegaron a una inmensa cámara en la que la luz de la antorcha parecía el simple brillo de una luciérnaga en medio de la noche y las escaleras y paredes parecían labradas por el hombre con extraña perfección milimétrica. Varios corredores precedían la gran cámara, y serpenteando por ellos, llegaron hasta donde quería Whakan. Uno tras otro, fue encendiendo unos cuencos con algún material inflamable que iluminaron por completo una hexagonal estancia.

Viator se quedó anonadado ante lo que veía. Las paredes y techos de aquel lugar brillaban ante el reflejo de las llamas, pues la piedra había sido completamente tapada con planchas de oro en las que no había un solo hueco donde no hubiese grabados de símbolos complejos e incomprensibles.

—*Ven aquí y túmbate* —le dijo el hechicero, señalando un altar que se erguía en medio de aquella cámara, también cubierto de oro y grabados.

Intrigado más que asustado, Viator se sentó y tumbó sobre la forrada piedra a la espera de saber que pasaría después. En aquel momento, Whakan comenzó a canturrear en una lengua que Viator no comprendía, mientras molía algo sobre un cuenco de piedra negra. Después, el polvo que extrajo, lo introdujo en una larga caña de madera y colocó uno de los extremos sobre la nariz de Viator.

—*Ahora respira profundamente* —indicó el hechicero.

Al comenzar a inspirar, Whakan sopló por el otro extremo, y todo aquel polvo se adentró en las vías respiratorias de Viator que, durante unos segundos, sentía ahogarse al haberse saturado sus pulmones con él. Al momento, Viator sintió estar dentro de una piscina de agua hirviendo y comenzó a dar espasmos y a retorcerse. Sus pulsaciones estaban descontroladas y su respiración se tornaba en jadeos. El hechicero estaba arrodillado mirando hacia el altar y sin parar de cantar. Los ojos de Viator miraban el techo y las paredes intentando controlar su cuerpo sin éxito, y comenzando a notar que toda aquella sala empezaba a girar, superponiéndose unos grabados con otros, y haciendo que las paredes se tornasen transparentes. Unos segundos más tarde, aquella sala parecía desaparecer dejando ver el exterior, un exterior que le hacía creer a Viator que estaba en un sueño dentro de otro, pues lo que veía era las estrellas, la inmensidad del infinito espacio. Acto seguido, unos flashes de luces golpearon sus ojos y mente, teniendo la sensación de que se movía a gran velocidad, y viendo, poco después, cómo se acercaba a un gran planeta gris, acabando posteriormente sobre su superficie.

La respiración de Viator se había calmado un poco, lo suficiente como para que su cuerpo no se colapsase. Tembloroso, se irguió y se sentó sobre el altar. Todo a su alrededor era arena, una arena grisácea, alumbrada por un gigantesco sol azulado. Luego, como fantasmas que toman forma corpórea, varios seres de aspecto similar al humano aparecieron alrededor del altar. Sus cuerpos eran amorfos, sin musculatura definida en sus brazos, piernas y tronco. Sus cabezas eran bastante grandes, con alargados cráneos. La piel de sus cuerpos era translúcida, con tonos verdosos, al igual que debían serlo sus huesos, que dejaban pasar la luz a través de ellos, y sus ojos, grandes y oscuros, carentes de movimiento.

Dos de aquellos seres se separaron uno del otro dejando que Viator viese el azulado sol que se encontraba a sus espaldas y, señalando son sus alargadas manos, los dos apuntaron hacia el astro. Luego, aquel sol se tornó anaranjado, de la tierra comenzó a brotar espesa vegetación, y el cielo empezó a blanquearse formando una densa atmósfera a la vez que los dos seres comenzaron a tomar un aspecto casi humano. Posteriormente, y como si millones de años pasasen en tan sólo diez segundos, la historia de aquel planeta pasó ante sus ojos. El sol, poco a poco, inició su decadencia perdiendo su brillo y comenzando a aniquilar la vegetación del planeta. Aquellos seres parecían manipular las pocas plantas que quedaban y que resistían aquella catástrofe, sacando algo de ellas, e inyectándoselo en sus propios cuerpos. Las imágenes seguían sucediéndose y, tras un momento, Viator veía como el cuerpo de esas criaturas se transformaba mientras muchos de ellos y su entorno, morían. Con el tiempo, el cuerpo de aquellos seres cambió para poder adaptarse a su moribundo sol, aprovechando la forma en la que las pocas plantas que quedaban se nutrían de los cada vez más

Iván Moncada

fríos y dañinos rayos de luz; haciendo su carne transparente, para permitir el paso y metabolización de los mismos; sus huesos cristalinos, para distribuirlos mejor por todo su cuerpo; y oscureciendo sus ojos, para protegerse de ellos y no cegar. Pasado un tiempo, muchos de los habitantes de ese planeta partieron en aplanadas naves en busca de un mundo en el que perpetuar su especie, dividiéndose en grupos de trece y repartiéndose por el cosmos.

Nuevamente, las imágenes que veía Viator cambiaron, y su alrededor volvió a ser desértico y grisáceo. Luego, los dos seres indicaron el altar y, entendiendo sus gestos, Viator se tumbó. Su cuerpo estaba bastante calmado y su respiración casi normalizada, cuando, unos fuertes destellos, le cegaron volviendo todo blanco a su vista. Lentamente, y con un gran mareo y ganas de vomitar, como cuando apareció en el barco, su visión se aclaró y se centró, viendo de nuevo las brillantes y doradas paredes de la sala del altar.

Totalmente despierto y consciente, Viator se percató de que el hechicero se ponía de pie, junto a él. Entonces, Viator también se levantó, y Whakan le preguntó:

—*¿Sabes ya de dónde vienes?*

Durante largos segundos, Viator se quedó mirando a Whakan, asimilando todo lo que había visto. Éste sonrió, sabiendo que sí que era un hombre venido del cielo, pues, de otra manera, hubiese muerto con el polvo de la revelación que le administró, y que estaba hecho con limaduras de hueso de un ancestral esqueleto. Luego, yendo a un lado de la cámara, cogió algo que tenía envuelto en piel de animal. Poniéndose delante

165

Iván Moncada

de Viator de nuevo, Whakan lo desenvolvió, y se lo mostró. Lo que el hechicero tenía sobre las manos revelaba a Viator que, lo que había visto y lo que había sentido estando en trance era igual que los sueños que constantemente tenía, y que, al igual que lo estaba ahora, se había sumido en un sub-sueño que le llevó mucho más lejos que nunca, pudiéndolo confirmar al ver la calavera que el hechicero tenía entre sus manos. Una calavera de cristal, tan real como el extraño sueño del que había despertado.

Viator levantó ambas manos con la intención de ponerlas sobre el cristalino cráneo, mirando primero a los ojos de Whakan, en espera de su aprobación. El hechicero asintió ligeramente con la cabeza, y Viator posó sus manos sobre él. A pesar de ser de cristal, o algún material parecido, estaba bastante caliente y, en sus manos y brazos, podía sentir una gratificante vibración. Cerrando los ojos, Viator recordaba lo vivido, comprendiendo que, de la misma manera que vio a aquellos seres partir como rastreadores en busca de un nuevo mundo por necesidad, los hombres que abandonaron el barco en el que apareció, buscaban lo mismo. Aunque sus intereses no fuesen análogos, reconocía cierta semejanza en su afán explorador. Exhausto, Viator se desmayó por completo.

Iván Moncada

24

3:02 a.m. Hotel Regional, Zúrich.

Después de darse una ducha, para apaciguar su conciencia y olvidarse por un momento de las pesadillas en las que
sus hermosos sueños habían sido sustituidos por los amargos
recuerdos de las caras de aquéllos a los que había asesinado,
Salvador pensaba, como lo hacía en multitud de ocasiones, en
cuándo había cambiado su vida. Él era un niño afable y bueno
al que le esperaba toda una vida por delante. Un huérfano que
fue criado en un orfanato hasta su adolescencia, y que optó posteriormente por acogerse a una vida religiosa. Pero, desde temprana edad, un trastorno mental comenzó a apoderarse de sus
actos, de sus sueños, de su mente.

Los tormentosos pensamientos de Salvador fueron inte-
rrumpidos por el sonido procedente de su móvil. Se acercó a él,
lo cogió, y leyó un nuevo mensaje.

3:05 Remitente: Desconocido "Quando hai finito a Zurigo, vieni a Roma. Il resto puó aspettare" (Cuando termines en Zúrich, ven a Roma. El resto puede esperar)

Tras leer el mensaje, Salvador lo borró y se sentó en la cama, mirando por la ventana. El amanecer quedaba todavía lejos, pero era incapaz de dormir, así que, nuevamente, se puso a revisar la documentación de la persona que le había traído hasta Zúrich. Su nombre era Hans, Hans Roth Arcuri, de padre suizo y madre italiana, y el encargado de la prospección y captación de nuevos clientes aquí, en la pequeña Suiza, para el IOR (Instituto para las Obras de la Religión), o lo que era lo mismo, el banco Vaticano. Éste había servido con gran éxito a los intereses de la Iglesia y, siguiendo las órdenes de la curia, con algún que otro miembro perteneciente en secreto a distintas logias y hermandades, había formado lazos con clientes de dudosa reputación, para así, sacar mayor rentabilidad a sus ingentes cantidades de dinero traspasándolas al IOR y obteniendo una buena comisión para la Iglesia por su posterior lavado.

La vida de este "caza cuentas" había sido de lo más prolífica en el último año, pero su estilo de vida le delataba cada vez más. Coches de lujo, casas, fiesta tras fiesta, mujeres y hasta un yate amarrado en uno de los puertos deportivos más caros de Zúrich. Los generosos clientes que se unían al IOR eran muy agradecidos y, en muchos casos, ofrecían suculentos regalos por los servicios prestados, pues el banco Vaticano nunca preguntaba sobre la procedencia del dinero, sólo lo transformaba. Para Salvador estaba claro, su principal pecado era la avaricia, y co-

Iván Moncada

mo siervo y ejecutor de Dios, debía acabar con su pecaminosa vida.

Hans no perdía ni un solo segundo, siempre estaba rodeado de personalidades, banqueros, empresarios y, constantemente, estaba moviéndose de un lado al otro de la ciudad pegado a su móvil. Salvador le había seguido durante una semana porque, aunque tenía extensa información sobre sus propiedades y los lugares a los que era asiduo, era un objetivo difícil de marcar.

Hoy era martes, de nuevo martes y, por fin, Salvador había encontrado una pauta que poder aprovechar. De madrugada, alrededor de las dos en punto, Hans había ido al amarre de *schifffahrt*, en donde le esperaba su espléndido velero *Jonger 20d*, de fabricante noruego y veintidós metros de eslora, regalo de un magnate ruso contento con Hans y el IOR. Tanto el martes anterior, como el jueves de esa misma semana, Hans había acudido para esperar pacientemente un taxi. De aquel taxi descendió una despampanante y hermosa mujer morena que fue directamente a su barco. Durante varias horas hicieron el amor como animales salvajes sedientos de lujuria, mientras Salvador les observaba en silencio, recordando viejas y profundas heridas, y distinguiendo al diablo en los enajenados ojos de la adúltera pareja. Sin dejar de reír y hacer bromas sobre el marido de ella, y cliente de él, bebían, botella tras botella, champagne Billecart-Salmon del '96, de "a cuatrocientos euros la unidad", como repetía Hans mientras rociaba el cuerpo de ella con el espumoso líquido para después lamerlo con lascivia. Pero si

169

Salvador estaba en lo cierto, hoy, el champagne le sabría de muerte.

*   *   *

A través de la ventana, Salvador podía ver cómo el tráfico y los apresurados viandantes comenzaban a conquistar las calles de la ciudad para acudir a sus rutinarios trabajos. Miró su reloj. Ya eran las seis y media de la mañana, y tenía que encontrarse con alguien a las siete, así que, se vistió y abandonó el hotel llevando consigo las pocas cosas que transportaba en sus viajes.

Andando por callejuelas poco transitadas, Salvador se dirigió al *Zürich Hauptbahnhof*, la estación central de tren. No tardó mucho en llegar, ya que su hotel estaba relativamente cerca. Después, nuevamente miró su reloj, ya eran las siete menos diez. Adentrándose en la estación por la entrada principal, comenzó a buscar los carteles de indicación en busca del andén ocho. Las cafeterías y tiendas del interior ya estaban abiertas, y multitud de personas se acercaban a sus barras sintiendo el evocador olor de café recién hecho. Varias parejas de policías deambulaban por la estación, algunos envueltos en incontrolables bostezos, demasiado espesos para prestar atención a absolutamente nada.

Calmadamente, Salvador recorrió el largo corredor central hasta que los puestos quedaron atrás, viendo ante él las taquillas y los accesos a los andenes. Del ocho hasta el diez, eran los andenes destinados a las líneas locales, el resto era internacional. Rebuscando en su bolsillo, Salvador sacó un puñado de monedas y se aproximó a una de las expendedoras de billetes automáticas. Compró un billete de ida y vuelta a la estación más próxima, y atravesó los tornos para dirigirse al andén.

Mientras permanecía sobre las escaleras mecánicas que bajaban hasta los cementados pasillos que confinaban las vías, Salvador divisó a un hombre sentado sobre un banco, mirando y toqueteando en una "tablet". Llevaba puesto un traje de lino color camel y una camiseta de color hueso a juego, y adornando su cabeza, tal y como habían quedado por teléfono, un elegante sombrero claro con una cinta de cuero marrón oscuro a su alrededor. Salvador se encaminó hacia él y, justo antes de sentarse a su lado, éste le miró a los ojos por un par de segundos. Luego, sin volverse a mirar o dirigirse la palabra en forma alguna, Salvador sacó un abultado sobre de su cintura, y lo dejó en el banco, entre los dos. Acto seguido, el desconocido cogió el sobre y lo guardó disimuladamente en el bolsillo interior de su chaqueta. Después, se levantó y se alejó, dejándose la supuesta bolsa de transporte de la "tablet". Salvador se arrastró hacia ella y posó su mano encima. A través del sintético tejido pudo palpar su contenido, confirmando que era lo pedido. Posteriormente, dejando un intervalo de tiempo razonable desde que aquel hombre se fue, Salvador colgó la bolsa de su hombro y, lentamente, salió de la plataforma ocho y desapareció de allí.

Nada más salir de la estación, Salvador se subió al tranvía de la línea siete, dirección *Wollishofen*, hacia el sur, justo enfrente del embarcadero en donde Hans tenía amarrado su barco. En el trayecto, y cerciorándose de que nadie le viese, sacó a

171

Iván Moncada

escondidas lo que acababa de recoger. Todo estaba perfecto, una Beretta Px4 storm, un cargador lleno y un silenciador. Sólo quedaba esperar hasta la noche.

*　　*　　*

Después de esperar durante largas y monótonas horas, el ocaso consumía el cielo y las luces de la ciudad comenzaban a brillar. Cada vez quedaba menos para que aquel codicioso hombre viniese al encuentro de su amante, así que, vigilante, ante la puerta de acceso al embarcadero, esperó hasta ver al guarda salir y cerrar la verja de la imponente valla de acero que protegía el perímetro. Por las noches no había vigilancia alguna, pues era un amarre de lujo en una zona de alto standing, y los dueños de las ostentosas embarcaciones disponían de llave de acceso, impidiendo, de esa manera, que ningún ojo indiscreto divisase sus nocturnas actividades festivas.

Pronto la noche se sumió en la madrugada de un nuevo día y, como predijo Salvador, el *Morgan Aero 8* de Hans hizo acto de presencia en el parking, a las dos menos cinco. Vistiendo un elegante y caro traje de color negro y pajarita, salía del coche con cara de felicidad sin saber lo que le esperaba, ya que Salvador permanecía oculto bajo una lona, en la popa de su barco. Repitiendo la misma coreografía que en días anteriores, esperó al taxi de pie, junto a la verja de entrada. No mucho tiempo después éste llegó, y la misma mujer, esta vez embutida en un deslumbrante vestido bermellón que acariciaba cada una de sus curvas, bajó y se dirigió hacia Hans.

Guardando la compostura, los dos miraron a un lado y al otro de la calle. Luego, al traspasar la cancela y comenzar a caminar sobre la pasarela, gestos de complicidad y deseo comenzaban a embargar sus miradas. Salvador veía cómo se acercaban al barco y, sin hacer ruido o movimientos que pudiesen alertarlos, enroscó el silenciador y amartilló el arma.

Entretanto, Hans y la mujer entraron en el barco y bajaron al camarote. Como locos, se comían a besos y se despojaban de sus ropas, casi con agresividad. Al momento, se hallaban en pleno acto, y Salvador salió de su escondite para hacer su trabajo. Debía pasar por la cubierta y entrar dentro del barco, así que, se descalzó para no hacer ruido. Luego comenzó a acercarse a la escotilla, pero un ruido le alertó y se agachó para mirar su procedencia, ya que creía saber qué ruido era. Escudriñando el lujoso puerto con su mirada, rápidamente encontró lo que buscaba. Alguien había abierto la verja de entrada, la había abierto disparando un arma con silenciador a la cerradura. Enseguida tuvo ángulo suficiente para ver quién era, mejor dicho, quiénes. Dos enormes tipos, con cara de pocos amigos y armados, se acercaban a toda prisa por la pasarela, hacia donde él estaba.

Salvador no sabía si aquello era una encerrona, si quizás venían a por él o no, así que, volvió a su escondite y se tapó con la lona de nuevo. A través de una minúscula rendija, Salvador vio como los dos hombres llegaban hasta el barco en el que él estaba. Después, uno de ellos subió a la cubierta, mientras que el otro permanecía sobre la pasarela. El hombre de la cubierta entró en la sala de mando del barco y bajó por la escotilla de acceso al camarote. Instintivamente, Salvador se giró para mirar

Iván Moncada

por uno de los tragaluces y ver qué pasaba, sin darse cuenta de que el otro hombre le oyó. Allí abajo la cosa no duró mucho, aquel enorme individuo entró en el camarote, y gritó: —¡El señor Mijaíl se siente muy decepcionado! ¡Su mujer y su buen amigo…! —Decía mientras movía la cabeza de un lado al otro para observar a la mujer de su jefe antes de dispararla —¡Os manda recuerdos! — terminó, a la vez que descargaba el cargador sobre sus cuerpos desnudos. En ese momento, la lona bajo la que Salvador se escondía, era bruscamente levantada.

Salvador reaccionó a tiempo, el suficiente como para dar una patada al arma del ruso que, sin miramientos, abrió fuego sobre él, fallando por unos centímetros. Instantáneamente, Salvador abrió fuego, acertando dos disparos en el pecho de aquel hombre, y haciéndole caer hacia atrás. Después, un nuevo disparo se oyó. Éste, atravesando el tragaluz e impactando en el hombro de Salvador. Un —¡Aagghh!— salió de la boca de Salvador que, inmediatamente, respondió poniéndose de pie y disparando hacia abajo, hacia el camarote desde el que el otro ruso continuaba disparándole. Salvador se retiró a un lado para ponerse a cubierto. El hombro le ardía, el dolor era intenso y perdía mucha sangre.

El tirador había logrado salir del camarote y, ahora, gritaba en ruso hacia la valla. Enseguida, otros dos sujetos aparecieron corriendo hacia el barco. Salvador les vio. Eran demasiados y estaba herido. Sin pensárselo dos veces, soltó el arma y se tiró al agua. Buceando, como pudo, se alejó de allí. En la distancia, veía a los tres hombres mirando por la borda y disparando al agua en repetidas ocasiones por si todavía permanecía ahí.

25

Madrid, 8 de octubre de 2012, 5:30 de la mañana.

Sobresaltado y empapado en sudor, Mario se despertaba. Las sábanas de su cama necesitaban ser cambiadas urgentemente, comenzaban a oler a humanidad y a pena. Llevaba dos
semanas sin cambiarlas, el mismo tiempo que hacía que su madre murió. Por más que pensaba en ello, no lograba comprender como un coágulo de sangre, producido por la rotura de su
cadera, había precipitado un paro cardiaco en medio de la operación.

Bermúdez le había concedido dos semanas de permiso
para que llorase a su madre y se recuperase de la realidad de la
vida, esa que nos recuerda que nacemos con la promesa de la
muerte, y que hasta que no nos toca cerca, no somos conscientes
de ella o, al menos, no pensamos en ella. Algún ansiolítico que
otro, sobre todo durante el entierro y varios días posteriores,

Iván Moncada

calmaron a Mario, pues, aunque era un hombre de fuertes convicciones y gran robustez mental, era su madre.

Nada más levantarse se dirigió al frigorífico y, de un trago, dejó seca una botella de *Gatorade* de limón. Desde donde estaba veía la pila de cajas que llenó y recogió de casa de su madre, apoyadas sobre una de las esquinas del salón. Fotos, recuerdos, objetos personales y documentación de la casa las llenaban. Ya era lunes y tenía que reincorporarse, había demasiadas cosas que atender como para seguir con un luto que no servía para mucho más que compadecerse, pues, como decía Rosario, *"con llorar un día la muerte de un ser querido es suficiente, lo importante es no olvidarle y recordarle para siempre"* palabras que le dijo cuando murió su padre.

Dejando la tristeza de lado y con ganas de retomar los asuntos que tenía pendientes, Mario se metió en la ducha. Mientras liberaba su cuerpo de los resquicios de esos días oscuros, su BB comenzó a vibrar sobre la mesa del salón. Parando un momento de enjabonarse y cortando el agua para cerciorarse del ruido que oía, Mario pensaba en lo mucho que le requerían, ya que, Bermúdez les dijo a todos que no le molestasen durante esas dos semanas, y ese tiempo ya había concluido, pensaba Mario, prosiguiendo con su higiene matutina. Luego, después de vestirse, cogió sus cosas, sin tan siquiera mirar el móvil para ver quién había llamado o le había enviado un mensaje, y se dirigió a la comisaría.

Eran las seis y cuarto cuando Mario llegó al céntrico y antiestético edificio en el que estaba la comisaría y, directamente, se fue a hablar con Bermúdez. Tras las típicas palabras del comisario interesándose por su estado de ánimo, éste le informó a Mario de que no hubo ninguna coincidencia al cruzar el nombre de Salvador con los vuelos de Boston los días que él indicó. Aunque, por supuesto, Mario sabía que el sospechoso tuvo que volar en alguno de ellos bajo otro nombre.

Una hora más tarde, Balboa también llegó a la central. Como un robot programado para una monótona rutina, éste fue a sacar un café de la máquina, viendo a Mario en su mesa.

—¡Hola Mario, no te había visto al entrar! ¿Quieres un café? — amablemente le preguntó.

Con un gesto de cabeza, Mario respondió afirmativamente. Al momento, Balboa se acercó a la mesa de Mario.

—No quiero preguntarte demasiado, porque supongo que se tiene que hacer jodidamente pesado que todo el mundo te pregunte lo mismo, así que…

—No te preocupes. Bien, estoy bien, muchas gracias — decía Mario antes de que Balboa prosiguiese —. ¿Qué sabemos de San Pedro El Viejo? —se interesaba el inspector por el caso mientras tomaba un sorbo del increíblemente caliente vaso de plástico.

—Ah, tengo algo importante. Todavía no se lo había comunicado al comisario, pero como ya estás aquí… —se relamía los labios y dejaba su café sobre la mesa de Mario para ir a la suya y coger una carpeta —. He investigado al cura, y en el ochenta y siete, algo pasó en el seminario en el que estaba. Fui ayer hasta allí, y aunque no me dieron mucha información, logré hablar con uno de los religiosos más viejos que vive en el centro y forma a los futuros curas. Éste me dijo que el padre

Ramón estuvo en el seminario cerca de seis años, y que, aunque él no sabe por qué, o no me lo quiso contar, éste fue forzado a abandonarlo en el último año, justo cuando entraron unos nuevos y jóvenes seminaristas.

Estuve hablando con él durante mucho rato y, entre diversas anécdotas que me contó, hubo una que me pareció muy interesante, pues hablaba sobre un chico con problemas. Al principio simplemente me parecían batallitas de un hombre mayor con mucho tiempo libre y poco que hacer, pero, cuando me dijo el nombre del chico, me quedé estupefacto por la coincidencia de todo aquello.

—Sorpréndeme… —dijo Mario mientras soplaba el café, pues Balboa hizo un alto para propiciar que Parra sintiese curiosidad.

—Ten por seguro que lo haré. Su nombre es Salvador, Salvador Adaín.

En aquel momento, la cara de Mario cambió por completo mostrando total incredulidad sin llegar a saber si le había oído bien —¿Cómo has dicho?

—Sí, sí, ya sé que es el sospechoso del caso del psiquiatra y el tío que te tiene en una especie de lista negra, pero es él.

El inspector dejó el café a un lado, manteniendo silencio y pensando mientras miraba hacia un lado —¿Y recordaba a Salvador? ¿Qué te dijo? —le preguntó después, con una aptitud muy distinta a la apacible que mostraba antes de pronunciar el nombre de éste.

—Sí. Me comentó que…, ya por aquel entonces, era un joven bastante problemático, y que casi todas las noches liaba alguna despertando a todos los demás. También me dijo que, a los dos años de que éste ingresase, en un intercambio internacional de seminaristas que se celebró en abril del ochenta y nueve, Salvador se fue a Italia.

—¿Italia? —repetía Mario pensativo, escuchando las palabras de Balboa.

—Sí, y tengo algo mejor. Este mismo cura me dijo que, hace un par de meses, Salvador apareció por el seminario preguntando por el padre Ramón. Me comentó que, al principio, no le reconoció, pero cuando éste le dijo *"buenos días padre, ¿sabría decirme dónde puedo encontrar al padre Ramón?"* supo que era él. —Ese retintín cuando se dirigía a sus superiores..., era inconfundible —me decía con recelo —. Su tono de voz había cambiado, ya era mayor, pero era él —me aseguró por completo.

Totalmente asombrado por aquel hallazgo y la nueva vía de investigación que solapaba ambos casos, exclamó en voz alta —¡Coño! ¡Ya es hora! —para luego dar un trago de café, y proseguir —. Parece que por fin tenemos algo de suerte —a la vez que exhalaba un profundo suspiro. Después de haber estado bastante tiempo sin pistas que seguir sobre Salvador, deseaba, mejor dicho, necesitaba saber más sobre lo que Balboa había descubierto —. ¿No has logrado averiguar por qué forzaron la salida del padre Ramón?

—No a ciencia cierta con nombres y apellidos, pero estoy seguro de que, por los otros comentarios de los religiosos del seminario con los que hablé, hubo episodios de abusos sexuales.

179

—Increíble, parece que tenemos una clara conexión en- tre ambos casos. Muchas gracias Balboa —terminaba Mario la conversación y el café.

Acto seguido, Mario sacó su BB y marcó el número de Pedro, quién respondió a los pocos tonos.

—¿Sí?

—Tubitos, Soy Mario.

—Vaya, Mario, ¿cómo vas? Me alegro de oírte.

—Bien, ya sabes, comenzando la rutina para tener la mente ocupada. ¡Oye! Necesito que hagas algo urgente por mí.

—Sí, dime.

—Quiero que compares la sangre de la campana que re- cogiste en San Pedro El Viejo, con el ADN que encontraste en la casa de Salvador, el de las fotos.

—¿Y eso?

—La víctima de San Pedro conocía al sospechoso del psiquiatra, y por lo visto, éste le estaba buscando hacía cosa de dos meses.

—Joder, ya es coincidencia, lo que no veamos aquí... — comentaba Pedro mientras algo le venía a la cabeza — aunque, no recuerdo haber visto la cara del cura en las fotos en el piso.

—Lo sé, es por eso que necesito que hagas esa prueba.

—Ok, déjame que termine la autopsia a un fiambre que han encontrado en una cuneta de la A-42 y me lío con ello.

—Por cierto, ¿examinaste las palabras de la campana?

—Las letras..., sí..., ah vale, lo recuerdo. "Viatore venit" sí..., es Latín, tiene un par de declinaciones pero básicamente significa "el viajero ha venido", y no habían sido hechas hacía demasiado tiempo. No presentaba oxidación u oscurecimiento alguno en el material, y para rayar esas letras, teniendo en cuenta que la campana es de bronce en una aleación de setenta y ocho por ciento de cobre y veintidós por ciento de estaño, la persona que lo hizo debió ejercer bastante fuerza.

—¿Entonces? —preguntaba Mario en espera de algo más concreto.

—Las hendiduras no se repetían, las marcó de una sola pasada, por lo que, quien rayó aquello, estaba muy fuerte. Yo no creo que hubiese sido capaz de hacer unos surcos tan profundos, ni tan siquiera marcarla...jajajaja —reía Pedro mofándose de sí mismo, reconociendo su débil forma física.

—Puff..., con lo que comes no me extraña. Por favor, llámame cuando tengas algún resultado.

—No "problem".

Nada más finalizar la llamada, Mario se quedó pensativo en lo que Pedro le había contado sobre aquellas palabras, **"el viajero ha venido"** —¿Sería quizás su apodo?, ¿la marca que dejaba después de asesinar a alguna de las personas de aquella lista en la que él también se encontraba? —intentaba Mario ordenar las ideas en su cabeza —, ¿podría Salvador ser un asesino a sueldo y esa su firma y seña de identidad para aquellos que le hubiesen encargado esos objetivos? —, todo era demasiado confuso y carecía de un sentido lógico, pensaba —. No había ningún mensaje cuando asesinó al psiquiatra y, ¿qué pintaban mis fotografías en su piso? Yo no soy nadie importante —farfullaba, mientras se daba cuenta del icono de "mensaje nuevo" que aparecía en la pantalla de su Blackberry.

Sin parar de conjeturar diferentes hipótesis en su cabeza, intentando encontrar un atisbo de luz con el que vislumbrar el camino a seguir en aquel embrollo, accedía con el *trackpad* para leer el mensaje.

5:52 Remitente: desconocido "Siento lo de tu madre, me apena mucho que estés triste. Yo también lo he pasado mal en los últimos días. Creí que me habías encontrado, pero no eras tú, amigo mío"
DGP tracking 5:52 *hidden number* call through Tim server, via del serafico 1, Roma, Italia. +/- 30 mt.

Mario no podía creer lo que veía, le había vuelto a escribir, Salvador le había vuelto a escribir. Sus sentimientos se debatían entre el odio y la incredulidad de sus palabras. —¡¿Cómo coño sabe lo de mi madre?! —Exclamaba, apretando los dientes y pensando cómo sabía aquello, mientras su cerebro rápidamente recordaba las palabras de Pedro el día que le enseñó las fotografías y le reveló su procedencia, —¡Roma! ¡Está en Roma! ¡Y tenemos una dirección! —repetía el inspector mientras se ponía de pie.

En aquel preciso instante, Bermúdez salió de su oficina con un papel en la mano, dirigiéndose directamente hacia Mario.

—¡Parra!, acabamos de recibir esto de la Interpol —le entregaba Bermúdez el papel, mientras le explicaba lo que él ya había leído — Es un comunicado en respuesta al aviso de "persona potencialmente peligrosa" que lanzamos a la Interpol. Nos comunican que el día cuatro de octubre, de madrugada, se co-

Iván Moncada

metió un doble asesinato en Zúrich, y han encontrado un arma con las huellas de Salvador Adaín. Las han cotejado con las huellas de archivo que les enviamos. También nos han enviado una copia del informe oficial. El homicidio ocurrió en el camarote de un yate. Señalan múltiples tiradores, y aunque ninguno de los proyectiles que alcanzó a las víctimas era de la pistola con las huellas de Salvador, cuentan con varios impactos de esa arma en el suelo del camarote, supuestamente, efectuados desde una de las escotillas superiores del mismo. No han logrado identificar a los demás tiradores, aunque la investigación no ha hecho más que comenzar. El sospechoso se encuentra en paradero desconocido.

—Yo sé dónde está.

—¿Cómo?

En ese mismo momento, Mario le enseñaba el mensaje que acababa de leer al comisario. —Está en Roma, en Italia. Me ha vuelto a escribir. Seguramente esté allí para liquidar a otra persona de la lista.

—¡Joder! debemos enviar su situación a la Interpol, ahora también es sospechoso de asesinato en otro país. Con esto expedirán una orden de busca y captura internacional y, con un poco de suerte, puede que le atrapen gracias a este mensaje.

—Eso no es todo, tengo motivos para pensar que también es el autor del homicidio del San Pedro el Viejo. Balboa ha investigado al cura y Salvador aparece de por medio.

Bermúdez miró a Balboa, que ya estaba sentado en su mesa, y antes de que éste dijese nada, el subinspector corroboró las palabras de Mario —Sí, Comisario. El sospechoso intentaba localizar a la víctima dos semanas antes del homicidio.

—¡Vale! Necesito pruebas que confirmen eso, ¡conseguidlas!, mientras tanto, emitiré ahora mismo el comunicado y alertaré a la policía italiana —dijo el comisario dándose la vuelta y dirigiéndose a su oficina.

Mientras Bermúdez caminaba alejándose de él, Mario sintió una extraña sensación, pues esta vez, aunque a través de un número de móvil oculto, sabía que Salvador le había enviado aquel mensaje con algún propósito, y con la certeza de que Salvador sabría que Mario tendría ya el teléfono intervenido para rastrear su posición. Quería que Mario fuese allí, no había duda. A pesar de que su racionalidad le avisaba de que no era buena idea jugar en casa del enemigo, aquel desafío le llamaba a gritos.

Mario sabía que no estaba autorizado para hacer algo así, y que le podría ir el puesto en ello, pero su mente comenzó a divagar sobre cómo podría responder a aquella provocación en la que se encontraba personalmente inmerso, pues no era capaz de imaginar por qué aquel perturbado asesino le tenía entre su lista de objetivos y se comunicaba con él. Necesitaba más información, necesitaba saber más sobre Salvador antes de acudir a una, quizás, burda trampa. De repente, una posible fuente de información vino a su mente — Hernández, el psiquiatra— se dijo a sí mismo, mientras se encaminaba hacia el ascensor para dirigirse al gabinete del doctor y las palabras que éste le dijo la última que se vieron volvían a su cabeza, **"Astrales, Viajes Astrales"**. Tan incomprensible e increíble como creer

184

en la magia o no sospechar de un hombre junto a un cadáver, con las manos llenas de sangre y un cuchillo entre sus dedos, gritando "¡Yo no he sido! ¡Yo no he sido!". Pero las palabras de Pedro le inquietaban aún más **"el viajero ha venido"**.

Mario había llevado varios casos en los que, gentes de muy diferentes etnias y culturas, practicaban magia negra y supuestos hechizos, sobre todo en casos de proxenetismo para amedrentar a las mujeres que explotaban, pero nunca había estado tan cerca de algo que le hiciese sentir que realmente podría haber algo de sobrenatural, aunque sabía que, al final, encontraría una respuesta lógica. Quizás el doctor Hernández no le había contado todo sobre Salvador, pero estaba dispuesto a llegar a conocer a su enemigo y prepararse para jugar una partida usando las envenenadas fichas que éste le ofreciese.

Iván Moncada

Iván Moncada

26

Piazza della Bocca della veritá, Roma, esa misma tarde.

Sassuolo permanecía de pie, junto a la entrada de la iglesia de *Santa María in Cosmedin,* donde se encuentra la famosa máscara de mármol de "la boca de la verdad", y en donde había quedado con una persona que no conocía en absoluto.

Como hombre de prestigiosa reputación y con contactos en la sociedad italiana, el profesor Sassuolo había recurrido a conocidos, y amigos de conocidos, para recabar información sobre las supuestas renovadas actividades de la logia *Propaganda Due (P2).* El profesor sabía perfectamente que, si era cierto que aquella logia masónica con grandes tintes mafiosos había vuelto, interesarse demasiado por ellos podría incluso costar la vida.

Receloso de la nota que su amigo Joseph le mostró, Claudio pensaba que firmar como la P2 era una mera argucia intimidatoria para poner en antecedentes al Pontífice sobre la seriedad del asunto. Atacar directamente a parte de la curia a la que le molestaba que se sacase a la luz el marcado lado homosexual y pedófilo de algunos miembros religiosos, y las turbias finanzas de la Iglesia que, voraz, buscaba constantemente nuevas vías de ingresos, estaba molestando e inquietando a muchos.

Después de mucho indagar, el profesor acudió a un amigo que sabía que pertenecía a una logia masónica, aunque por supuesto, éste nunca le había confirmado tal cosa. Sin embargo, en las diversas ocasiones en que Sassuolo hubo estado en su casa, el profesor vio varias señales inconfundibles de su pertenencia a alguna orden secreta, sobre todo, la tarde anterior, cuando fue a verle.

Su amigo, un empresario italiano muy importante e influyente llamado Paolo Corese, le llevó hasta su despacho para hablar con él, pues Sassuolo le pidió verle sin falta esa misma tarde para preguntarle si conocía a alguien que pudiese informarle sobre la P2. En el momento en el que entraron en el despacho de su enorme mansión a las afueras de Roma, el profesor se sentó y vio como Paolo cogía disimuladamente un anillo que había sobre el escritorio para guardarlo. Pero no fue suficientemente rápido, pues Sassuolo, ya había reconocido en el anillo el típico compás y triangulo con un ojo en el centro característicos de las órdenes masónicas.

Después de hablar sobre las logias masónicas italianas y la desaparecida P2, Paolo le sugirió que hablase con alguien del que le dijeron una vez que era el mayor conocedor sobre el tema. No sabía ni su nombre ni su dirección, pues era un hombre

Iván Moncada

al que realmente nadie había visto nunca. Tan sólo tenía una dirección de correo electrónico a la que enviar mensajes. Esa era la única forma de contactar con él.

Sassuolo se fue de la mansión de Paolo y, siguiendo sus indicaciones, envió un mensaje en cuanto llegó a casa.

"Necesito hablar con usted urgentemente sobre una nota amenazadora firmada por la P2 ¿Me puede ayudar? Puede ser un tema de vida o muerte.
Profesor de la Sapienza, Claudio Sassuolo"

A los pocos minutos, el profesor recibió respuesta.

"Plaza de la boca de la verdad, 3 p.m. Vaya solo, si no desapareceré de allí"

Con cierta impaciencia y desasosiego, Claudio miraba su reloj. Tan sólo quedaban cinco minutos para las tres, la hora de la misteriosa reunión, mientras cierta multitud de gente se arremolinaba alrededor de un guía que, con detalle, les explicaba la leyenda de la máscara de la boca de la verdad a los atentos turistas, antes de que abordasen la iglesia. Aquel grupo de turistas era tan numeroso que el profesor optó por desplazarse para poder ver bien la entrada y, así, ser más visible para el esperado confidente, pero, en ese preciso momento, uno de los turistas se situó a su lado y le dijo en perfecto italiano:

— *Vayamos dentro, profesor* —a la vez que le miraba a los ojos por un segundo.

189

Sassuolo tardó un par de segundos en reaccionar y seguirle, pues no esperaba que se acercase a él de ese modo. Luego, deambularon de un lado al otro de la iglesia como el resto de gente que visitaba aquella antigua construcción hasta que, disimulando que admiraban una imagen religiosa en una de las partes menos concurridas de la iglesia, el profesor se dirigió a él.

—*Bueno, como le comenté en el email, mi interés se centra en una extinta logia masónica, la P2. ¿La conoce, verdad?* —terminaba preguntado el profesor, para confirmar que aquel era el sujeto que podría resolver alguna de sus dudas.

Un par de segundos más tarde, y tras no obtener respuesta de aquel individuo, el profesor miró a un lado y al otro para asegurarse de que no había nadie cerca y le dijo — *Ejem... perdone, no sé si quizás puede responderme aquí o no, no estoy habituado a este tipo de encuentros ¿debemos...?* —preguntó Sassuolo, en espera de instrucciones de qué hacer por parte de aquel personaje con aspecto de turista que le había abordado en la entrada.

El misterioso hombre le miró y continuó enmudecido mirando a su alrededor, como si admirase el resto de la iglesia, aunque en verdad controlaba a las personas que había allí dentro. —*¿Ha venido acompañado, profesor?* —se dirigió a Claudio, volviendo a mirar la sagrada imagen que tenían frente a ellos.

—*No, no. De ninguna manera. Ya me advirtió de que venir yo solo era requisito indispensable para usted.*

—*Bien. Sí, conozco la P2. ¿Qué quiere saber?*

—Oh, lo que me interesaría saber exactamente es si..., la P2 ha vuelto a tener algún tipo de actividad, o... si sabe usted de que haya habido algún tipo de actividad por alguno de sus antiguos miembros. De aquellos que no fueron arrestados en su día, claro —aclaraba el profesor.

—Como usted bien sabe, profesor, la P2 fue desarticulada en los ochenta. ¿Qué le lleva a preguntar por ese tema?

—Bueno, quizás... haya oído algún rumor sobre actividades referentes a dicha organización, lo que es ciertamente inquietante.

—No tengo constancia de ello. En el tejido que comprende las muchas logias de este país y las familias mafiosas más importantes, las cuales dominan y son conocedoras de los secretos de casi todo el mundo, no se ha oído ningún rumor sobre la P2. Y lo que se oye, no son más que viejas historias.

Sassuolo intentaba adivinar quién era ese hombre o a qué mafia o logia pertenecería para saber sobre aquello con tal convicción, pero aún tenía alguna pregunta más —*¿Y si alguien quisiese hacerse pasar por la P2, o quisiese reactivarla?*

—Si eso fuese así, no creo que lo hiciesen bajo el mismo nombre, profesor —le respondía, mientras los gestos de su cara indicaban que aquella pregunta había suscitado un par de dudas y posibles respuestas a algo que hubiese oído.

Claudio guardó silencio mientras aquel hombre pensaba. Después de un momento, algunas situaciones inconexas dentro de la cabeza del confidente tomaron forma —*Profesor, creo que sí que puede haber algo de cierto en eso...* — murmuró mientras giraba la cabeza para mirarle.

De nuevo, el ahora iluminado hombre, guardó silencio mientras un nuevo grupo de turistas se acercó a donde ellos estaban. A pesar de ser un lugar sagrado en donde se debería guardar silencio, aquel grupo era peculiarmente ruidoso. Después, con la brevedad con la que una golondrina se acerca al inmóvil agua de un estanque para beber en pleno vuelo, uno de los turistas empujó sin querer al hombre con el que Sassuolo se había reunido. Luego, éste cayó al suelo como si hubiesen desconectado el botón de encendido de un robot, quedando tendido boca abajo. Al verle, el profesor se agachó apresuradamente.

—*¿Está bien? ¿Está usted bien?* —repetía Claudio mientras le movía del brazo y pasaba su mano por el pecho para intentar levantarle.

Varias personas más se agacharon junto al profesor y se interesaron por el hombre que parecía haberse desmayado. Mientras tanto, el resto comenzaba a hacer un circulo a su alrededor, pero pronto, el grito de una mujer que también miraba, llamó la atención de todo el mundo. Un gran charco de sangre se estaba formando bajo el cuerpo de aquel desvanecido hombre.

Asustado, al comprobar que tenía un disparo en la espalda, y viendo ahora sus manos manchadas de sangre, el profesor comenzó a chillar —*¡Una ambulancia, llamen a una ambulancia, por favor, una ambulancia…!* —mientras no podía evitar pensar en que le habían asesinado justo a su lado, justo antes de que éste le desvelase lo que necesitaba saber.

Rápidamente, la voz corrió hasta la calle y, al momento, una patrulla de policías parada por otro turista, bajó del coche y se dirigió a la iglesia. Justo antes de entrar, un individuo de mediana edad, de los muchos hombres y mujeres que salían de

Iván Moncada

allí alertados por el bullicio y los gritos, se dio la vuelta para ver a la policía entrar mientras, sin poder evitarlo, una sonrisa asomaba a sus labios. Era Salvador, quien había seguido al profesor para eliminarlo, pero al ver con quien se reunía, quien también era uno de sus objetivos prioritarios, decidió acabar sólo con uno de ellos, y así, prologar aquel juego que tanto le gustaba.

Iván Moncada

Iván Moncada

27

Mientras tanto, en Madrid, Mario acababa de llegar al gabinete del doctor Hernández.

Nada más verle y con la cara de ilusión de un niño con un juguete nuevo, por la intrigante y fascinante información que le había dejado para estudiar, Hernández se dirigió al inspector, cambiando enseguida el semblante para darle el pésame por lo de su madre —Le acompaño en el sentimiento, me enteré cuando llamé a la comisaría preguntando por usted. Perder a un progenitor siempre es una tragedia terrible, a pesar de que sea parte de la vida — estrechaba su mano.

Una ligera muesca de agradecimiento brotaba en la cara de Mario —Gracias doctor. Intuyo que si me llamó es porque encontró algo.

—Cierto. Pasemos al despacho —afirmaba mientras, nuevamente, no podía evitar dejar ver su entusiasmo.

Iván Moncada

Una vez estuvieron sentados en el despacho, Hernández comenzó a hablar, con un sobrio tono profesional, para explicar sus averiguaciones y conjeturas.

—Bien..., inspector. Durante varios días, bueno, de hecho, durante las casi dos semanas que precedieron a nuestro último encuentro, he dedicado todo mi tiempo libre a leer, releer, y visionar con detalle las trece cintas de vídeo y los treinta y ocho informes que conforman los cincuenta y dos folios que me dejó. En ellos, he logrado discernir, con gran esfuerzo, que el tercer sujeto que le comenté, del cual creía que eran el resto de informes que leí la primera vez en su presencia, no es tal, sino que son dos personas distintas.

—Entonces, hablamos de cuatro muchachos distintos, ¿verdad?

—En efecto. Los dos primeros, como rápidamente intuí, mantenían patologías no coincidentes con la de Salvador. Sin embargo, en los dos últimos, se asemejan lo suficiente a la suya, aunque distante a la patología actual, antes de que asesinase a mi compañero.

—¿Y las cintas?

—Sí, las cintas, por supuesto. Éstas, sin duda, son de un solo y único individuo, difícil de atribuir a uno u otro pues, he descubierto, que las anotaciones de mi fallecido compañero, en algunos casos, parecen copias a pares con sólo unos días de diferencia —en ese momento, Hernández notó un cierto gesto de incomprensión en la cara del inspector, intentando entonces ser lo más llano posible en sus explicaciones —. Es decir, es como si Cayetano hubiese visto al mismo niño un par de días más tarde y éste le hubiese contado al doctor lo mismo con sólo algún pequeño detalle diferenciador. Como si cada niño le hubiese contado a Cayetano el mismo sueño, después de las supuestas pesadillas.

—¿Cómo es eso posible?

—En los informes, Cayetano lo explica, aunque fugazmente. Es una enfermedad conocida como "Foile á deux" literalmente "locura compartida por dos" técnicamente llamada "Trastorno Psicótico Compartido". Es un raro síndrome psiquiátrico en el que un síntoma de psicosis, particularmente una creencia paranoica o delirante, es transmitido de un individuo a otro. En este caso, es del tipo impuesto, ya que, uno de ellos repite lo mismo que el otro. Seguramente, al vivir en la misma institución, éstos hablasen y trasladasen sus inquietudes el uno al otro.

Mario escuchaba con atención todo lo que el doctor decía, a la vez que tomaba notas para revisarlas posteriormente en la quietud de su casa, y así, poner su mente en orden e intentar buscar un punto flaco por el que atacar a Salvador.

Inmerso en el tema, Hernández proseguía con su exposición —En uno de los informes, Cayetano recalcó, tras tomar nota del sueño que el sujeto había tenido, la frase "he de matarlos, he de matarlos a todos", algo espeluznante viniendo de un niño tan pequeño, ciertamente, aunque creo que sólo fue un sentimiento esporádico producto de una situación concreta. Pero el patrón que vimos en las primeras cintas se repite una y otra vez, sin pauta definida, pues la supuesta "desaparición

Iván Moncada

corpórea" no sigue una sincronía específica de días, horas o minutos, sino que resulta totalmente aleatoria.

—Entonces, ¿quiere decir que Salvador quizás solamente imitaba un comportamiento?

—Es plausible, si estuvo con una misma persona mucho tiempo tendería a imitarle, siempre y cuando, Salvador sea el sujeto receptor y psicológicamente débil o afectado, no el impositor.

Durante unos segundos, Mario permaneció en silencio, meditando e intentando encontrar sentido a todo aquello a la vez que escribía en su Moleskine. Nuevamente, el doctor comenzó a hablar.

—Y ahora, viene lo mejor. Aquello que confirma la teoría que le sugerí la primera vez. Y por la cual todavía no alcanzo a salir de mi asombro.

Despegando la vista de su libreta para mirar al doctor a los ojos, manteniendo aún la cabeza agachada y su bolígrafo todavía tintando las ahuesadas páginas, Mario dijo —¿Cuál? ¿La de los viajes astrales? —escéptico fruncía el ceño.

—Sí, mi querido inspector. Y, aquí, tengo la prueba —extendía su brazo para entregarle uno de los informes, casi de los más modernos y de los últimos que Cayetano redactó antes de dejar el orfanato.

Durante un par de minutos, Mario leyó y releyó el informe, después miró al psiquiatra y se lo devolvió.

—Lo ve. Cayetano sí se dio cuenta de los lapsus en los que el paciente desaparecía, por eso hace referencia a la hora en este informe —entonces, Hernández se puso las gafas para ver

198

de cerca mientras enfrentaba el papel a su cara para comenzar a leer —Y cito, *"mis dudas sobre el tema, logran atenazar mi estómago cada vez que lo pienso. Hoy he ofrecido al paciente que lleve un peque-ño reloj de colgante que mi esposa me ha prestado, para que le dé suer-te y evite esas terribles pesadillas. Ha aceptado."*, luego, más abajo, casi al final, después de trascribir el sueño, en este caso mucho menos violento que los anteriores, Cayetano escribe *"son las cuatro y media de la mañana, del trece de octubre"*. Al principio no me había percatado, pero después de releerlos una y otra vez en busca de algo, caí en la cuenta. En el informe no consta el nom-bre del paciente, como en los demás, pero sí la fecha. La de éste, es del once de octubre de mil novecientos ochenta. No se trata de un error, como pensé, no..., Cayetano se refería al reloj que le dejó al paciente. En aquel reloj, mi estimado inspector, habían pasado dos días. Dos días completos y veinticuatro minutos de adelanto. ¿Lo cree ahora? —le preguntaba a Mario que, atónito, no sabía que decir.

De repente, aquel silencio formado por algo tan inexpli-cable y solamente entendido echando mano de la ciencia fic-ción, fue interrumpido por el teléfono de Mario que, incesante, reclamaba su atención.

—Parra, dígame.

—Mario, soy Pedro. Pleno al quince, la sangre de la campana es de Salvador.

—Estaba seguro de ello. Muchas gracias, Pedro. Hazme un favor, llama a Bermúdez e infórmale, estaba tramitando el expediente para la Interpol y tendrá que añadir también eso.

—Ahora mismo.

Tras colgar el teléfono, Mario preguntó para retomar la conversación —Lo siento, ¿por dónde íbamos?

—Por el increíble descubrimiento de que Salvador, además de ser un demente, es un ser excepcional.

Levantando la ceja izquierda y ladeando la cabeza para mostrar su desacuerdo y escepticismo, el inspector dijo —Un asesino psicópata como él no tiene nada de excepcional doctor, créame. Además, no sabemos si el reloj que Cayetano le dio tenía algún defecto, o quizás, simplemente no le habían dado cuerda correctamente. Hay mil explicaciones lógicas más sencillas que recurrir directamente a la fantasía, por ejemplo, debido a la electricidad estática de mi cuerpo a mí siempre se me desajustaban los relojes hasta que me compre éste—le mostraba su G-Shock —, tampoco veo nada de excepcional en ello —luego, Mario se puso en pie —. Bien, doctor. Muchas gracias por compartir conmigo sus impresiones, me han sido de gran ayuda, pero ahora he de irme y he de devolver el material que le dejé a su propietario.

—Sí, sí, por supuesto —respondía Hernández a la vez también se ponía en pie y colocaba los informes dentro de la misma caja en la que el inspector se los entregara.

Nada más decir aquello y mientras veía a Hernández recoger los informes, Mario notó un fuerte mareo que le hizo sentarse con torpeza y dificultad sobre el sillón del que se acababa de levantar. El psiquiatra, al verle, se acercó para ayudar a que se colocase correctamente sobre él y evitar que acabase en el suelo —¿Se encuentra usted bien, inspector?

Iván Moncada

—Umm..., sí —respondía con los ojos cerrados —, me he debido de levantar demasiado rápido, y se me habrá juntando con los ansiolíticos que estuve tomando las últimas dos semanas y que mi cuerpo todavía está expulsando.

—Sin duda. Venga, túmbese en el diván, le ayudará —le sugería y asistía el doctor, ofreciendo su antebrazo para que se sujetase —, los fármacos son grandes herramientas, pero para una persona sana como usted no hacen más que debilitar, aunque, en su caso, los efectos secundarios son un bajo precio a pagar para digerir su pérdida. ¿Supongo que habrá dormido en exceso con su uso?

Ya tumbado, Mario hablaba, con los ojos aún cerrados —La verdad es que no, sufro de insomnio crónico desde pequeño, y ni con las pastillas he logrado pegar ojo, aunque, al menos, sí me han ayudado a relajarme.

Sorprendido, Hernández preguntó —¿Desde pequeño?, ¿y..., le han tratado en alguna ocasión?

—Sí, la verdad es que mi madre me llevó bastante al médico de pequeño en busca de tratamiento, pero nunca se me quitó —abriendo un poco los ojos y mirando al psiquiatra, que permanecía sentado en un confortable sillón, justo al lado del diván, prosiguió, con un tono de humor y mejor color de cara —. Pero la verdad, he de admitir, que siempre ha sido una ventaja en mi trabajo.

—Bueno, supongo que así puede perseguir a los malos mientras éstos duermen, pero... ¿Su salud?, quizás su cuerpo esté comenzando a llamar su atención, ¿no cree?

—No, no lo creo. Gracias a Dios, tengo una salud de hierro —decía haciendo el intento de incorporarse.

—¡No, por favor! Descanse un poco más, créame, es lo mejor que puede hacer.

Mario volvió a tumbarse y a cerrar los ojos. No paraba de pensar en Salvador, pero la verdad es que se encontraba mucho mejor en aquella posición.

—A parte de medicación ¿Ha probado otro tipo de terapias para paliar su insomnio? —Seguía interesado Hernández sin poder evitarlo teniendo a un hombre tumbado sobre el diván y él estando en su sillón de trabajo —, a través de la meditación o el hipnotismo, me refiero. Hay muchos casos en los que son tremendamente efectivos.

Una sonrisa se dibujaba en la cara de Mario mientras le respondía —Solamente hay una cosa que me ayuda, doctor. Correr, correr por lo menos durante una hora, de madrugada, antes de intentar dormir, y a la mayor velocidad que mis piernas lo permitan.

—No es mala técnica. Dormir por extenuación —reía Hernández —aunque, si quiere, podemos probar con una hipnosis superficial, y así, compara qué método cansa menos.

Mario miró su reloj por un segundo. Eran las cinco menos cuarto de la tarde. —¡Qué diablos, probemos! —se dijo a sí mismo. —Está bien, inténtelo, pero ya le digo que será una pérdida de tiempo.

—Tenga fe, inspector —le decía Hernández, mientras se acercaba a él y cogía su mano izquierda, la misma en la que llevaba el reloj, para así sentir su pulso en la muñeca y sincroni-

202

zar sus palabras con su ritmo cardiaco a la vez que miraba los segundos pasar. —*De acuerdo, quiero que me escuche atentamente e intente relajarse lo máximo posible. No hable, sólo respire profundamente e intente sentir mi voz en su interior* —comenzaba a tornarse la voz del psiquiatra cada vez más nasal y profunda —. *Quiero que sientas mis palabras... Quiero que te relajes... Quiero que liberes tu mente... Quiero que dejes tu cuerpo inerte... Quiero que el sueño te rodee... Siente, poco a poco, cómo abandonas tu mente... Siente cómo mi voz te relaja...* —el doctor notaba como las pulsaciones del inspector caían a gran velocidad — *Siente cómo tus sentidos se ralentizan... Siente cómo sucumbes al sueño... Cómo tus parpados pesan... Cómo tus oídos enmudecen... Cómo tu respiración se relaja...* —acababa Hernández guardando silencio tras un progresivo descenso del tono de su voz. Luego, comenzaba de nuevo a hablar suavemente —*Ahora, quiero que recuerdes todas las palabras que te he dicho, y que las oigas cada vez que cierres los ojos por la noche, cuando vayas a dormir... Recuerda mis palabras, cada vez que vayas a dormir... Ahora quiero que vayas despertando poco a poco... Que vayas despertando poco a poco, siguiendo mi voz* —el tono del doctor subía exponencialmente—. *Poco a poco te estás despertando... Te estás despertando... Despertando... ¡Despierta!* —terminaba con un fuerte y seco tono de voz mientras chasqueaba los dedos.

Hernández miraba extrañado al inspector. No parecía despertar. Pero a los pocos segundos, éste reaccionaba abriendo los ojos y mirando a Hernández —¿Ya? —escéptico de ese tipo de técnicas, le preguntaba.

203

—Bueno, deme al menos el beneficio de la duda. Intente dormir esta noche y mañana me cuenta —le respondía sonriendo.

Mario también sonrió, y después, justo cuando iba a levantarse de aquel maravilloso diván, vio algo que le llamó la atención. En la parte inferior del sillón ergonómico del doctor, recogido hacia dentro, justo donde se apoyan las piernas cuando extiendes esa parte del mecanismo para tenerlas en alto, había varias manchas. Algunas eran oscuras, probablemente de la suciedad de los zapatos, pero otras, eran manchas marrón rojizas, igual que la sangre cuando se seca, igual que cuando algo se mancha de sangre por transferencia.

Incorporándose lentamente, y quedándose sentado durante un momento sobre el mullido diván, el inspector le preguntó —Vaya, este diván es una auténtica maravilla, qué cómodo, aunque su sillón también lo parece ¿Es de esos ergonómicos en los que te puedes recostar y levantas las piernas?

—Oh, sí. Cayetano y yo nos compramos uno cada uno cuando abrimos el gabinete, pasamos muchas horas en ellos, ergo..., deben de ser lo más confortables posibles —sonreía nuevamente —, aunque, yo nunca he usado lo de las piernas, me incomoda en demasía no tener los pies en el suelo.

Mario le devolvió la sonrisa, moviendo la cabeza a modo de afirmación por la comodidad que parecía ofrecer aquel asiento, mientras pensaba en que, si nunca elevaba esa parte, todas esas manchas habían sido transferidas por sus zapatos. No sabía por qué, pero un mal presentimiento le sobrevino. Sabía que necesitaba confirmar si alguna de las manchas eran

Iván Moncada

de sangre, así que, actuando, como en muchas ocasiones le tocaba hacer, dijo —Puff... no sé si realmente me ha llegado a hipnotizar o no, pero desde luego, sea lo que sea que me ha hecho, me ha dado una sed terrible —a la vez que simulaba que todavía estaba algo mareado.

—No se mueva, por favor, deje que le traiga un poco de agua —amablemente se ofrecía el psiquiatra que, levantándose y saliendo a la recepción para llenar un vaso de agua del dispensador, salió del despacho.

Rápidamente, y con ayuda de la llave de su coche, Mario se arrodilló y raspó una de las manchas. Usando su Moleskine para recoger lo que caía entre dos de las páginas centrales de ésta, ágilmente, la cerró y la guardó de nuevo en el bolsillo, volviendo a sentarse.

Los marcados pasos del doctor sobre la tarima se acercaban —Tenga —decía el doctor, mientras entraba por la puerta.

Mario se levantó, y se dirigió al psiquiatra —Ah, muchas gracias. Ya me encuentro mucho mejor —terminaba, bebiéndose el vaso por completo de un sólo trago. —Bueno, ahora he de irme. Estaremos en contacto. Muchas gracias por todo —estrechaba su mano.

—Sí, sí, por supuesto. Ha sido todo un placer poder ayudarle y, por favor, si necesita más ayuda, ya sea resolviendo alguna duda más sobre ese material, o con su insomnio, no dude en acudir a mí —decía locuazmente, mientras le acompañaba a la salida.

Mario salió del piso en donde estaba el gabinete para dirigirse a su coche, aunque, por supuesto, sus prioridades habían cambiado. Una vez se hubo sentado en el coche, y abriendo con sumo cuidado su libreta, para evitar que se cayese la muestra que había recogido, buscaba entre sus páginas a la vez que llamaba por teléfono — ¿Sí?, hola, soy el inspector Parra. Por favor, necesito que me den la dirección de esta persona. Sonia Montero Mijas —Mario guardó silencio mientras oía teclear a la operadora, y poco después, ésta le confirmaba el nombre antes de darle la información —. Exacto, Montero Mijas. ...lo tengo. Muchas gracias —dijo Mario.

De inmediato, el inspector apuntaba la dirección en su libreta para ir a hablar con la ex secretaria, aunque, por descontado, pasaría primero a ver al Tubitos, para que le dijese que era lo qué los pies del psiquiatra habían pisado.

28

Año 521 a.C., ciudad de Crotona.

El fuerte viento que surcaba el mar chocaba contra las edificaciones de la bella Crotona. El otoño se abría paso encapotando los cielos a la vez que teñía la tierra y el mar de un gris luminoso a manos del oculto astro rey. Las gentes de esa peculiar ciudad deambulaban de un lado al otro ensimismados en sus quehaceres mientras un grupo de jóvenes hombres y mujeres corrían escaleras arriba hacia lo alto del punto más elevado de la urbe.

Ataviados con sus blancas túnicas, competían en el ascenso entre bromas y zigzagueos evitando a los crotoneses que, al verles, intentaban apartarse de su paso para evitar chocar contra ellos. Un hombre, ya anciano, no se percató de la llegada del tropel juvenil hasta que fue demasiado tarde. El leve roce de uno de los muchachos hizo que perdiese el equilibrio y apoyase mal el pie en el escalón. Presa del destino, el lento y artrítico cuerpo del anciano no pudo responder a semejante envite, haciendo que comenzase a desplomarse escaleras abajo. En el último instante, antes de que aterrizase sobre el afilado mármol de la interminable escalera, un hombre, no mucho mayor que aquellos que corrían, logró cogerlo al vuelo.

—¿Está usted bien? —preguntó al asustado anciano mientras le mantenía todavía entre sus brazos.

El anciano no podía articular palabra pero, tras unos segundos, después de que aquel hombre le ayudase a ponerse de pie, dijo — Gracias. Gracias por salvarme la vida, pues al notar mi cuerpo en el vacío, pude ver el rostro de Hades viniendo a por mí.

Su salvador sonrió a la vez que le preguntaba — ¿Quiénes son esos hombres y mujeres que tan aprisa corren?

—Son los jóvenes Pitagóricos, que corren a la llamada de su maestro Pitágoras de Samos para deleitarles con sus enseñanzas en lo alto de la ciudad. Aunque lo primero que debieran aprender es a no empujar a la gente —enfadado respondía.

—¿Pitágoras? —preguntaba el joven, pues el nombre le era tremendamente familiar aunque no le conociese.

—Sí. Es aquel del que dicen que el Oráculo de Delfos auguró su nacimiento y al que otorgaron ese nombre en honor a Apolo, pues siempre dice la verdad y es fuente de conocimiento.

Mirando hacia lo alto de las escaleras, en donde se alzaba un hermoso templo, el joven preguntó —¿Puede cualquiera acercarse para oír sus palabras?

—No lo sé. Creo que todos son discípulos iniciados en su credo y han de ser aceptados, pero, quizás te dejen —miraba el anciano fijamente a sus ojos sin que éste dejase de mirar hacia la imponente construcción.

Después, sujetando al anciano por los hombros y sonriendo, el joven le dio las gracias, comenzando inmediatamente a subir las escaleras.

—¡Espera! —gritó el hombre —. Déjame saber al menos el nombre de aquél que ha evitado que el infame hermano de Zeus me lleve.

Girándose por un segundo, sin detener su firme paso, dijo —Mi nombre es Viator.

Varios minutos e innumerables escalones después, Viator llegó hasta la cumbre en donde el gran y deslumbrante templo ocupaba toda la superficie pavimentada de la cima del monte. Gruesas y sobrias columnas circundaban tanto la zona de la cubierta del rectangular próstilo, en la que las imágenes esculpidas de los Dioses del Olimpo resaltaban de las metopas del friso, como en el monóptero, o patio circular, en el que todos los discípulos permanecían sentados alrededor del maestro aprovechando los últimos días de estío.

La fuerte y profunda voz de aquel maestro mantenía a todos en total atención y armonía de pensamiento, por lo que, lentamente, Viator se fue acercando a ellos sirviéndose de una de las columnas como escudo. Luego, camuflado como uno más, gracias a su también blanca túnica, Viator comenzó a desplazarse paso a paso por el exterior del círculo de discípulos

Iván Moncada

que sobresalía de las columnas del patio, para así, poder ver bien la cara del tal Pitágoras.

Durante largo rato, aquel sabio ilustró a los jóvenes sobre música y el ritmo matemático que debía seguirse. Después, Pitágoras señaló a uno de sus pupilos y, éste, se situó en el centro para reemplazarle en la exposición. Varias risas se oyeron al ver quién debía hablar ahora, momento que Viator aprovechó para entablar conversación con una joven de piel canela que se hallaba justo a su lado.

Riendo, disimulaba como si supiese por qué lo hacían los demás, y le preguntó —¿De qué va a hablar él?

La joven se giró hacia Viator, diciendo —Astronomía. Aunque da igual de qué hable, el maestro siempre busca que afrontemos nuestros miedos y debilidades para fortalecernos, y el de Clío es hablar en público— una sonrisa salió de los labios de aquella increíblemente hermosa mujer de ojos verde claro que destacaban de su teñida piel —. Nunca te había visto por aquí, ¿te acabas de unir a nosotros?

—Sí, bueno, acabo de llegar en busca de un lugar en el que asentarme y he oído hablar de Pitágoras y de su sabiduría —respondió, absorto en la terrible atracción que los ojos de aquella joven mujer le profesaban.

El bajito y delgado Clío comenzó a hablar entre tartamudeos, y todos le miraron. Ahora que había comenzado, nadie reía o gesticulaba, sino que permanecían atentos a su relato para mostrarle total respeto. Viator también le observaba, hasta que la chica giró su cabeza hacia él nuevamente.

—Mi nombre es Nefertari —le dijo en voz baja, seguido de otra sonrisa.

—Yo soy Viator —gesticuló con la cabeza agradeciendo la presentación —. Encantado de conocerte, Nefertari. Nunca antes había oído ese nombre.

Los dos se retiraron en silencio del grupo un par de metros, colocándose tras el abrigo de una columna para no molestar, y prosiguieron hablando.

—Gracias. Mi madre me puso ese nombre en honor a la reina Nefertari, quién fue desposada con Ramsés II, pues ella también era Nubia, como yo. ¿Y tu nombre?, ¿de dónde proviene?

—Bueno, realmente no lo sé, perdí a mis padres cuando era muy pequeño, y desde entonces, he ido de un lado al otro por el mundo en busca de mi lugar —respondía con total sinceridad, pues únicamente recordaba de su vida fuera de los sueños que era huérfano.

—¿Ya has hablado con el maestro para formar parte de nuestra hermandad Matematikoi?

—No, todavía no, no sé bien como debo obrar. ¿Podrías tú ayudarme?

Nefertari le miró a los ojos por un par de segundos intentando imaginar cómo era su alma, si era buena persona, virtud que siempre los demás decían que ella tenía, y respondió — Sí. Aunque, como mujer, solamente soy una oyente y deberías ser invitado por alguno de los Pitagóricos cercanos al maestro, pero...— detuvo sus palabras nuevamente mientras permanecía aún fija en sus ojos, para luego proseguir —, ...veo algo en ti que estoy segura que él apreciará.

Interesado, Viator preguntó —¿Y qué es aquello que ves en mí?

Apartando el rostro hacia donde Clío hablaba, y a la vez que sus labios dibujaban otra sonrisa más, mostrando sus blancos y perfectos dientes, e intentando ocultar lo que decía haber visto, finalmente respondió —Tienes su misma mirada.

Viator miró hacia el joven Clío, y después a ella, dándose cuenta de que no era a Clío a quién Nefertari se refería, sino a Pitágoras, que detrás de él, observaba los progresos del muchacho —¿Su misma mirada? —preguntó con la esperanza de que le dijese por qué había dicho eso.

Girándose de nuevo hacia él, le dijo —Sí, su mirada. La mirada de un hombre tocado por los dioses que ha recorrido el mundo en busca de respuestas. Arabia, Fenicia, Babilonia, India, Egipto y muchos otros lugares han sido los que Pitágoras ha recorrido para comprender al hombre y a los dioses que le han mostrado el universo y su composición.

—¿Su composición?

—Sí, su composición. El universo entero está compuesto por números. Todo es explicable con números. El sol, las estrellas, la Tierra, nosotros y todo lo que podemos ver y sentir. Y en tu mirada, veo que has recorrido un largo camino, como él.

—Es fascinante, nunca había oído algo así.

—Escuchemos ahora a nuestros compañeros, y luego te llevaré para que hables con él. Pitágoras es mi padre.

Iván Moncada

Integrándose nuevamente al grupo de oyentes que rodeaban el abarrotado y hermoso patio pavimentado, los dos
atendieron las lecciones del maestro hasta el mediodía.

*   *   *

El sol había alcanzado ya su cénit, y los Pitagóricos
abandonaban el templo para dirigirse a sus quehaceres. Sólo
unos cuantos permanecían aún junto al maestro cuando Nefertari, acompañó a Viator junto a su padre.

—¿Maestro? —reclamó la atención de Pitágoras la joven,
a la vez que agachaba la cabeza en señal de respeto.

El corpulento y fuerte hombre de poblada barba y cabeza cubierta con un turbante azul oscuro, alzó la mirada viendo
a su hija y a Viator —¿Quién es tu acompañante, Nefertari? —le
preguntó devolviéndole el gesto con la cabeza.

—Su nombre es Viator, es un viajero que busca su lugar
en la tierra y que, habiendo escuchado hoy sus palabras, maestro, quisiera formar parte de nuestra hermandad.

Pitágoras se levantó y miró a Viator a los ojos —Dime,
joven viajero, ¿qué viajes te han traído hasta Crotona?

Viator echó una mirada dándose cuenta de que no sólo
Pitágoras esperaba respuesta, sino que el pequeño grupo de
hombres y mujeres que habían quedado también le miraban
expectantes —He vagado por diversos lugares bordeando el
mar y trabajando en muchas profesiones para comer.

La cara del maestro denotaba que su respuesta era algo
pobre y quería saber más del extraño —¿Y que buscas aquí? —

213

Iván Moncada

preguntó escéptico de que realmente quisiera ingresar en su hermandad.

Viator no sabía si en este sueño su misión era formar parte de la escuela de aquel sabio pero, desde luego, lo que sí sabía, es que tenía que tener cuidado con sus palabras pues, después de oírle hablar, era perfectamente consciente de que aquel hombre se daría cuenta si le intentaban engañar —Busco mi pasado, mi presente y mi futuro —respondió, con la certeza de que esa respuesta llevaría a otras, pero con la esperanza de que quizás hubiese llegado hasta allí para obtener las respuestas a sus viajes.

La expresión en el rostro del maestro cambió al oír las palabras de Viator, pues no esperaba algo semejante, ya que pensaba que posiblemente fuese un hombre enviado por alguno de los políticos de la ciudad, contrarios a sus enseñanzas y pensamientos, y que siempre intentaban tenerle controlado — Oh, tu respuesta es extremadamente compleja a pesar de parecer las ambiguas palabras de un oráculo. Sólo los dioses saben el pasado, el presente y el futuro. ¿Por qué buscas un pasado del que nada puedes cambiar, un presente que solo tú puedes forjar, y un futuro que no está en las manos del hombre?

Viator permaneció en silencio por unos segundos. A veces sentía la imperiosa necesidad de contarle a alguien sus viajes para poder paliar su soledad y buscar refugio en las palabras de otra persona, pero eso, es algo que ya intentó cuando era más joven, siempre en tiempos pasados, y que le costó sufrimiento y rechazo. Pero la mirada de este hombre parecía distinta, al igual que lo eran sus pensamientos y su comprensión, por

214

lo que decidió arriesgarse y le respondió —En mis sueños, he viajado al pasado y he encontrado pistas de mi ser sin comprender bien su significado, en el presente me siento atrapado, pues realmente no sé cómo volver a él y el futuro, me da miedo, ya que sólo puedo imaginarlo como el final de un sueño que aún no he tenido, pero que, por mi experiencia, siempre acaba mal.

Pitágoras permaneció en silencio mirando a Viator, meditando sobre su respuesta, y finalmente diciendo — Por tus palabras, entiendo que vives sumido en un sueño, ¿es eso posible?, ¿quizás Morfeo haya turbado tus sueños y mente? —un leve murmullo de la gente que les rodeaba siguió a la deducción del maestro, y éste, cautivado por los pensamientos del joven al que había traído su hija, les dijo —Desearía hablar con nuestro recién llegado a solas, ruego pues, os retiréis hasta mañana —dirigiéndose después a Nefertari, dijo —Ve a casa, más tarde acudiré.

Todos los presentes se retiraron para abandonar el templo a petición del maestro, mientras éste le indicaba con la mano a Viator que tomase asiento junto a él. Nefertari, antes de atravesar el pórtico, echó la vista atrás mirando a su padre y a Viator, quién le devolvió la mirada, presumiendo en el gesto de su rostro el "tienes su misma mirada".

—Dime entonces... —comenzó a hablar Pitágoras —, pues realmente, no sé si eres un loco o un profeta, ¿crees que todo esto...? —Señalaba con su mano abierta, dibujando una circunferencia en el horizonte —, ¿es todo un sueño?, ¿tú y yo

Iván Moncada

somos un sueño? —alternaba su mano señalándose a sí mismo y a Viator.

Estando a solas, y con un hombre de sabias palabras, Viator sabía que no corría peligro en contarle aquello que desde hacía mucho tiempo era su vida, la única que era capaz de recordar y sentir —No el tuyo, pero sí el mío. Desde que tengo memoria, he viajado por el tiempo y el espacio llevado por mis sueños, de hecho, no recuerdo ya mi vida fuera de ellos.

—¿Dices que no estás realmente aquí?

—No, sí que estoy aquí. En mis sueños mi cuerpo me acompaña. Siento y padezco como tú, tengo hambre y frío, miedo y tristeza, pasión y dolor, pero nunca sé dónde voy, cómo llego, o cómo regreso, si es que lo hago —Viator no podía creer que alguien le escuchase sin mirarle como un loco o le agrediese por tener miedo de lo que decía —. ¿Crees que quizás sea producto de una demencia? —terminó preguntándole.

Pitágoras cruzó sus brazos sobre el pecho mientras con su mano derecha acariciaba su barba y pensaba en algo perdiendo la vista sobre el blanco mármol del pavimento —No, no lo creo. Es más, en mi estancia en el lejano Egipto, en donde conocí a mi esposa y madre de Nefertari, fui instruido por sacerdotes de Ra en su historia y cultura —volviendo a mirar a Viator a los ojos, prosiguió —. Allí, al igual que he hecho durante mi periplo por muchos reinos, estudié sus inscripciones, relatos y signos que hablaban del dios Ra y otros que, como él, descendieron de los cielos para regalar sabiduría al hombre. Todos ellos tenían grandes poderes, al igual que nuestros dioses del Olimpo, y todos ellos descendieron de los cielos, no sólo en esta

Iván Moncada

parte del mundo, sino en tierras tan lejanas como la India, con sus dioses Hindúes; y mucho más lejos aún, en donde el cielo es capaz de iluminar la noche, con otros dioses, encabezados por el más poderoso de ellos, llamado Odín, semejante a nuestro Zeus. Pero, a mi parecer, todos son los mismos dioses con distintos nombres. Bien es conocido, que todos los dioses mantienen relaciones con los mortales, dando como resultado a semidioses, y otras criaturas mitad hombres, mitad bestias abominables —Viator escuchaba con atención las palabras del sabio, intentando comprender su significado a pesar de la diferencia cultural que les separaba —. Todos esos hijos bastardos de los dioses siempre llevan asociados poderes sobrenaturales, en muchos casos, incomprensibles para el hombre, pero que, sin duda existen.

—¿Quieres decir que quizás yo sea un semi-dios?

—No sabría qué decir. Pero tus palabras, si son ciertas, denotan un poder que al parecer no controlas y, en todos los lugares en los que he estado, he oído historias tan increíbles como la tuya, y no menos ciertas, pues están en escritos muy antiguos.

Viator guardó silencio mientras pensaba en las palabras de Pitágoras, y sin poder evitarlo, vino a su memoria el "sub-sueño" que tuvo hacía ya tanto tiempo, cuando viajó hasta un mundo lejano con extraños seres.

—Durante años, he estudiado las señales que he encontrado en mi búsqueda del conocimiento —irrumpió el breve momento de silencio, el sabio —, y he hallado una gran relación matemática que lo une todo.

Iván Moncada

—¿Qué relación? —preguntó Viator volviendo a la conversación.

—El número tres, y la forma triangular que lleva la unión de tres puntos concretos.

—¿El tres?

—Sí. De hecho, ese número está implícito en tu primera respuesta, el pasado, el presente y el futuro. El número tres representa a Apolo, y nuestro mundo en general está basado en ese número, por ejemplo, los tres dioses principales de la cultura hindú, Brahma, Visnú y Shiva, con su tercer ojo formando un triángulo con los otros dos; las tres gracias, quiénes controlan el destino del hombre y los dioses del Olimpo; las tres increíbles pirámides de Egipto, compuestas por triángulos perfectos apuntando hacia los cielos; y otras muchas construcciones antiguas levantadas con simples y pesadas piedras formando triángulos. Casi todas las imágenes de dioses u hombres elevados a deidades, son mayoritariamente representados en grupos de tres, como ocurre con los dioses egipcios y los faraones, con esposa y primogénito, existiendo constancia de la importancia de este número desde los tiempos sumerios.

Viator comenzaba entonces a pensar en la curiosa perspectiva del número en cuestión y en el que nunca había reparado, pues él tenía mayor conocimiento de la historia por sus viajes y, por tanto, más referencias que comparar; los Tres Reyes magos; la Santísima Trinidad, con el hijo, el padre y el espíritu santo; las tres pagodas milenarias chinas, formando un triángulo perfecto; la resurrección de Cristo al tercer día; e innumerables coincidencias tanto en relatos como en construcciones arquitectónicas.

Iván Moncada

Por un instante, Pitágoras levantó la mirada al cielo. Las nubes amenazaban tormenta y sus tripas rugían como leones hambrientos —De un momento a otro romperá a llover, ¿por qué no me acompañas a mi hogar y eres mi invitado?, mi esposa habrá hecho comida y, seguramente, estarás tan hambriento como yo —sugirió el maestro a aquel extraño que decía venir de otros tiempos.

Agachando la cabeza ligeramente, Viator dijo —Será un placer ser tu invitado. De hecho, no dispongo de morada en la que pasar la noche.

—No se hable más entonces, serás mi huésped y así proseguiremos nuestra conversación y compartiremos pensamientos.

Mientras abandonaban el patio, el fuerte aire de tormenta zarandeaba las copas de los árboles sin miramientos y el cielo rompía su silencio con intimidantes y estremecedores truenos acompañados por fulminantes relámpagos, como si Zeus mostrase su desagrado porque hombres de distintas épocas congeniasen.

Iván Moncada

En El Tormento De La Noche

Iván Moncada

29

Temprano, al día siguiente de ver como asesinaban a una persona justo a su lado, el profesor Sassuolo seguía compungido por las imágenes que constantemente aparecían en su mente del cuerpo de aquel extraño desvaneciéndose a sus pies.

—¿Quizás le hayan asesinado por estar hablando conmigo? —se preguntaba. Entretanto, mientras estaba sentado en un antiguo sillón clásico de estilo veneciano, viendo la televisión en el salón de su casa, el timbre del teléfono empezó a sonar sacándole de la desazón que le embargaba.

—¿Sí? —preguntó el profesor.

Una voz profunda hablando en italiano se escuchaba al otro lado del aparato —¿*Sassuolo? ¿Eres tú?*

—¡*Paolo!* —exclamaba Claudio al reconocer su voz, pues desde el día anterior había estado intentando contactar con él para contarle qué había sucedido cuando se encontró con aquel hombre del que Paolo le facilitó su encuentro para ayudar a su amigo Joseph.

Iván Moncada

—*Lo siento, Sassuolo. Me he enterado de lo ocurrido.*

—*Sí, todavía no salgo de mi asombro. Mientras hablábamos, se desplomó en el suelo, ¡alguien le había disparado!, justo a mi lado. Siento enormemente haber puesto la vida de ese hombre en peligro.*

—*No te preocupes, profesor. No es culpa tuya. La vida de ese hombre siempre ha estado en peligro, no era solamente un confidente, sino un policía secreta infiltrado entre la mafia y distintas logias para su investigación y control. Alguien le habrá descubierto y le han quitado de en medio.*

—*¡Oh, Dios mío!* —se lamentaba Sassuolo.

—*¿Lograste aclarar tus dudas?, ¿esas que un "buen amigo tuyo" necesitaba saber?*

—*Sí, bueno. Más o menos me confirmó lo que yo sospechaba. Aunque todavía me tiembla el pulso después de lo ocurrido.*

—*De acuerdo, entonces...* —un pequeño lapsus enmudeció al amigo de Claudio, para luego proseguir —*...me alegro de que estés bien, ahora he de colgar, los teléfonos últimamente tienen demasiados oídos.*

—*Comprendo, Ciao, Paolo* —dijo el profesor antes de que el tono fijo del teléfono ocupase la línea.

Claudio se llevó las manos a la cara para frotársela mientras intentaba pensar —Tranquilo Claudio, ya te lo ha dicho Paolo, no ha sido tu culpa—se decía para sí mismo con cierto sentimiento de remordimiento.

* * *

Mientras tanto, en un apartado y recóndito hotel de Roma, Salvador se despertaba sobresaltado por los demonios que se colaban en su mente en forma de recuerdos y pesadillas. Después, se levantó y fue directamente al lavabo del baño, abrió el grifo, y comenzó a beber agua a morro como si hubiese atravesado el mismísimo infierno. Acto seguido, se vistió y salió a la calle.

Eran las ocho de la mañana, y debía cruzar media Roma para ir al encuentro del *"gran caballero de negro"*, el cuarto miembro más importante de la logia masónica a la que pertenecía, *"Verita Custodes (Los Guardianes de la Verdad)"*, y con el que había concertado una reunión secreta.

En algo menos de una hora, Salvador llegaba al barrio de *Vittoria*. Desde ahí, cruzando por encima de uno de los puentes del río Tíber, fue a pie hasta la *Piazza del Popolo*, justo hasta la entrada de una de las iglesias "gemelas", la *Basílica di Santa María in Montesanto*. En esa iglesia, regida por frailes carmelitas y cuyo nombre, Montesanto (Montaña Santa), hacía referencia al monte Carmelo, en Israel, era donde Salvador se había reunido con su superior en diversas ocasiones. Justo en la base de la iglesia, en donde aún permanecían algunas estancias del antiguo templo sobre la que ésta fue erigida, el *gran caballero de negro* le esperaba.

La iglesia todavía no estaba abierta al público, aunque sí la puerta de entrada, abierta adrede por uno de los religiosos. Con gran cautela, como era costumbre en todas sus reuniones, Salvador se cercioró de que nadie le seguía u observaba, y entró cerrando la puerta a su paso con la llave que habían dejado en la cerradura. Una vez hubo accedido a la sagrada construcción, se dirigió directamente a la *capilla de las almas santas*. Allí, superando el altar, al lado de la esquina inferior derecha de *"La cena en Emaús"*, existía un pequeño resorte secreto que desenclavaba el seguro una de las losas del suelo que, siendo levantada a mano, desvelaba una angosta escalera. Salvador descendió por ella y recorrió un oscuro pasillo hasta llegar a una sala no mayor que el doble del ancho del pasillo. En ella, había una puerta, y un guardaespaldas vestido con un traje negro que la custodiaba y que mantenía la mano derecha tras su cintura. Salvador era *Preboste y Juez* de la logia y, aun siendo visto en diversas ocasiones por ese guardaespaldas, debía pronunciar la palabra de paso antes de que éste le volase la cabeza.

— *Ego servus Michael* — dijo Salvador.

Acto seguido, el fornido guardián se apartó para que Salvador pasase y, nada más entrar, escuchó:

—Mi enhorabuena por eliminar al topo pero, ¿podrías explicarme qué diablos pasó en Zúrich?

Salvador le contó con todo detalle al *Gran Caballero de negro* la operación y qué fue lo que salió mal. Automáticamente, Salvador fue exculpado de toda duda, pues no solo era *Preboste y Juez* de esa logia, sino uno de los brazos ejecutores, el más eficiente de todos ellos dentro de la organización, y persona clave para uno de sus más grandes objetivos. Durante largo rato, ambos estuvieron hablando sobre los intereses de la logia y los pasos a seguir para conseguirlos. Posteriormente, el *Gran caballero* le entregó a Salvador un móvil nuevo que directamente

Iván Moncada

éste se guardó en el bolsillo y se despidieron, concluyendo la reunión y abandonando cada uno la iglesia por separado.

Iván Moncada

Iván Moncada

30

Madrid, 10 de octubre de 2012.

Mario llevaba desde las seis de la mañana en pie, y pensaba en las palabras de Hernández y su inútil intento de hipnosis mientras permanecía sentado en su escritorio, en comisaría. También pensaba en la tarde anterior, cuando llevó las raspaduras que encontró en el reposapiés del sillón del doctor para que el Tubitos las examinase, y después, cuando fue directamente a la casa de Sonia, la secretaria. No tuvo una conducta demasiado ortodoxa cuando ésta le abrió la puerta de su casa; de hecho, fue algo tan extraño como inesperado y que, ahora, al día siguiente, cerraba los ojos en la oscuridad y la soledad de la desértica comisaría para revivirlo mentalmente, mientras esperaba la llamada de Pedro.

Después de aparcar y llegar hasta el portal del edificio en donde vivía la ex secretaria de Hernández, Mario se dispuso a llamar al telefonillo. En aquel momento, un hombre mayor salió abriendo la

227

puerta y dejando que el inspector accediese sin avisar de su llegada. Luego, esperó el ascensor que le subió hasta el quinto piso y llamó a la puerta "D". Sin tener que insistir, y tan sólo unos segundos más tarde, la puerta se abrió completamente. Era Sonia. Parecía que acababa de salir de la ducha, pues tenía el pelo mojado. Vestía unos shorts negros que tapaban únicamente su pelvis y la parte superior de sus glúteos, junto con una camiseta de tirantes blanca, justo por encima del ombligo, que se pegaba a su cuerpo como un guante debido a la humedad de su piel, desvelando unos pechos no demasiado grandes, pero sí muy firmes y erectos, con pequeñas y abultadas areolas circundando unos pezones perfectos.

— Hola, he venido a verla porque necesitaba corroborar cierta información — dijo Mario, sin poder dejar de mirar a la chica de arriba abajo inconscientemente.

Sonia no se inmutó en lo más mínimo, de hecho, era casi como si le hubiese estado esperando. Sin apartar la mirada de los ojos de Mario, la joven elevó su brazo derecho apoyándolo sobre el canto de la puerta mientras descansaba su cabeza sobre él. De su dulce boca no salió ni una sola palabra, tan sólo sus carnosos labios se abrieron para dejar salir un suspiro a la vez que giraba su cabeza y acariciaba su brazo con sus labios comenzando a morder su piel suavemente. Los lujuriosos ojos castaños de Sonia miraban al inspector con deseo mientras cruzaba ligeramente las piernas, una delante de la otra, haciendo cortos movimientos con su cintura. Mario no sabía bien si había interrumpido algo, pero ver cómo Sonia se insinuaba sin tapujos pidiendo algo más que una simple visita, le estaba poniendo a cien.

El pecho de Sonia subía y bajaba profusamente al ritmo de su respiración. Luego, sutilmente, se retiró hacia un lado de la puerta dejando el paso despejado para que Mario entrase. Sin dilación, el

inspector entró en el piso de la chica y ésta cerró la puerta apoyando
su espalda contra ella. En aquel instante, Mario se acercó a Sonia agarrando su cintura y besándola la boca. Entre sus labios, caricias y
mordisqueos libidinosos aparecían, intercalados con intercambio de
lenguas atrapándoselas el uno al otro, haciendo que los suspiros de
ambos tomasen gradualmente un carácter casi salvaje. Mario recorría
el cuerpo de Sonia con sus manos, apretando sus pechos y culo con
ansia a la vez que ella directamente luchaba con el jean de él intentando bajárselo y coger su miembro. Al momento, Sonia logró bajar los
vaqueros y el slip de Mario en una sola maniobra. Enseguida, logró
cogerla con su mano y comenzar a acariciarla. Su excitación se disparó
brutalmente al sentir que, con la mano cerrada, apenas alcanzaba a
juntar el dedo pulgar con el corazón mientras recorría la totalidad de
su longitud de adelante atrás. Mario casi la mantenía en vilo contra la
puerta, pero al notar la mano de Sonia agarrando la tremenda erección
que tenía, la puso de pie y, con bastante brusquedad, le bajó los shorts
dejando que cayesen hasta los tobillos. Inmediatamente, Mario casi se
arrancó su propia camiseta dejando visible su musculado y definido
torso, e introdujo su mano derecha por detrás de la chica, entre las
piernas, alcanzando su sexo y comenzando a acariciar y frotar sus
labios y clítoris a la vez que con la mano izquierda pellizcaba suavemente el pecho derecho de ella sin dejar de besarla en boca y cuello ni
un solo momento. Ya estaba completamente húmeda, de hecho, debía
de estarlo incluso antes de que Mario llamase a su puerta por su forma
de actuar. Luego, Sonia soltó el grueso miembro de Mario y lo agarró
de nuevo pero a favor de la flexión de su codo mientras desplazaba su
mano ahora de arriba abajo, girando su muñeca y describiendo media
elipse, llegando hasta arriba, hasta cubrir la punta con la palma de su
mano.

Iván Moncada

Los dos deseaban haberse tomado su tiempo para disfrutar lo más posible de todos los juegos sexuales que hubiesen pasado por su cabeza, pero la desesperación que ambos sentían uno por el otro, era incontrolable. Entre gemidos y la desbocada respiración de los dos, Sonia levantó su pierna izquierda e intentaba llevar la verga de Mario hasta su sexo. Mario no se hizo de rogar. Flexionó las piernas un poco, sujetando la de Sonia por la parte exterior con su mano derecha, y tensó sus glúteos hasta notar que estaba dentro. A cada embestida, sus bocas, una pegada a la del otro, inhalaban y exhalaban el mismo aire viciado de pasión y desenfreno con la música de fondo de los gemidos y los suspiros que casi desencajaban sus mandíbulas al dejarlos salir. Tras unos minutos como dos amantes a los que se les acaba el tiempo, Mario soltó la pierna de la chica y pasó la mano después por el interior, sujetándola con el antebrazo y clavándole los dedos en el culo a la vez que hacía lo mismo con la mano y el antebrazo izquierdo. Sonia se agarró fuertemente al cuello de Mario con los dos brazos al sentir que la elevaba del suelo. La velocidad y profundidad de las constantes y rítmicas penetraciones se hacían cada vez más intensas y rápidas. Sonia se soltó por un momento y se despojó de la camiseta para que el inspector lamiese y mordiese sus pezones, que ahora, permanecían frente a su boca.

Encorvándose, y rodeando la cabeza de Mario con sus manos, Sonia le ofrecía sus pechos envuelta en un sin cesar de agudos y profundos gritos que Mario acompañaba con los cada vez más audibles golpes de la chica contra la puerta. A su vez, Mario iba alcanzando el clímax mientras dejaba escapar sus alaridos entre el incesante frenesí de su lengua contra los rosados pezones de Sonia. Unos minutos más tarde, y como si una bomba nuclear explotase dentro de sus cuerpos, los dos comenzaron a emitir unos intensos y guturales ruidos mien-

Iván Moncada

tras alcanzaban el éxtasis y sus movimientos tornaban algo más brus-
cos pero menos ágiles.

Luego, manteniendo a Sonia todavía entre su brazos y permaneciendo dentro de ella, separados ya de la puerta, y como si no le cos-
tase ningún esfuerzo mantenerla en el aire, los dos recuperaban el
aliento poco a poco.

De repente, el teléfono de Mario sonó sacándole de sus
recientes recuerdos.

—¿Sí? —preguntó Mario, mientras su cuerpo comenzaba a relajarse por la excitación que le procesaba pensar en su
encuentro con Sonia.

—Mario, soy yo—decía el Tubitos.

—¿Qué tienes?

—Sale positivo, es la sangre de Cayetano. ¿Crees que
pudo ser su socio? —preguntaba Pedro, al que Mario había informado de dónde había sacado la muestra cuando se la llevó.

—No estoy seguro, pero ayer interrogué de nuevo a la
ex secretaria y finalmente me confesó que ella estuvo en el baño
en el momento que Hernández comenzó a gritar alarmado al
ver a Salvador salir del gabinete y a Cayetano en el suelo de su
despacho.

—¿Entonces, qué vas a hacer?

—No me voy a andar con miramientos, voy a pedir una
orden de registro del gabinete y de la casa de Hernández y
mandaré a Balboa para que lo traiga detenido como sospechoso
a comisaría e interrogarle de nuevo. En cuanto tenga la orden,
te aviso para que vayas a tomar muestras de sus ropas y zapatos.

—Ok, iré preparando mi equipo.

Iván Moncada

Tras colgar el teléfono, Mario se percató que ya había llegado algún compañero a la comisaría. El inspector se sentía cansado físicamente. Después de haber hablado con Sonia sobre el día que asesinaron a Cayetano, nuevamente tuvieron sexo, esta vez, durante horas. Aquella mujer no parecía saciarse nunca, y Mario, llevaba algún tiempo sin gozar de compañía femenina, así que… entrada ya la madrugada, ambos se quedaron finalmente dormidos, pero como siempre le pasaba, un par de horas después, se desveló y abandonó el piso de la chica para venir a comisaría.

El inspector miró su reloj, ya eran casi las ocho, y Bermúdez hizo acto de presencia.

—Buenos días, Parra. He leído tu mensaje nada más despertarme. Tendrás la orden de registro en un par de horas pero, necesito que hablemos, vamos a mi despacho.

Mario siguió al comisario hasta su despacho y ambos se sentaron.

—Ayer mantuve una conversación con un enlace de la Interpol en Italia. Después de informarle sobre el mensaje que recibiste, un equipo táctico se acercó a la dirección que les dimos y no encontraron al sospechoso, aunque sí averiguaron que estuvo allí gracias a la cámara de un cajero cercano. No sé qué coño quiere ese individuo de ti pero, nos han pedido ayuda, así que, si quieres, he accedido a que vayas a Roma para que ayudes a la Interpol y a los Carabinieri, aunque, ya te digo de antemano que no me gusta una puta mierda la idea. Tú decides.

Parra se quedó mirando a Bermúdez, no podía creer que tuviese la oportunidad de poder ir en su busca, pero necesitaba atraparle y poder estar cara a cara frente a él para preguntarle quién coño era y qué quería de él. Con total convicción, dijo:

—Sí, iré.

Levantándose de su asiento y apoyando las manos sobre su escritorio mientras asentía rápidamente con la cabeza y gesticulaba torciendo ligeramente la mandíbula, Bermúdez añadió a modo de aviso —Sabes que no podrás ir armado, ¿verdad?

—Lo imagino, pero no importa, quiero cogerle, no matarle —respondía sintiendo que ahora tendría la oportunidad de tomarse la revancha del día que se mofó de él en el parque.

—Bien, espero no tener que lamentar esta decisión.

—No lo hará, comisario—le aseguraba Mario con semblante serio.

Suspirando, a la vez que descolgaba el teléfono, Bermúdez terminaba —Ve a casa y recoge algo de ropa, te meteremos en un avión en un par de horas.

En ese mismo momento, Mario se levantó y abandonó el despacho del comisario para ir a casa y llenar un bolso con sus cosas.

Iván Moncada

Iván Moncada

31

Esa misma mañana, en Roma.

Día tras día, al pontífice le pesaba cada vez más su cargo. La presión de la curia era demoledora, y mirase hacia donde mirase, sólo encontraba problemas y escándalos que se sumaban a un desgaste moral descomunal acuciado por la constante sospecha de sentirse vigilado. El Vaticano era sin duda una cárcel en la que pernoctaba temeroso por su integridad física. Los ruidos y pasos nocturnos le mantenían en vilo por las noches, pues ya no se fiaba de nadie después de lo que meses atrás sucediera con su ayuda de cámara, quien robó información delicada de la sede traicionando su confianza.

Con máxima discreción, el Papa, aun sabiendo que podría ser escuchado por alguien no deseado, logró mantener una corta conversación telefónica con Sassuolo, sin dar excesivos detalles. El profesor le contó lo sucedido en el transcurso de sus investigaciones, y estaba seguro de que la nota que dejaron en

Iván Moncada

los aposentos de su santidad era, por supuesto, intimidatoria, pero no proveniente de ninguna organización como la que sugería la firma al final de la misma, sino, probablemente de alguien de dentro del mismo Vaticano. Alguien pretendía minar los pasos del Papa, hundirle moralmente para hacerle voluble y corregir sus aspiraciones de cambio en la sagrada institución.

Tras buscar consuelo y fuerzas en sus oraciones, el Papa decidió que era hora de plantar cara a aquellos que denostaban su poder osando intimidarle, por lo que, en reunión privada, hizo acudir al jefe de la seguridad del Vaticano al mediodía.

El coronel Daniel Anrig, nombrado comandante de la guardia suiza en dos mil ocho, era una de las pocas personas que Ratzinger consideraba íntegra y capaz de protegerle, al menos, físicamente. Atendiendo a la llamada del pontífice, el coronel llegó hasta la antecámara.

En su perfecto italiano, pero con un fuerte y marcado acento suizo, el coronel hizo una reverencia a Benedicto XVI diciendo — *Su Santidad.*

— *Pase, pase, Daniel.*

— *¿En qué puedo ayudarle?* — preguntaba el coronel después de cerrar la puerta y acercarse al Papa.

— *Quisiera que viese esto* — dijo Ratzinger entregándole la misma nota que mostró a Sassuolo.

Anrig la leyó y mirando a los ojos de su santidad, con gesto de preocupación, preguntó — *¿Qué es esto, Su Santidad?*

— *Ese papel lo encontré hace ahora una semana en mi mesilla de noche, junto a mi cama, en donde alguien la dejó mientras yo dormía.*

Iván Moncada

—¡¿*Cómo?!* —Preguntaba alarmado Daniel —¿*cómo no he sido informado de ese incidente?, debía habérmelo comunicado inmediatamente, Santidad, es una brecha imperdonable en su seguridad.*

—*Eso hago ahora, mi querido Daniel. Deseaba saber algo más sobre ella antes de comunicárselo.*

—*Ahora mismo alertaré a la guardia y doblaremos la seguridad. A partir de ahora dos de mis hombres de confianza le acompañarán las veinticuatro horas del día.*

Alzando la mano, en un gesto para calmar al comandante, Ratzinger dijo —*Cálmese, mi querido Daniel. Precisamente eso es lo que no deseo. Quién o quiénes me hayan enviado esa nota esperan una reacción de ese tipo, y no pienso darles el placer de pensar que tengo miedo.*

Rápidamente, Anrig vio a donde quería llegar el Pontífice —*Entonces lo llevaremos con la mayor discreción posible y evitaremos que nadie note el incremento de la seguridad. Investigaré lo ocurrido y daré con la persona que accedió a sus estancias.*

—*Sé que lo hará, mi querido Daniel. Aunque le adelanto que ha sido alguien de la casa.*

—¿*Cómo sabe eso, Su Santidad?*

—*Soy viejo, pero aún cuento con medios para evitar que acaben conmigo. La firma de la nota no es real, sólo intentan amedrentarme. Pero necesito a alguien en quien poder confiar.*

—*Su Santidad sabe que puede confiar en mí, y con Dios guiándome, sabré protegerle.*

Asintiendo con la cabeza, el papa extendió su mano y el coronel se inclinó posando la rodilla en el suelo para besarla.

—*Ve con Dios, hijo* —dijo Ratzinger.

237

Iván Moncada

Poniéndose de pie, Anrig dio media vuelta y salió de la antecámara.

Iván Moncada

32

Aeropuerto Leonardo Da Vinci, 19:12 horas.

El avión de Mario acababa de tomar tierra en el principal aeropuerto de Roma. Diez minutos más tarde, tras recoger su bolso en la cinta transportadora, se puso una chaqueta vaquera, pues hacía algo de frío, y salió al hall de llegadas. Allí, rápidamente divisó a un hombre moreno vestido de sport que sostenía un pequeño cartel "SR. PARRA". Directamente, Mario se dirigió hacia él mientras le estudiaba físicamente. Uno ochenta y cinco aproximadamente, pelo corto negro y rizado, complexión delgada, semblante serio pero con cierta apariencia juvenil. El hombre también le vio acercarse y le preguntó en un perfecto español:

— ¿Señor Parra?

— Inspector Parra, Sí.

Bajando el cartel y estrechando su mano, dijo cortésmente — Bienvenido a Roma, Soy Bruno, sígame — los dos comenzaron a andar dejando atrás el bullicio de la gente saludándose unos a otros al encontrarse con sus seres queridos, y enseguida, salieron a la calle y se montaron en un Alfa Romeo Brera de color plata.

Ya dentro del coche, Bruno arrancó y comenzó a conducir mientras le decía al inspector español— Nuestra central está al norte, a las afueras de Roma, pero hemos montado un dispositivo en un piso franco junto al Vaticano, es donde le llevo. Por la tarde le acompañaré a su hotel.

—¿Ha habido alguna novedad sobre el sospechoso o su posible paradero? —preguntó Mario, sabiendo que la Interpol estaba al corriente de toda la información que Bermúdez les había enviado.

—No por el momento. La última noticia que tuvimos de él fue la dirección que ustedes nos facilitaron, pero cuando llegamos había desaparecido, aunque pudimos averiguar que la información era buena. Le tenemos en la grabación de vídeo de un cajero que hay frente a la entrada del hotel donde creemos que se alojó bajo pseudónimo.

Por un momento, Mario giró la cabeza para mirar a Bruno y le preguntó —¿De dónde eres? Hablas muy bien español y no tienes acento italiano.

Sonriendo y sin despegar la vista de la carretera, Bruno le dijo con un marcado acento italiano —"Non fatevi ingannare dalle apparenze". O lo que es lo mismo, no se deje engañar por las apariencias.

—No creo que sea mucho mayor que tú, no me trates de usted, por favor —decía Mario en tono amigable.

—Está bien —asentía Bruno, añadiendo —mi padre es español, de ahí que pueda cambiar de un idioma al otro y mantener el acento de cada uno.

—Vaya, me alegra saber que eres medio español— sonreía Mario, guardando silencio después para dejar a Bruno conducir tranquilo mientras que él encendía su BB para acceder a la red italiana y revisar si tenía mensajes de entrada.

El trayecto desde el aeropuerto apenas duró veinte minutos y, enseguida, aparcaron y subieron hasta el piso.

Nada más entrar, Bruno le presentó a otros dos compañeros, uno de ellos, anclado a un binocular de larga distancia apuntando hacia la calle, y el otro, pegado a unos cascos.

—El del prismático es Ángelo y el de la escucha es Flavio. También hablan español, pero no pueden negar su origen —añadía Bruno locuaz, haciendo referencia al marcado acento de estos.

—¿Qué vigilamos? —se interesaba Mario por Ángelo, quien apenas se separó un segundo del visor para darle la mano al inspector.

Rápidamente Bruno respondió —Ahí abajo está "Foto-Vittoria", la tienda de fotografía que nos indicasteis como fuente de las fotografías encontradas en el piso del sospechoso. Hemos puesto "oídos" dentro y desde aquí vigilamos quien entra y sale.

—¿Desde cuándo lo tenéis marcado?

—Un par de días solamente. Conocemos al dueño, está fichado. Es un pequeño comerciante que se jacta de poder conseguir cualquier cosa por encargo para ladrones de poca monta, pero es lo único que tenemos por ahora.

—¿Y el resto de fotografías que nosotros no pudimos identificar? —decía Mario acercándose a la mesa sobre la que tenían desplegados el expediente y fotografías enviados por su comisaría.

—Hemos identificado a todos menos a estos tres. Los analistas siguen en ello —señalaba Bruno con el dedo a tres de las fotografías con personas de tez muy morena —. Estos cuatro de aquí son los que residen o se encuentran en Roma ahora mismo.

—Este creo recordar que era profesor en la Sapienza, ¿quiénes son los otros? —se ponía al día Mario.

—Este es Massimo Calebri, empresario conocido por sus generosas donaciones a la Iglesia; Franko Rieti, director de una multinacional rusa bien relacionado con la clase alta italiana; y Giorgio Tarano, el hijo bastardo de un capo de la mafia.

—¿Ha sido informado alguno de ellos de que son posibles objetivos de un asesino?

—No, en realidad no. Massimo Calebri, Franko Rieti y Giorgio Tarano siempre llevan escolta personal, unos porque protegen su fortuna contra posibles secuestros o son posibles objetivos de la mafia, y otro, por pertenecer a ella. El único al que tenemos vigilado con uno de nuestros hombres haciendo de sombra es a Claudio Sassuolo. Hace un par de días fue testigo de cómo asesinaban a un Carabinieri de la secreta, aunque creemos que ha sido la mafia quien lo ha hecho. Si hubiese sido Salvador, es de suponer que también le hubiese eliminado.

Iván Moncada

Mirando a Bruno a los ojos y asintiendo con la cabeza, Mario le dijo —Puede ser, aunque ya habéis visto el expediente, sufre un trastorno mental, por lo que yo no esperaría una conducta lógica de un individuo como éste. Quizás simplemente algo se torció y no pudo acabar el trabajo. ¿Podríamos hablar con el profesor?

—Sí, no hay problema. Deja que contacte con nuestro hombre y nos dé su posición —decía Bruno mientras sacaba su móvil del bolsillo y marcaba.

Mario, mientras tanto, aprovechaba para enviar un mensaje a Bermúdez.

"Ya estoy con la Interpol en el ajo. ¿Cómo va lo de Hernández?"

Tras una breve conversación en un incomprensible y rápido italiano para Mario, Bruno se dirigió a él —Está en el barrio de Tiburtino, en un restaurante a dos calles de su casa, a unos diez minutos de aquí.

—De acuerdo. Vamos.

Los dos salieron del piso franco y nuevamente se dirigieron al coche para ir a hablar con el profesor.

Estaba claro que Bruno tenía sangre italiana en sus venas, zigzagueaba de un lado al otro pasando coche tras coche y sin apenas mirar cuando atravesaba un cruce. Mario se sujetaba al agarradero de la puerta para evitar los constantes vaivenes.

—Veo que aquí el tráfico es un poco caótico, ¿no?

—En Italia siempre se conduce así, como si estuvieses atravesando la Castellana de Madrid y alguien te quisiese qui-

243

tar la plaza de aparcamiento en la otra punta de la ciudad —
reía Bruno.

El bolsillo de Parra comenzó a vibrar. Sacó su BB y leyó
un mensaje nuevo.

*20:48 Bermúdez "Hemos registrado el piso de Hernández y el
gabinete nuevamente. La científica está en ello. A él le hemos traído a
comisaría para tomar declaración nuevamente. Te informaré"*
*DGP tracking 20:48 *628334752* call through movistar ser-
ver c/leganitos 19, Madrid- España. +/- 13mt.*

Mario admiraba a gran velocidad las calles de Roma,
una ciudad en la que nunca había estado, pero no muy diferen-
te a Madrid a su parecer, aunque con más edificios antiguos y,
obviamente, más historia.

—Todo esto de aquí es parte de la Sapienza, ya estamos
cerca —comentaba Bruno mientras pasaban junto a una gran
estación de tren.

Enseguida llegaron hasta su destino, aparcando cerca
del restaurante en donde el profesor debía de estar cenando.

Mientras se dirigían hacia el restaurante, Bruno le dijo a
Mario sin hacer ningún gesto ni indicación —¿Ves allí? A las
dos. Es Marco. Nuestro hombre.

Disimuladamente, el inspector echó un ligero vistazo a
un hombre con una chaqueta de deporte que fumaba y trastea-
ba con su móvil a unos quince metros de distancia. Luego, entraron en el local.

Iván Moncada

Sassuolo estaba solo, sentado en una mesa justo a la entrada del acogedor restaurante, visible desde la puerta de entrada, comiendo y leyendo un periódico. Ambos se acercaron a él, y Bruno comenzó a hablar.

—*¿Señor Sassuolo? ¿Claudio Sassuolo?*

Alzando la mirada y ligeramente inquieto porque dos hombres se acercasen a él diciendo su nombre, respondió —Sí.

—*Soy el inspector de la Interpol Bruno Baena y él es el inspector Parra de la policía española, ¿podríamos hablar con usted unos minutos?*

El profesor se quedó durante unos segundos bloqueado, pensando principalmente si la visita de aquellos hombres guardaba relación con el asesinato que presenció y, en cuya declaración, dijo no conocer a la víctima y estar allí casualmente —*Sí, por supuesto, siéntense* —respondió, apartando su abrigo de una de las sillas y reaccionando con la mayor naturalidad posible con la que su conciencia le permitía.

—¿Habla usted algo de español? —se dirigió Bruno al profesor, para saber si debía de traducir para Parra.

—Algo, pero hace muchos años que no practico.

—Bien. Necesitamos hablarle en referencia a una persona buscada por las autoridades y que quizás tenga relación con usted —dijo Bruno mientras sacaba una fotografía de su bolsillo —. ¿Lo conoce? —preguntó a Sassuolo.

El profesor posó la mano en la fotografía que el inspector le mostró y dejó sobre la mesa, para arrastrarla y acercársela un poco más. Cuidadosamente, la miraba con suma atención, pues, a pesar de no saber quién era esa persona, le parecía haberla visto antes. Después, miró a los dos policías, extrañado

245

Iván Moncada

sobre todo por la presencia de un policía de otro país, y respondió, a la vez que movía la cabeza —No. Nunca le había visto antes.

Mario entonces preguntó —¿Está seguro? ¿Quizás con barba, gorra, otro color de pelo…?

Nuevamente, el profesor se reafirmaba —No, lo siento —mientras intentaba pensar en qué relación podría tener el hombre de la fotografía con él.

Mario miró a Bruno, y éste se dirigió a Sassuolo —Sabemos que se le tomó declaración sobre el homicidio que usted presenció hace dos días, ¿le importaría nuevamente relatarnos a nosotros qué sucedió?

—Sí, por supuesto —amablemente se ofreció el profesor, comenzando a contar que andaba por los aledaños y decidió entrar en la iglesia.

En ese momento, Mario volvía a sentir en la pierna cómo su móvil reclamaba nuevamente su atención. Sin dejar de mirar al profesor cómo contaba lo sucedido, el inspector metió la mano en el bolsillo e, inconscientemente, y sin tan siquiera mirar, accedió al menú de mensajes. Ocioso, y atento a la mesa que le correspondía, el camarero se acercó para preguntar si los señores tomarían algo, momento que Mario aprovechó para desviar la mirada hacia la pantalla del móvil.

21:13 +39 3472281385 "Cuanto me alegro de verte. Gracias por venir, pero tenga cuidado inspector, a veces, el cazador es cazado"
DGP tracking 21:13 *+393472281385* call through Tim server via Treviso 20, Roma, Italia. +/- 10mt.

—Pero ¡¿Qué coño?!... —pensó Mario cuando leyó el mensaje.

Justo después, Mario notó cómo algo salpicaba su cara y la mano con la que sujetaba la Blackberry. Instintivamente, levantó la mirada y vio el mantel, después rápidamente miró la cara de Bruno y la del profesor, llenas de salpicaduras rojas, y acto seguido, vio el cuerpo del camarero cayendo bruscamente sobre la mesa y lanzando todo lo que había encima por los aires. Mientras tanto, un gran espejo al fondo de la sala se hacía añicos formando un estrepitoso ruido al caer los pedazos al suelo. El camarero tenía media cara destrozada. Una bala le había atravesado la cabeza de atrás a delante.

—¡Un tirador, un tirador! —gritó Mario empujando a Bruno haciéndole caer al suelo para después abalanzarse sobre el profesor, sacándole fuera de la trayectoria de la puerta de entrada. El resto de clientes no se había dado cuenta de lo que pasaba al no oír el disparo, seguramente efectuado con silenciador y desde el exterior del restaurante, sólo se habían percatado del desplome del espejo, pero rápidamente Bruno comenzó a gritar —¡Giù! ¡Giù! ¡Giù! (¡Abajo! ¡Abajo! ¡Abajo!) —a la vez que gesticulaba con la mano e intentaba apartar a las personas de las otras mesas cercanas a la entrada.

Una mujer comenzó a gritar como una desesperada al ver la cara del camarero y toda la sangre que salía del enorme orificio que había en su lugar. Enseguida, Marco entró en el local, pistola en mano, y Bruno le gritó para que se quitase de la puerta diciéndole —¡*Está afuera, Está afuera!*

Marco se agachó y se puso contra la pared, al lado de una ventana, intentando ver al otro lado de la calle, en donde había un pequeño parque lleno de árboles. Bruno había dado la alarma por teléfono y, arrastrándose, llegó hasta donde estaba Marco. Por la distancia que había desde el parque hasta el restaurante, el tirador debía tener un rifle, por lo que Bruno decidió no arriesgarse y permanecer dentro del local hasta que los Carabinieri llegasen y el tirador hubiese huido.

33

21 de junio de 1633, Roma, Italia.

Durante muchos años, Viator había viajado de un lado al otro en el tiempo. La brutalidad y ansia de poder de la humanidad era la misma fuese cual fuese la época, tan sólo se transformaba, haciendo de los pecados del hombre un arte cada vez más sofisticado. Tiempos de paz y prosperidad seguían a otros de hambre y de muerte. Generación tras generación y civilización tras civilización, el ser humano se ponía trabas a sí mismo para avanzar y encontrar un punto de inflexión en el que crear un "Status Quo" que le permitiese vivir en armonía. Cuando una civilización llegaba al punto más álgido de su existencia y su conocimiento había llegado a límites jamás pensados, una nueva hecatombe, la gran mayoría de las veces orquestada por el mismo ser humano en forma de nueva civilización que quiere someter a otras, hacía retroceder el conocimiento adquirido hasta el momento.

Iván Moncada

Todo lo que Viator había visto le había llevado hasta la misma conclusión, el hombre tenía dos caras en sí mismo. Una de ellas, era la del hombre del progreso, quien anhelaba aprender cada vez más para beneficio de la humanidad, y la otra, la del hombre del pasado, quien temía y rechazaba todo lo que escapaba a su entendimiento, siendo ésta cada vez más evidente en su comportamiento.

Apareciendo en una playa, justo antes de despuntar el alba, Viator comenzó a caminar hasta toparse con un pequeño pueblecito. Allí, conversó con un comerciante que, amablemente, le dijo a Viator en dónde se encontraba. Viendo como Viator hablaba, y pudiendo percibir que debía de tratarse de alguien sabio a pesar de su edad, el comerciante le aconsejó encarecidamente que no se dirigiese a la ciudad, ya que un brote de peste azotaba sus calles y muchos eran los que ya habían muerto, además de la incesante batalla de la Inquisición contra los herejes y blasfemos de la Iglesia, siendo especial objetivo, los hombres notablemente cultos y de ciencia. Pero Viator sabía que debía de proseguir, algo debía de hacer, o a alguien debía conocer.

Después de mucho rato caminado, las primeras casas de las afueras de Roma se divisaban en el camino. Sin saber de dónde había salido, un joven muchacho, de no más de doce años, se acercó a Viator para pedirle algo de limosna. Viator no llevaba nada de valor consigo, pues acababa de llegar a aquel sitio y ni tan siquiera sabía qué moneda usaban allí, pero el chico insistía e insistía. La obstinación de éste comenzaba a colmar la paciencia de Viator, pero rápidamente vio sus intenciones

Iván Moncada

cuando dos individuos irrumpieron delante de su camino. Eran asaltantes, y Viator sabía que, de una manera u otra, no se darían por satisfechos con una simple explicación ante sus vacíos bolsillos.

La noción del tiempo para Viator era algo abstracto, pues sabía que había estado durante más de cien años de un lado al otro, permaneciendo con la misma apariencia de un hombre de mediana edad, aunque sin saber exactamente cuál era ésta. En sus viajes había hecho de todo, desde pastor en una pequeña aldea Sumeria, pasando por esclavo en el antiguo Egipto, comerciante en tierras helenas, y hasta haber sido en diversas ocasiones militar y guerrero para muy diferentes ejércitos.

No tenía arma alguna con la que defenderse, al contrario que los asaltantes, quienes ahora dejaban ver una gran daga en la mano de cada uno de ellos. Al mostrar sus armas, el chico se apartó diciendo:

—No has querido darme algo por las buenas, así que ahora nos vas a dar todo por las malas —reía y se mofaba de Viator al ver como aquellos dos hombres, hermanos mayores del muchacho, se acercaban hacia él.

—Danos todo cuanto tengas y quizás vivas para contarlo —decía uno de ellos.

Los dos asaltantes se separaron intentando ponerse uno delante y otro detrás de él. Viator comenzó entonces a moverse despacio a la vez que se giraba intentado mantener a los dos dentro de su campo de visión. El menor reía y reía mientras insultaba a Viator y comenzaba a lanzarle piedras. La confron-

251

Iván Moncada

tación era inevitable y, por desgracia para ellos, Viator había entrado en batalla cuerpo a cuerpo infinidad de veces.

Como un halcón atrapando a su presa en pleno vuelo, Viator logró coger una de las grandes piedras que aquel estúpido crío le lanzaba para herirle. Con gran rapidez y destreza, Viator se la lanzó al hombre que tenía delante alcanzándole en uno de los ojos para, acto seguido, girarse y acercarse al otro asaltante apartándole la mano en la que éste portaba la daga y asestándole velozmente un fuerte y seco golpe con los nudillos de su mano derecha justo en la nuez, partiéndole la tráquea. Luego, nuevamente se dio la vuelta y se acercó al que lanzó la piedra, quien permanecía gritando por el dolor y la rabia mientras mantenía la mano izquierda sobre el sangrante ojo y apuntaba con la daga hacia la peligrosa víctima que habían elegido. En ese momento, mientras los gritos e insultos del haraposo niño se volvían descontrolados al ver como aquel extranjero vapuleaba a sus hermanos, Viator dio una patada a la mano con la que el maltrecho asaltante sujetaba el arma haciendo que ésta saliese volando por los aires. Ahora, estando el forajido totalmente desarmado y herido, Viator se acercó para golpearle en la pierna partiéndole la rodilla y el brazo derecho después.

Los dos bandidos estaban en el suelo, uno probablemente a punto de morir por asfixia, y el otro, gritando de dolor por las graves lesiones sufridas. Viator miró a su alrededor deteniendo su mirada hacia aquel mocoso.

Ahora en completo silencio, pensado que el siguiente sería él, el niño comenzó a rogar —Por favor señor, no me mate, sólo queríamos algo de dinero, no me mate señor, por favor.

Iván Moncada

Señalando hacia sus hermanos, Viator le dijo —Si elijes su mismo camino, esto es lo único que acabarás encontrando. Ahora vete, y recuerda siempre el día de hoy —terminaba Viator, a la vez que se acercaba para recoger una de las dagas y la guardaba en la cinturilla de su pantalón y el niño desaparecía corriendo entre unos árboles.

Sin más dilación, Viator prosiguió su viaje hacía la ciudad. Desde la lejanía, había visto grandes fogatas en los campos colindantes a las primeras casas de la urbe, cosa que le extrañaba, ya que el campo todavía estaba verde y no era época de quema. Pero al acercase más a ellas, pudo ver la terrible realidad que le contara el comerciante con el que habló. Entre las enormes llamas, Viator distinguía una gran cantidad de cuerpos humanos que eran quemados mientras familiares con pañuelos en la boca lloraban desconsolados a su alrededor. La peste diezmaba la población sin piedad, pero a Viator no le preocupaba demasiado, pues ya había visto plagas parecidas en su periplo temporal, y él nunca había caído enfermo.

Dejando las improvisadas incineradoras humanas atrás, Viator comenzó a caminar por las adoquinadas calles hasta llegar a una gran avenida sumida en el bullicio de los apresurados romanos en sus quehaceres diarios. Muchas de las cosas que veía habían cambiado, pero sin duda, recordaba un tiempo pasado en el que estuvo en esa misma ciudad, cuando los nobles vestían togas de fina seda y sus habitantes creían ser los dueños del mundo, un mundo harto limitado por su desconocimiento.

Durante horas, Viator recorrió la ciudad de cabo a rabo en busca de un indicio que le indicase qué debía de hacer allí,

Iván Moncada

pero no encontró nada. Sabía perfectamente que, en ocasiones, dicha tarea llevaba algún tiempo, por lo que, lo primero que debía hacer, era encontrar algún trabajo que le permitiese sobrevivir.

A través de sus viajes, Viator había encontrado un patrón que se repetía. Casi siempre saltaba de un lado a otro, en el espacio y en el tiempo, después de haber aprendido algo o haber enseñado algo a alguien. Aunque sabía perfectamente, por malas experiencias en la mayoría de los casos, que no era bueno mostrar al hombre del pasado aspectos del futuro difícilmente comprensible por ellos, y recordar al hombre del futuro su procedencia y errores del pasado, ya que eran palabras vanas para la tozudez humana.

El día había sido realmente duro para Viator y no había conseguido encontrar una ocupación o sitio en el que pasar la noche que pronta se acercaba, así que decidió buscar refugio en una iglesia en la que le permitiesen pernoctar y quizás le ofreciesen algo con lo que llenar el estómago, aunque, por ahora, no había tenido suerte.

Cruzando el río, llegó hasta el Panteón de Agripa, una bella construcción venida a menos, teniendo en cuenta que Viator la conoció en su máximo esplendor. Entonces, Viator recordó que a poca distancia de allí se encontraban tres templos, cada uno junto al lado de los otros formando un triángulo perfecto, en los que una vez recibió ayuda. Uno era el templo de Minerva, otro el templo de Isis y el último el templo de Serapis, hacia donde directamente se encaminó, pues eran templos paganos en los que antaño fue bien recibido, pero al llegar a donde él creía que estarían, no había rastro de éstos. En su lugar, se erigía una gran iglesia moderna junto a un convento, cuyo nombre "Santa María Sopra Minerva" sugería que seguramente estaba en el sitio correcto, pero allí todo había cambiado.

La noche se cernía sobre su cabeza y sus tripas reclamaban premura en ser satisfechas, por lo que directamente fue hacía una de las puertas laterales del convento y tocó con la anillada aldaba un par de veces. Al momento, ésta era abierta por un viejo religioso, un fraile dominico.

— ¿Quién llama?

— Buenas noches padre, mi nombre es Viator y vengo de muy lejos. He sido robado en el camino y no tengo lugar en el que pasar la noche. Ruego me acojan y gratamente recompensaré su amabilidad en el día de mañana.

El fraile miró a Viator de arriba abajo, normalmente eran totalmente reacios a acoger a nadie, pero su semblante y sus palabras le eran gratas, además, tenían que limpiar y adecentar la iglesia lo más posible, pues al día siguiente iba a llegar la Santa Inquisición, y un par de manos extra no les vendrían mal — Nunca permitimos que nadie haga noche en nuestro convento, pero tenemos mucho trabajo que hacer y poco tiempo, pues mañana recibimos una visita importante, así que, quizás podríamos llegar a un acuerdo — dijo el fraile.

— Por una cena decente y un camastro en el que luego poder descansar, les ayudaré gratamente como pago a su hospitalidad — respondía Viator.

Iván Moncada

El fraile le dio un nuevo vistazo al extranjero —Está bien, pasa. Pero te advierto el trabajo es duro y la cena quizás ligera para el hambre que traes.

—No se preocupe padre, estoy fuerte para trabajar y mis tripas están acostumbradas a contentarse con poco —sonreía Viator mientras entraba y el fraile cerraba la puerta.

Directamente, el fraile, de nombre Lamberto, le llevó hasta la sala en la que el resto de religiosos se estaban reuniendo para cenar. Una imponente mesa, hecha con rústicos tableros, acogía a multitud de hombres de Dios bajo la tenue luz de las velas. Enseguida llegó la comida, pan de hogaza, tocino, sopa aguada de gallina y manzanas amarillas, aunque lo mejor para Viator era el vino con especias, templado en su justa medida para revitalizar el cuerpo.

Una hora después, con la mente y las tripas calmadas, todos los presentes se pusieron manos a la obra. A Viator le asignaron la limpieza del órgano y las partes más altas, pues era el más joven y ágil con la escalera, y hasta pasada la medianoche, limpiaron sin descanso. Luego, el padre Lamberto le indicó a Viator cuál era su habitación, donde cayó rendido quedándose enseguida dormido.

*   *   *

Iván Moncada

A la mañana siguiente, un par de golpes en la puerta sobresaltaron a Viator.

—¡Joven! Apresúrate si quieres desayunar antes de irte —decía una voz, que rápidamente Viator reconoció como la de Lamberto.

—Sí, enseguida voy —respondió, dándose cuenta de que ni tan siquiera se había quitado la ropa para acostarse.

Al momento, Viator abandonó la habitación y bajó a la misma sala en la que hubo cenado. Un vaso de leche y pan sobrante de la noche anterior era todo lo que había, y para agradecerle su hospitalidad, Viator se sentó junto a Lamberto.

—Nuevamente, padre, quiero agradecerle su hospitalidad.

—No es nada hijo, te ganaste cada miga de pan.

—Ayer no tuve tiempo de preguntarle, ¿para qué viene la Inquisición?

—Ah, vienen para comunicar la sentencia de culpabilidad a un hombre al que prohibieron divulgar sus pensamientos herejes y no cesó en su conducta.

—¿Cuáles eran esos pensamientos?

—No lo sé bien, pero es un hombre de ciencia de esos que usan endemoniados aparatos para contravenir los deseos del Señor.

—¿Podría observar cuando la inquisición llegue?

—Bueno, no veo por qué no, pero deberás estar lo más retirado posible.

—De acuerdo —respondía Viator sonriendo y asintiendo con la cabeza.

257

Iván Moncada

Al rato, el revoloteo de frailes de un lado al otro indicaba que la Santa Inquisición ya había llegado. Casi todos abandonaron el convento para acceder a la Iglesia, así como también lo hizo Viator. En la nave central había una mesa cubierta con tela roja que los frailes prepararon el día anterior. En ella, se sentaron los miembros de la Inquisición que habían venido para leer sentencia al acusado, el cual entraba en aquel momento por la puerta. Éste era un hombre mayor, con gran calva y el pelo que le quedaba y la barba ya totalmente blanco. Directamente, el acusado se acercó a un atril que estaba frente a la mesa para escuchar su sentencia.

Levantándose uno de los Inquisidores, comenzó a hablar —A día de hoy, se pone en conocimiento del acusado, Galileo Galilei, que es culpable de los cargos contra la Iglesia por quebrantar la prohibición de introducir doctrinas heréticas. Por tanto, es condenado a prisión perpetua. Asimismo, se le conjura a que abjure de sus pensamientos por propia voluntad, o por la fuerza, a criterio de la iglesia.

Viator miraba a aquel hombre, quien habiendo escuchado la sentencia de prisión perpetua, no hizo ni un solo gesto. En aquel momento, dos soldados se situaron a los lados del acusado y éste dijo:

—Renuncio por voluntad propia a mis pensamientos y mis teorías. Y sin embargo, se mueve —añadió, antes de que los soldados se lo llevasen.

Muchos de los asistentes a la pronunciación de la sentencia no sabían exactamente a qué se refería el acusado con lo del "y sin embargo, se mueve", pero Viator sí lo sabía, al igual

Iván Moncada

que sabía quién era ese hombre. No recordaba exactamente dónde o en que época había oído hablar o aprendido sobre él, pero sabía perfectamente que Galileo Galilei era el precursor de una teoría llamada heliocéntrica, teoría que demostraba que la Tierra no era el centro del universo como dictaba la Iglesia, sino que ésta se movía alrededor del sol, centro del sistema solar. Una vez más, Viator era testigo de cómo el miedo del hombre era su peor enemigo, intentando lapidar todo conocimiento que pusiese en juego la supervivencia de una ya imparable Iglesia, voraz represora de los verdaderos orígenes del ser humano.

Momentos después, mientras los frailes se acercaban a dar gracias por su visita a los inquisidores, Viator abandonó en silencio la iglesia para seguir su camino, fuese cual fuese, y pensando en el modo de poder liberar al hombre del yugo que, desde siempre, le había mantenido anclado en la ignorancia.

Iván Moncada

Iván Moncada

34

7:30 horas. 11 de octubre de 2012. Roma.

La alarma del reloj de Mario comenzó a sonar, pero él ya llevaba un par de horas despierto. Estaba en el piso franco de la Interpol, junto a Flavio, quien había empezado su turno de vigilancia del *FotoVittoria* media hora antes, relevando a Ángelo. Mario y Bruno permanecieron hasta pasadas las dos de la madrugada con los Carabinieri, explicando lo ocurrido e informando al comisario de la policía italiana, Leopoldo Cabranza, sobre su operativo. En principio, Mario tenía que haber pernoctado en un hotel, pero tras el suceso de la noche anterior, la lógica pedía a gritos que debía de estar acompañado por algún miembro armado de la Interpol las veinticuatro horas del día, al igual que el profesor Sassuolo, a quién los Carabinieri le habían asignado un par de hombres de escolta, informándole de que, la persona que le mostraron en la fotografía, era un asesino profesional y él estaba en su lista de objetivos.

Iván Moncada

Mario no sabía cuál era el juego de Salvador, pero desde luego, había dejado claro que éste era a vida o muerte.

Mientras esperaba a que llegase Bruno, Mario decidió tomar parte activa en el juego de Salvador enviándole un mensaje para que lo leyese cuando activase su móvil, pues la noche anterior, lo rastrearon y no estaba dentro de la red.

"Veo que me tienes miedo. ¿Desde lejos y con un fusil?, te creía más capaz. ¿Para esto me has hecho venir?"

Media hora más tarde, tres golpes se oyeron en la puerta de entrada y Flavio se acercó a ella.

— *Soy Bruno* — se escuchó al otro lado.

Flavio abrió la puerta y Bruno entró.

— *¿Alguna novedad?* — preguntó Bruno.

— *No. Abrió a las ocho y sólo han entrado un par de clientes.*

Flavio volvió a su puesto y Bruno se acercó a Mario — ¿Qué tal has pasado la noche?

— Bueno, la cama es algo dura pero, por lo menos, el piso tiene una buena temperatura. Antes me asomé a la ventana y hoy hace algo de frío por aquí — respondió, cambiando enseguida de tema —. ¿Crees que nos encontramos con Salvador por casualidad?, ¿qué ya estaba allí para asesinar al profesor cuando llegamos?

— Supongo que sí.

— Entonces, debemos suponer que los otros tres objetivos correrán la misma suerte, tenga escolta propia o no.

Iván Moncada

—Imagino que sí. Pero esta vez quizás tengamos más oportunidades para atraparle, el comisario va a informarles en esta mañana sobre las intenciones de Salvador, y ten por seguro que sus escoltas tirarán a matar.

—Desde luego, nos ahorrarían mucho trabajo —decía Mario, pero pensando que si así fuese, nunca averiguaría por qué jugaba con él al ratón y al gato.

—¿Sabemos algo del rastreo del teléfono desde el que Salvador me envió el mensaje? —añadió.

—No. El servicio de comunicaciones está alerta haciendo un barrido constante para localizar el terminal, pero lo debió apagar justo después de enviarte el mensaje. Ahora mismo están intentando averiguar donde fue adquirido el terminal.

—Es la primera vez que me envía un mensaje desde un móvil con numeración estándar. Quiere que le encuentre —acababa Mario apartando la mirada, pensativo.

—No hay que olvidar que tu fotografía estaba entre la de los objetivos, quizás simplemente lo hace porque le divierte, pero para mí, está claro que también quiere acabar contigo.

—¡*Señor, alguien ha entrado!* —interrumpía Flavio la conversación, reclamando la atención del inspector Bruno.

Bruno se acercó a él, mientras Flavio se quitaba los cascos y conectaba el sistema por el altavoz sin dejar de mirar por el visor. Una conversación había llamado la atención del agente, algo que salía fuera de lo normal del trapicheo que normalmente llevaba a cabo el dueño del negocio.

"—*¿Éste es? ¿Es exactamente el mismo que llevarán todos los obispos para el aniversario del concilio?*

Iván Moncada

—*¡Por favor!, como puedes dudar de mí, ¿te he fallado alguna* vez?

—*No, y espero que esta no sea la primera, si no, te costara ca-* ro. "

Rápidamente, Bruno se puso en el visor, pero no lograba ver la cara del comprador. Aquella conversación le daba muy mala espina.

—¿Qué dicen? —preguntó Mario.

—Alguien está comprando un traje de obispo para la celebración del cincuenta aniversario del segundo concilio Vaticano que comienza hoy.

—¡¿En una tienda de fotos?! —Decía Mario, con el mismo mal presentimiento que había tenido Bruno, preparándose para actuar —Va a atentar contra alguien, Bruno. Va a aprovechar la ocasión del tumulto y el jaleo de la gente para hacerlo — sugirió Mario con total convicción.

—*¡Saca fotos!* —se dirigió Bruno a Flavio, mientras se encaminaba hacia la puerta y Mario le seguía.

Los dos salieron del piso como alma que lleva el diablo, bajando las escaleras a grandes saltos para salir del edificio lo antes posible.

Una vez en la calle, miraron de un lado al otro sin ver al hombre. El walkie de Bruno comenzó a hablar, era Flavio.

—*Ha subido la calle, a la izquierda. Vaqueros y chaqueta ma-* rrón claro con una bolsa blanca grande en la mano.

Bruno le traducía a Mario lo que Flavio había dicho mientras comenzaban a correr por la calle para alcanzar al comprador.

Quizás no fuese nada, sólo un encargo personal de alguien, pero no habían caído en la cuenta de que iban a comenzar las celebraciones del cincuenta aniversario del Concilio Vaticano Segundo y comienzo del Año de la Fe, al que asistirían cargos eclesiásticos de todo el mundo, algunos de ellos, retratados en las fotografías encontradas en el piso de Salvador.

—¿Y si no sólo tiene como objetivo a alguno de los miembros que asistirán a la celebración?, ¿y si también el Papa es uno de sus objetivos? —pensaba Mario en voz alta para compartirlo con Bruno.

—¡Mierda! No le veo —decía Bruno, con cierto nerviosismo por las palabras que Mario había dicho, a la vez que accedían a la calle en la que el hombre hubo girado.

—¡Allí! ¡Entrando hacia esa otra calle! —le alertó Mario al ver un hombre que coincidía con la descripción de Flavio.

Esquivando a la gente que deambulaba por la calle, los dos lograron situarse a pocos metros de él en una nueva calle.

—No es Salvador —dijo Mario —. Fíjate en sus manos, ya no lleva la bolsa —añadió Mario.

—¡Joder!

—Dale el alto, Bruno. Dale el alto o será tarde.

Bruno miró a Mario, y los dos avanzaron hasta la altura del hombre.

Agarrándole del brazo y llevándolo hacia una pared, mientras que Mario se ponía al otro lado del individuo, Bruno le mostró su placa.

—*Policía, ponga las manos sobre la nuca e identifíquese.*

Sin poder evitarlo, el comprador dejó escapar una sonrisa de sus labios a la vez que colocaba las manos tras su cabeza. Automáticamente, Mario se agachó y comenzó a cachearle empezando por las piernas.

—*Mi nombre es Tomaso Elegari.*

—Está limpio —dijo Mario.

—*Hemos visto que llevaba una bolsa mientras iba caminando, ¿Dónde está?*

—*No sé a qué bolsa se refiere agente, yo no llevaba nada* —respondía gesticulando ligeramente con los codos manteniendo las manos aún en la nuca.

—Le he preguntado qué ha hecho con la bolsa que llevaba en las manos y dice que él no llevaba nada —informó a Mario.

—¡Puto mentiroso de mierda! —decía Mario girándose y mirando entre la gente con la esperanza de ver a alguien con ella —. Se la ha pasado a alguien, está claro. No tenemos nada.

—Será mejor que le mantengamos retenido para evitar que le pueda decir a nadie que sabemos lo del traje —recomendaba Bruno —. Llamaré para que los Carabinieri lo lleven a comisaría.

—Tienes razón, puede ser una baza a nuestro favor.

Bruno llamó a Flavio, y éste a los Carabinieri para que enviasen un coche patrulla. Enseguida se presentaron allí y se llevaron al detenido.

En ese momento, Mario miró a Bruno sugiriendo lo más lógico en ese caso —Creo que es hora de que visitemos nuestra tienda de fotos favorita, ¿no?

Iván Moncada

—Sí, esto nos va a costar destapar la vigilancia, pero debemos asegurarnos —asentía Bruno con la cabeza mientras andaban de regreso.

A los pocos segundos, Mario sentía vibrar el bolsillo de sus vaqueros.

08:52 Bermúdez "Parra, el doctor parece estar limpio. La científica no ha encontrado nada en su piso ni en su ropa y en su despacho sólo está la sangre del sillón, pero insiste en que no sabe cómo ha podido llegar hasta allí. Dime como vais por ahí"

DGP tracking 08:52 *628334752* call through movistar server c/leganitos 19, Madrid- España. +/- 15mt.

—No me jodas —se dijo a sí mismo tras leer el mensaje y no pudiendo evitar que la imagen de Sonia se colase en su cabeza —. Pero no podía ser, qué móvil podría tener ella o por qué le iba a haber engañado —. Era una criatura demasiado hermosa y delicada como para haber sido ella. Alguien mentía en todo aquello, y el doctor, era el centro de atención de Mario. Pero Mario debía ser escrupuloso con la investigación a pesar de haberse visto envuelto emocionalmente con la chica, así que, tecleó un mensaje para Bermúdez.

"Estamos cercando a ese cabrón. Localizad a la secretaria, estuve con ella y me confesó que estuvo en el baño cuando ocurrió, no con Hernández. Alguien miente. Apretadles"

Ya estaban en la calle del *FotoVittoria*, a escasos veinte metros, y Bruno cogió el walkie.

Iván Moncada

—*Flavio, vamos a entrar, corta la grabación de audio.*

—*Entendido* —respondió Flavio de inmediato.

La tienda estaba en aquel momento vacía y, nada más entrar, Bruno se dirigió al dueño mientras que Mario cerraba la puerta para que no entrase nadie.

—*¿Giorgio Balese?, mi nombre es Bruno, inspector de la Interpol* —le mostraba su identificación.

Directamente, aquel gordo hombre de piel oscura y pecas negras cerca de los ojos, comenzó a hablar.

—*Por favor, yo no he hecho nada, ¿cuántas veces se lo tengo que decir a usted y a sus compañeros?*

—*No me jodas Giorgio, tenemos tu local vigilado, y en dos días has vendido suficientes cosas ilegales como para cerrarte este puto negocio de por vida.*

El gesto de subordinación del dueño cambió al oír las palabras de Bruno —*Está bien, inspector, está bien. Ya saben ustedes que vendo algunas cosillas aparte de las fotos, pero dígame, ¿no tengo derecho a ganarme la vida un poco?, todo está muy mal* —gesticulaba con las manos, haciendo el típico movimiento con el que Mario identificaba la seña de identidad italiana.

—*No me interesan el alcohol, las apuestas, ni las pistolas de hace cincuenta años que les vendes a los aspirantes a camorristas con los que te relacionas. Quiero que me digas quién era el hombre de chaqueta marrón que ha salido de aquí con un traje de obispo y para qué lo quería. Y no me jodas con que es Obispo, acabo de detenerle.*

Nuevamente, el semblante del obeso Giorgio cambió, esta vez, con gesto de preocupación.

—*Eh… bueno, no lo sé, sólo es un pobre diablo al que le gusta el tema religioso, quién sabe para que lo quiere.*

Bruno echó mano al móvil y simuló que marcaba.

—*Está bien, llamaré a nuestro amigo el comisario Cabranza para que venga a confiscar todo lo que debes de tener ahí abajo y cierre esta mierda de tienda para siempre.*

—*Oh… por favor, espere, espere, no haga eso* —decía mientras con la mano le pedía que se acercase —. *Me está pidiendo que me ponga una diana sobre la espalda, son gente sin escrúpulos.*

—*Tú mismo* —volvía Bruno a amagar con el móvil.

—*Vale, vale, pero debe prometerme que no dirá quién se lo dijo, ¿de acuerdo?*

—*¿Crees que estás en posición de poner condiciones?*

Sudoroso por los nervios, Giorgio se relamió los labios.

—*Ese chico es un don nadie, yo sólo le consigo lo que me pide, ya sabe, cosas de poca importancia. Pero la gente para la que trabaja es muy peligrosa, por eso me veo obligado a venderle mi material.*

—*¿Quiénes son?*

—*Creo que se hacen llamar "Los Guardianes de la Verdad", o algo así, ya sabe, uno de esos grupos religiosos raros. Por lo que dicen por ahí, no llevan muchos años funcionando, pero comentan que son parte del legado de la antigua P2. Pero quién sabe, no sé, hay muchas familias poderosas y grupos de esos, es lo único que sé, de verdad, créame.*

Bruno se quedó en silencio mirando a aquel decrépito personaje mientras éste se llevaba el puño al pecho, donde se suponía que aquella bola de sebo tenía el corazón y se golpeaba en señal de que le estaba contando la verdad. Después, Bruno sacó una tarjeta con su nombre y teléfono y se la dio.

Iván Moncada

—*Cualquier cosa que te pidan de esa secta me avisas. Y si intentas joderme, te hundiré en la mierda para el resto de tu puta vida, ¿entendido?*

—*Sí, sí, por supuesto* —respondía Giorgio en voz baja.

Luego, Bruno y Mario abandonaron la tienda.

—¿Qué te ha dicho? —Preguntaba Mario que, a pesar de no saber italiano, creía haber entendido gran parte de la conversación.

—El traje lo ha comprado algún chico de los recados de alguna secta religiosa, Los Guardianes de la Verdad, cree. He de confesar que no sé hacia dónde dirigirnos ahora —apoyaba las manos en su cadera con gesto de hastío.

Mario se quedó pensando en silencio por un segundo. Para después sugerir.

—Vayamos a ver al profesor Sassuolo.

Bruno le miró intentando ver a dónde quería llegar.

—Sí, al profesor de la Sapienza. Anoche repasé la documentación que habéis preparado sobre los objetivos de Salvador y ese hombre parece saber bastante del tema.

Entonces, Bruno se llevó el walkie a la cara.

—*Flavio, conecta el audio y vigila, nos movemos.*

—*Ok.*

35

A la misma hora, en el Vaticano, el Jefe de la Guardia Suiza había incrementado la seguridad para la protección del Papa, pero el largo fin de semana que comenzaba hoy se preveía caótico con la cantidad de gente que asistiría a la celebración. Los alabarderos estaban perfectamente informados de todo lo que debían hacer y donde debían estar en cada momento, pero Anrig no se sentía cómodo, estaba tan preocupado por la brecha de seguridad que habían sufrido como lo estaba el Pontífice por el mensaje recibido.

Los soldados de la Guardia Suiza tenían orden de su comandante de tirar a matar. A pesar de su rimbombante y arcaico traje, que sólo dejaba ver su alabarda y el estoque colgando de sus cinturas, todos ellos portaban bajo sus ropajes modernos subfusiles de asalto SIG 550 y granadas de mano capaces de rechazar cualquier ataque. El Palacio del Vaticano estaba protegido.

Desde primera hora de la mañana, cientos de fieles se congregaban en la plaza de San Pedro para ver dar comienzo a las celebraciones, todo prometía que habría una gran fiesta del cristianismo. El altar desde el que su santidad oficiaría la misa de inauguración del Año de la Fe, estaba preparado. Decenas de sillas, a ambos lados del altar y frente a él, permanecían aún vacías esperando de ser ocupadas por los obispos venidos de todo el mundo, mientras los técnicos de sonido hacían las comprobaciones oportunas de los equipos de audio para que nada fallase.

Un par de horas más tarde, rondando las diez de la mañana, y cumpliendo con el programa establecido, todos los asistentes tomaron asiento aguardando ansiosos a que Benedicto XVI hiciese acto de presencia. A los pocos minutos, el Papa aparecía entre vítores para comenzar la homilía.

Mientras tanto, al otro lado del río Tévere, Mario y Bruno estaban en casa de del profesor Sassuolo.

—Entonces, por lo que nos ha contado sobre las sectas religiosas y logias masónicas establecidas en Italia, ¿ninguna de ellas ha atentado jamás contra altos cargos de la iglesia? — preguntaba Mario al profesor, mientras Bruno permanecía al teléfono, hablando con el departamento de inteligencia de los Carabinieri para averiguar si tenían conocimiento de la existencia de "los Guardianes de la Verdad".

—No digo que no haya sucedido alguna vez en el paso de los años, sólo digo que no hay constancia oficial de ello — respondía el abatido profesor, quien nunca hubiera imaginado que nadie quisiera asesinarle.

—Mario —dijo Bruno, tomando asiento junto a él y a Sassuolo —me acaban de confirmar que si existe una logia con ese nombre, un infiltrado de la policía estaba al tanto de sus movimientos hasta hace poco.

—¡Oh, Dios mío! —Exclamaba el profesor —¿ese hombre está muerto? —preguntaba.

—Sí, ¿cómo lo sabe? —miraba intrigado Bruno al profesor.

Llevándose las manos a la cara por un momento, Sassuolo respondió —En realidad no le conté toda la verdad a la policía cuando fui testigo del asesinato en la *Bocca della Veritá* —se sinceraba con ellos —. Estaba allí porque había quedado con un confidente para averiguar quién podía haber detrás de una nota amenazadora que le enviaron a un amigo, y resultó que, al día siguiente, me enteré de que ese hombre era un policía infiltrado en logias y mafias de la ciudad.

—¿Quién es ese amigo, profesor? —preguntó Mario, intuyendo la respuesta, pues en el informe que Bruno tenía del profesor constaba su gran amistad con el Papa.

Mirándoles con gran preocupación, respondió —Es el Santo Pontífice, es mi amigo Joseph Ratzinger.

—¡Joder! —soltó Bruno, sin querer increpar directamente a Sassuolo por haber faltado a la verdad —¡¿El Papa ha sido amenazado y la policía no tiene constancia de ello?!

En ese preciso instante, el teléfono de Bruno sonó avisando de un mensaje de entrada. Lo cogió y dijo —acabo de recibir una fotografía que el infiltrado logró hacer del sello de la logia.

Iván Moncada

En la imagen aparecía dibujado un triángulo con un ojo en la parte superior, dos columnas que lo soportaban, dos espadas cruzadas una con la otra en posición opuesta a la de un compás y todo ello rodeado por un círculo de fuego.

Bruno se lo mostró primero a Mario y, después, al profesor, quien se quedó mirándolo pensativo.

—Oh, señor —dijo Sassuolo —. Conozco este sello, lo he visto antes.

—¿Dónde lo ha visto? —preguntó Mario.

Moviendo la cabeza en modo de afirmación, con cortos y rápidos movimientos mientras se podía ver un repentino brillo en sus casi llorosos ojos, dijo:

—En un anillo. En el anillo de alguien a quien creía un amigo, el anillo de Paolo Corese. Sabía que era un masón y suponía que pertenecía a una logia moderada de la que nunca me quiso hablar, pero ahora veo que ese canalla pertenece a algo muy distinto, y me usó para que pudiesen asesinar a ese policía —terminaba frotándose los ojos para limpiarlos.

—¡Tenemos que alertar a todo el mundo! ¡Tenemos que ir al Vaticano y alertar a la Guardia Suiza de inmediato! —dijo Bruno levantando la voz y poniéndose de pie.

—¡No perdamos tiempo! Vamos —exclamó Mario.

A toda prisa, abandonaron la casa del afligido profesor para encaminarse al Vaticano. Con la sirena y la intensa luz azul de la baliza giratoria magnética advirtiendo al resto de conductores de su presencia y su urgencia, los dos policías volaban por las transitadas y complicadas calles de Roma.

A los pocos minutos llegaron hasta la Santa Sede y se dirigieron directamente a los guardias alabarderos de la entrada en la puerta de Santa Ana, explicándoles la imperiosa necesidad de ser atendidos por el comandante de la guardia. Anrig fue avisado de inmediato por radio y, enseguida, llegó hasta los policías que aseguraban que la vida del Pontífice y otros religiosos corrían peligro.

—*¿En qué puedo ayudarles, agentes?* —preguntó escéptico Anrig en italiano, vestido con un sobrio traje negro con el que pasar desapercibido, siendo delatada su pertenencia a la guardia Vaticana únicamente por el pinganillo de la oreja derecha.

—*Necesitamos hablar con usted sobre una amenaza de la que estamos seguros que tendrá lugar durante hoy o los próximos días de celebración* —le dijo Bruno mostrando su identificación como inspector de la Interpol.

Mirando a la inmensa cantidad de gente que había en la plaza, Mario le dijo a Bruno —El riesgo es demasiado alto, el Papa está demasiado cerca de la gente.

—Lo sé —le respondió Bruno también en español.

—*¿Quién es él?* —Preguntó Anrig a Bruno, refiriéndose a Mario.

—*Es un inspector de la policía española, es quien más tiempo lleva detrás del que creemos que atentará contra el Papa.*

Anrig miró de un lado al otro, había demasiada gente cerca que pudiese oír lo que hablaban, así que les hizo pasar a una de las salas de las alas laterales anexas a la basílica que abrazaban el patio donde comenzaba la plaza de San Pedro, donde Su Santidad estaba dando la misa.

—Díganme, ¿Cuál es esa acuciante amenaza? —preguntó Anrig en un español marcado por un intenso siseo de la "ci" y gran suavidad en la "z".

—Sabemos con certeza que el Papa ha sido amenazado y que un asesino profesional que está aquí, en Roma, tiene como objetivo algunas de las personalidades religiosas congregadas hoy —expuso Bruno.

—¿El Santo Pontífice amenazado? —preguntaba Anrig, intentando averiguar cómo es que sabían lo de la amenaza.

—Llevamos tiempo siguiendo a un asesino internacional llamado Salvador Adaín. Ha atentado y asesinado a varias personas relacionadas con la Iglesia, cuyos objetivos encontramos en una colección de fotografías en un piso de Madrid —decía Mario sacando una fotografía de Salvador para mostrársela al comandante de la Guardia Suiza—. Ya ha matado a un miembro de la policía italiana aquí y ha intentado acabar con la vida de Claudio Sassuolo, amigo del Pontífice, llevándose la vida de un ciudadano inocente por el camino. Creemos que pertenece a una logia llamada Los Guardianes de la Verdad. Estamos estrechando el cerco.

Las palabras de los agentes habían convencido a Anrig de la veracidad de su relato.

—Es cierto, lo reconozco. Hace unos días Su Santidad recibió una amenaza por escrito, de hecho, he aumentado la seguridad en su entorno con gente de mi máxima confianza, pues creo que tenemos a un traidor dentro, la nota de amenaza fue dejada junto a su cama, mientras Su Santidad dormía.

Iván Moncada

—Estamos seguros de que intentará algo, señor, y creemos que el asesino intentará acceder al Papa vestido de obispo, alguien de su organización ha adquirido un traje esta misma mañana —decía Bruno al comandante con gran preocupación.

En ese momento, Anrig se llevó la mano izquierda a la boca y dijo —*Hans, quiero tres hombres más en la azotea con fusiles y acompañados por ojeadores. También dos más junto al Santo Padre*—después prosiguió hablando a Mario y a Bruno —Está bien, mostraré esta fotografía a todos mis hombres y daremos caza a ese asesino si aparece por aquí, pero intenten ustedes cogerle antes de que llegue hasta el Vaticano, por si acaso es más astuto que nosotros. Intentemos evitar una tragedia.

—Ahora mismo avisaré al comisario Cabranza, peinaremos la ciudad entera en su busca —terminó Bruno, entregándole una tarjeta con su número de teléfono por si necesitaba hablar con ellos. De inmediato, los dos abandonaron la sala.

Anrig se quedó mirando la fotografía de Salvador por unos segundos y pensando en que, si iba a atentar contra el Papa, lo más lógico sería intentar acceder al palacio o a la basílica para estar lo más cerca del pontífice, con la ayuda del mismo que puso la nota sobre la mesilla de noche. Aquel traidor aguardaba escondido, al igual que lo hicieron los griegos en la panza del caballo de Troya. Fuese como fuese, debía encontrarle antes de que éste actuase.

Iván Moncada

Iván Moncada

36

Después de hablar con el comandante de la Guardia Suiza, y ya montados en el coche, Bruno llamó por teléfono al comisario Cabranza para explicarle todo lo que habían averiguado, así como para pedir la detención de Paolo Corese por posible pertenencia a organización ilícita y como cómplice de los asesinatos perpetrados por Salvador y así poder interrogarle.

—El comisario está montando un dispositivo de filtro para el acceso al Vaticano y va a detener al tal Paolo para que le interroguemos en comisaría —le dijo a Mario, que estaba mirando en su Blackberry un mensaje recién recibido.

—¡No!, no vayamos a comisaría, vamos aquí —decía mostrándole el mensaje.

10:36 +39 3472281385 "Vaya, por fin me hablas. No seas tan condescendiente, sabes que, si quisiera, estarías muerto."

Iván Moncada

DGP tracking 10:36 *+393472281385* call through Tim server piazza del colosseo, Roma, Italia. +/- 21mt.

—¡Me cago en la puta! —Decía Bruno mientras arrancaba y salía haciendo patinar ruedas para dirigirse al Coliseo — hay que avisar a Cabranza para que envíe refuerzos.

—Déjame —decía Mario cogiéndole el walkie —. Flavio, ¿me escuchas?

Al segundo, éste respondía —Sí, adelante.

—Tenemos localizado al sospechoso en El Coliseo y alrededores, avisa al comisario Cabranza para que envíe refuerzos.

—Entendido. Ángelo está aquí, sale también para allá.

—Copiado —terminaba la conversación Mario.

Al mismo tiempo, Bruno decía —Vale, no se nos puede escapar, hay que cogerle como sea, entretenle —le pedía a Mario.

Directamente, teniendo ahora el número del remitente del destinatario de los mensajes y sabiendo que lo tenía encendido, Mario presionó el botón de llamada.

—Quita la sirena —le pidió a Bruno mientras escuchaba los tonos de señal.

Al momento, una profunda voz se escuchaba al otro lado de la línea —Bravo, inspector. Pensaba que no se atrevería a llamarme, la verdad es que tantos mensajitos me estaban produciendo cierta exasperación.

—¿Te divierte este juego?, porque pronto se va a acabar.

—Oh, sé que pronto se acabará, por eso intento disfrutar tanto como puedo. De hecho oigo que va en coche, ¿quizás a demasiada velocidad, inspector?, no tenga prisa, enseguida nos veremos.

—Sí, ten por seguro que se va a acabar. No eres más que un psicópata asesino perteneciente a una secta de tarados.

—Ja, ja, ja… —reía Salvador por las rencorosas palabras de Mario —Inspector, abra los ojos, el mundo en el que vive es tan sólo una ilusión. Una ilusión de la que yo le sacaré —añadió Salvador, justo antes de colgar.

Nuevamente, Mario llamó al número con el que había hablado con Salvador, pero la operadora decía en italiano que el terminal estaba desconectado. Lo había apagado de nuevo.

—Me ha colgado.

—¡Ya estamos, ya estamos! —decía Bruno a la vez que accedía a la plaza del Coliseo.

Bruno paró el coche a un lado de la plaza y los dos bajaron corriendo.

—¿Hacia dónde? —preguntaba Mario.

—¡Dentro del Coliseo! Intentará ocultarse entre los visitantes.

—Necesito un arma, Bruno.

Bruno miró a Mario y se acercó al coche para meter la mano debajo del asiento del conductor.

—Toma —le daba una Beretta 9 milímetros.

Los dos policías se acercaron a la entrada de acceso al Coliseo y pasaron con sus armas ocultas en sus chaquetas y mostrando la placa de Bruno.

Iván Moncada

—Dividámonos, uno por cada lado. Recorreremos los pasillos anulares inferiores hacia el interior e iremos ascendiendo a los superiores —sugirió Bruno, a pesar de que no le gustase la idea de dejar a Mario solo, pues estaba al cargo de su protección.

Cada uno se dirigió en sentido opuesto a la entrada, escudriñando con la vista entre los visitantes en busca del desafiante asesino.

Cara tras cara y columna tras columna, en aquella impresionante construcción en ruinas, Bruno y Mario registraban el Coliseo con suma atención, pero por ahora, no había señal de Salvador.

Al momento, el walkie de Bruno habló. Era Ángelo, acababa de llegar y se unía en la búsqueda comenzando por el anillo exterior de la primera planta, a petición de Bruno. Si Salvador estaba allí, no podría escapar.

Mario ya había recorrido los dos primeros pasadizos concéntricos de la planta baja en lo que le parecía un laberinto sin fin de columnas idénticas unas de otras, encontrándose con Bruno cada vez que llegaban a la mitad del recorrido. Ahora Mario accedía al cuarto corredor, el que estaba justo debajo del pódium, antes de acceder a las galerías de la parte baja en donde antiguamente se hallaba la arena que tanta sangre viera derramada. Pero, en ese momento, algo desconcentró a Mario haciéndole girar inconscientemente la cabeza. —No puede ser —pensaba, creyendo haber visto a alguien conocido que no era Salvador.

Iván Moncada

Instintivamente, Mario intentó acercarse a esa persona, pero ésta parecía andar con cierta prisa. Casi sin darse cuenta, Mario accedió a una galería apartada, atravesando una vieja puerta de madera de la que colgaba una cadena con el candado abierto. Al entrar, vio a una mujer rubia de espaldas y dijo — ¿Sonia?

La mujer se giró. Era ella, era Sonia. Automáticamente, ésta le regaló una sonrisa —¿Mario? —preguntó.

En ese instante, una voz a la espalda de Mario le sacó de la extraña sensación que le embargaba.

—Por fin ha llegado, inspector.

Mario reconoció la voz con la que acababa de estar hablando y se giró apuntándole con la Beretta.

—¡No te muevas! ¡O será lo último que hagas!

Salvador abrió los brazos mostrando que no estaba armado, agachando ligeramente la cabeza a la vez que sonreía. Al ver que se entregaba, Mario dio un paso hacia él y sacó el dedo del gatillo situándolo justo al lado de la corredera para evitar dispararle mientras que le decía —¡De rodillas, las manos a la nuca! —lo quería vivo. Pero en ese preciso instante, un tremendo temblor y dolor pasaba a través del cuerpo de Mario tensando sus músculos y dejándole sin voluntad, cayendo al suelo como una estatua de mármol, mientras todo a su alrededor parecía cambiar hasta hacerse una gran luz blanca y sólo escuchar voces. Sonia le había disparado por la espalda con una Táser, haciendo pasar miles de voltios por su cuerpo e inmovilizándole. Rápidamente, Salvador apartó la pistola de Mario y sacó una jeringuilla para suministrarle un fuerte sedante.

Bruno acababa de terminar de inspeccionar la zona en la que se hallaba y esperaba a Mario en el centro del corredor para acceder a la parte superior, pero éste no aparecía y un mal presentimiento se apoderó de él.

—¡*Ángelo! ¡Baja a la parte inferior! ¡Rápido!* —Reclamaba Bruno por radio.

Al momento, Ángelo llegó.

—Mario ha ido por ese lado y ya debería estar aquí, debemos encontrarle, ve tú por ahí —indicó Bruno, con la convicción de que algo había pasado.

Varias sirenas se oían de fondo, la caballería había llegado y los Carabinieri comenzaban a entrar. Los asustados visitantes salían del recinto siendo parados uno a uno mientras que, con la foto de Salvador en la mano, los policías comprobaban sus caras. La gente que ya había pasado por los improvisados controles de salida eran instados a abandonar la zona, al igual que se ordenó abandonar el lugar a la ambulancia que permanecía constantemente de guardia junto al Coliseo para atender a los torpes visitantes que tropezaban o se caían visitando el monumento.

Al poco tiempo, Bruno y Ángelo dieron con la estancia en la que Mario había estado y, donde con ya total seguridad, había encontrado a Salvador, pues la Beretta que Bruno le había dado estaba tirada en el suelo, junto al móvil de Mario.

—¡Mierda! —exclamó Bruno echándose las manos a la cabeza.

El inspector reaccionó y sintonizó la frecuencia de los Carabinieri.

—*¡Atención! Soy el inspector Bruno Baena de la Interpol. El sospechoso está intentando huir del recinto. Creemos que tiene como rehén a un policía, actúen con precaución.*

Al momento, mientras Bruno miraba el arenoso suelo y las huellas que había, intentando averiguar qué había pasado, una voz respondía —*Hemos acordonado la zona y estamos verificando la identidad de los visitantes que salen, sacándoles de la zona, junto con el personal del centro y los servicios de salud.*

En el suelo, Bruno identificaba varias huellas. Al menos tres de ellas recientes, junto con una bastante peculiar que le sugería que alguien había sido arrastrado. Si Mario se había encontrado con Salvador, estaba claro que éste no estaba solo.

—¿Cómo coño le han sacado de aquí? —se preguntaba Bruno en voz alta.

En ese preciso instante, el inspector se dio cuenta, al igual que lo hizo Ángelo, diciendo los dos al mismo tiempo —*¡La ambulancia!*

Los dos agentes de la Interpol echaron a correr hacia la salida mientras que Bruno se llevaba el walkie cerca de la boca de nuevo —*¡Paren la ambulancia! ¡Paren la ambulancia! ¡Que no abandone el lugar!*

Sacando la placa y gritando para que se apartasen los agentes del control de salida, Bruno y Ángelo salieron al exterior a la vez que el walkie hablaba —*Ya se ha ido, señor. Ya ha abandonado la zona.*

—¡Aaaaaaaahhhhhh! —gritaba Bruno encolerizado.

—¡¿Por dónde se ha ido la ambulancia?! ¡¿Por dónde?! —preguntaba a los agentes de fuera, mientras uno de ellos señalaba la calle por la que había ido.

285

Iván Moncada

—¡Rápido, al coche! —le dijo a Ángelo.

Pisando a fondo, apurando cada velocidad haciendo al motor tener que cortar la inyección para no pasarlo de vueltas, Bruno y Ángelo salieron en persecución de la ambulancia. Después de varios minutos, una calle tras otra, y giro tras giro sin señal de la llamativa furgoneta capitoné rotulada en rojo, pararon en seco. Lo habían perdido. Habían perdido a Salvador. Y a Mario con él.

37

La Plaza de San Pedro había sido despejada tras la misa de la apertura del Año de la Fe, y el Santo Padre, se encontraba protegido dentro del palacio. Entretanto, Anrig no paraba de ir de un lado al otro comprobando la seguridad y estando casi más atento a sus hombres que a los propios invitados. Todos los cuerpos de seguridad habían sido ya avisados de la posible amenaza; la Guardia Suiza, protectores del Papa y del palacio Apostólico; la Gendarmería, encargados de la seguridad dentro de todo el complejo del Vaticano; y los Carabinieri, en el exterior. El comandante observaba desde una ventana cómo los accesos a la plaza de San Pedro eran reforzados. El Comisario Cabranza había enviado efectivos para ayudar a los gendarmes, pues nadie debía acceder al Vaticano sin haber sido registrado.

Anrig había estado haciendo los deberes y, desde que Su Santidad le informase de la nota, estuvo investigando quiénes conformaban la guardia aquella noche y dónde estaba cada uno de ellos. Hubo hablado con alguno de aquellos hombres pre-

Iván Moncada

guntándoles sobre su guardia ese día, sin mostrar demasiada importancia, como si se tratase de un ejercicio de adiestramiento o maniobra más, pero ninguno vio nada fuera de lo normal. Obviamente, alguien mentía, pues era imposible haber pasado de un corredor a otro sin que ninguno hubiese visto nada.

A pesar de conocer bien a algunos de ellos, y comprender perfectamente la dureza del puesto de alabardero, él mejor que nadie sabía que las tiranteces y disputas dentro del cuerpo eran evidentes, incrementadas aún más por la inevitable tensión debida al intenso entrenamiento al que todos aquellos jóvenes militares estaban sometidos. Podría haber muchos motivos para que una chispa saltase, pues en definitiva, todos ellos eran soldados en tierra extranjera bajo un estricto control y pocas cosas con las que desahogarse. La Guardia Suiza casi siempre había pasado desapercibida para la opinión pública, pero como había sucedido en alguna ocasión en el pasado, no todo era gloria. La última vez que la desgracia golpeó al cuerpo fue en el noventa y ocho, cuando uno de sus comandantes fue asesinado junto a su mujer, el mismo día de su nombramiento, y por un joven cabo del cuerpo que posteriormente se suicidó. Por lo que Anrig sabía que cualquier cosa era posible.

Las horas pasaban y la celebración seguía su curso, no había novedad alguna y el último de los actos de ese día, la procesión de las antorchas, estaba a punto de comenzar. Ya eran las nueve y la noche había dejado a oscuras la plaza de San Pedro, iluminada únicamente por las miles de velas encendidas de los fieles que permanecían en comunión entre oraciones. Diversas personalidades religiosas de diferentes lugares del

Iván Moncada

mundo se acercaban al micrófono para transmitir la palabra de Dios y la alegría de la celebración, alternando los discursos con los cánticos de un entonado coro guiado por el sonido de un melódico órgano electrónico que simulaba el de una iglesia. Finalmente, casi una hora después, el Santo Padre se asomaba desde la ventana del apartamento papal para bendecirlos.

Aquella ajetreada jornada para Benedicto XVI había llegado a su fin, pero no la de Anrig, quien disponía de pocas horas para cazar al traidor, pues al día siguiente, a las doce y media del mediodía, tendría lugar un encuentro a puerta cerrada entre el Pontífice, los obispos y los presidentes de las conferencias episcopales, y si las averiguaciones de aquellos dos inspectores eran ciertas, el asesino intentaría pasar desapercibido vestido como un obispo.

*　　*　　*

Su santidad estaba en el apartamento papal, cenando plácidamente para, después, irse a dormir. Acababan de dar las once de la noche y la radio de Anrig comenzó a hablar.

—*Comandante, el comisario Cabranza de los Carabinieri le espera en el acuartelamiento.*

—*Enseguida voy.*

Anrig se dirigió hacia la puerta de Santa Ana para encontrarse con el comisario, pues horas antes le llamó por teléfono por una línea privada para pedirle algo en concreto. Tenía un plan, y sólo una oportunidad para que saliese bien.

Iván Moncada

Cuando llegó, directamente fue a saludar a Cabranza, quien venía acompañado por dos hombres vestidos de paisano, y portaban una gran caja negra entre ambos.

Anrig les hizo pasar y les guió directamente hasta una de las estancias más elevadas y menos concurridas del palacio, relevando del servicio al alabardero que custodiaba esa zona. Allí, y en tan sólo diez minutos, los dos hombres de Cabranza abrieron la caja y comenzaron a hacer varias conexiones entre los aparatos electrónicos que había dentro, tirando un largo cable hasta el tejado, en donde colocaron una extraña antena.

—*Bien, todo está listo y mis hombres están bajo su mando, comandante. Espero que dé resultado* —informaba Cabranza al comandante de la Guardia Suiza.

—*Entonces ¿Todas las comunicaciones de los repetidores cercanos pasarán por aquí? ¿Verdad?*

—*Sin duda. Estos hombres están altamente cualificados y podrán decirle incluso la cercanía de la comunicación captada.*

—*Muchas gracias, espero que nos sirva* —añadía Anrig.

Luego, el comandante acompañó al comisario hasta la salida y, directamente, se fue hasta la sala de comunicaciones del Vaticano, en donde, usando su clave, accedió al servidor y cortó todas las comunicaciones interiores del complejo. De esa forma, si alguien intentaba comunicarse con el exterior, o viceversa, debería hacerlo mediante un móvil y los hombres de Cabranza interceptarían la llamada o mensaje. Ahora sólo quedaba esperar.

Iván Moncada

38

Horas más tarde, en un recóndito lugar, daban las cinco de la madrugada cuando, con un fuerte mareo, Mario se despertó. Apenas sentía los brazos y veía borroso. Pero, poco a poco, su vista se aclaró lo suficiente como para darse cuenta de que estaba encadenado de pie, con esposas y cadenas, a una pared en la que le mantenían con los brazos extendidos, en la posición de la cruz. Estaba en lo que le parecía una sala antigua, de piedra, casi sumida en la oscuridad de no ser por unos recipientes metálicos fijados sobre unas peanas cuyo combustible mantenía a las danzantes llamas dibujando sus siluetas sobre las paredes y el techo. Muy despacio, logró erguirse manteniéndose sobre las piernas y comenzó a abrir y cerrar los puños para recobrar la circulación en sus entumecidos brazos. No sabía qué diablos había sucedido, pero recordaba perfectamente la cara de Salvador y la de esa zorra que le había engañado desde la primera vez que la vio.

Iván Moncada

De repente, desde la oscuridad del fondo de la habitación, unos pasos comenzaron a oírse. Unos pasos lentos pero muy sonoros, que describían una forma de pisar que Mario había oído antes, se acercaban a él confirmando sus sospechas al ver una sensual silueta aparecer de las sombras.

—¡Hija de puta! —exclamó Mario al ver a Sonia.

Haciendo un ruidito con la boca, mientras sus labios dibujaban un pequeño beso y su cabeza se movía de un lado al otro como si le dijese a un niño pequeño que eso no debía decirse, la joven mujer de curvas caprichosas y cabellos dorados se acercó a él y le dijo sonriendo —Mi querido Mario, eres tan voluble.

Mario daba gracias en parte por estar encadenado, pues si no, hubiese sido capaz de estrangularla con sus propias manos. —¿Quién fue entonces? ¿Salvador o tú?

—Oh… ¿abrirle a Cayetano la cabeza con un pisapapeles? —miraba con ironía —. No hubiese tenido fuerza suficiente, aunque sí le dije a Hernández que iba al servicio mientras estaba tonteando con él en su despacho, para así poder abrir la puerta del gabinete a Salvador y que lo hiciese él.

—¿Por qué lo hicisteis? ¿Y qué coño queréis de mí?

—Mmmmm…te pones tan sexy cuando te enfadas —decía Sonia contoneándose ligeramente al ver a Mario tensar sus fuertes brazos encadenados —. El doctor Cayetano murió por ti en un vano intento de protegerte.

—¿Qué?

—Mi querido y sexy inspector. Nuestra organización ha estado buscando a gente como tú durante siglos y, gracias a Salvador, supimos de tu existencia.

La cara de Mario mostraba su total asombro ante las palabras de la chica —¿Qué cojones quieres decir con eso?

—Ja ja ja ja...pobre. Durante siglos, Los Guardianes de la Verdad han protegido con sus vidas a la Iglesia, y ésta no iba a ser una excepción.

—No eres más que una puta pirada, igual que el resto de esa secta de mierda a la que perteneces, ¿me pregunto cómo coño os engañan para entrar, y quién eres en realidad?

—Es sólo una cuestión de creencias, inspector. Mi nombre no es Sonia, obviamente, y nadie me ha engañado. Soy hija de un cargo importante de nuestra logia, y estoy segura de que, si atendieras a razones, verías la magnitud de nuestra obra.

—Ilumíname. Dime de qué coño va esto —decía Mario mientras miraba pausadamente de un lado al otro intentando idear una forma de soltarse y salir de allí.

—Está bien. Todo comenzó cuando Salvador vino a Italia, hace ya veinticinco años. Era un joven seminarista atormentado por su pasado, un candidato perfecto para nosotros, y mi padre le reclutó en la orden. Poco a poco Salvador fue subiendo de escalafón y mi padre vio aptitudes en él. Con un poco de entrenamiento llegó a convertirse en un hábil asesino y arma disuasoria contra nuestros enemigos. No mucho tiempo después, yo comencé mi trabajo en la hermandad. Era joven y con ambiciones, y me encantaba el ocultismo. Rápidamente cogí las riendas de las actividades que nuestra logia había estado llevando desde los tiempos de Tiberio. El cristianismo se extendía por aquel entonces como una plaga, pero sin duda era una plaga imparable y próspera que si se mantenía podría ser bastamente lucrativa y alcanzar cotas de poder inauditas. Es por eso que nuestra comunidad fue creada, para proteger a la Iglesia. Durante milenios la Iglesia ha tenido muchos enemigos, y nuestra logia secreta se ha encargado de eliminar a los más peligrosos. Como tú.

—Estás como una puta cabra —decía Mario moviendo la cabeza mientras la escuchaba.

—Eso crees ahora, pero pronto lo verás —paraba su relato para responder al insulto —. Todo a su tiempo, cariño —añadía para proseguir —. Durante años, he investigado antiguas escrituras que relatan la existencia de los "hombres antiguos", como os llamaban y, a pesar de pensar que ya se habían extinguido por completo, resulta que no podía tener a uno más cerca.

Con el poco disimulo que su estado le permitía, Mario tensaba las cadenas midiendo su resistencia a la vez que la chica andaba de un lado al otro hablando.

—Salvador y yo comenzamos una relación. Era un tipo raro y peligroso, pero eso me ponía cantidad. Un día, después de follar como salvajes, le expliqué cuál era mi cometido dentro de la orden, pues quería saber más sobre mí. Y le conté con todo detalle quienes eran los "hombres antiguos" y, sorprendentemente, me dijo —Yo conozco a uno, éramos amigos.

—Creo que te estás haciendo una paja mental, Rubita. Ni soy uno de esos hombres que dices, ni conozco a ese asesino tarado al que te follas.

—Ja ja ja… ¿Seguro, inspector? ¿Qué dirías si te contase que no eres quién crees ser? ¿Si te dijera que nada más nacer te quedaste huérfano y estuviste en un orfanato hasta que fuiste adoptado?

En ese preciso instante, antes de que Mario pudiese decir nada, un fuerte sonido de bisagras se oyó desde el mismo lugar del que Sonia había aparecido. Mario miró hacia el fondo de la fría sala mientras se oían nuevos pasos. Esta vez, los de más de un individuo.

Enseguida el inspector pudo ver las caras de las personas que habían entrado. Uno era Salvador, cuyo frío semblante sólo fue quebrado para dibujar una media sonrisa en su cara, y el resto, eran dos hombres mayores, de unos sesenta a setenta años a juicio de Mario. Parecían fornidos, con el pelo canoso, de entre un metro setenta y cinco a metro ochenta, y cubiertos por una especie de capa litúrgica negra con capucha a la espalda.

—No parece tan especial visto de cerca —dijo en español, mientras le miraba, el que parecía estar al mando —. ¿Seguro que es él? —preguntó dirigiéndose a Sonia.

—Sí, padre. Estoy completamente segura. Le investigué a fondo durante meses hasta dar con su paradero a pesar de que alguien ocultaba su identidad.

—¿Ha sido verificado? —preguntó el otro hombre de la capa.

—Sí. Yo misma he pasado una noche con él. Cuando se quedó dormido coloqué una pluma del almohadón pintada con carmín sobre su torso, y ésta desapareció.

Mario no entendía absolutamente nada de lo que pasaba, y no sabía dónde estaba o si Bruno le podría encontrar allí, pero necesitaba ganar tiempo —¡Eh! ¡Eh! ¡Eh! No sé de qué coño va todo esto, ¿alguien me lo va a explicar?

De nuevo, el misterioso y oscuro hombre y padre de la chica, dijo —Señor mío, es usted una amenaza para el bienestar común de la Iglesia y de nuestra logia, por tanto, no podemos permitir que siga con vida.

Aquellas palabras inquietaban a Mario, pero le inquietaba aún más la presencia del psicópata de Salvador frente a él —¿Sigo sin entender por qué quieren matarme? ¿Al igual que por qué también quieren asesinar al Papa? Si van a matarme, ¿supongo que no les importará decírmelo?

Complaciente, sabiendo que pronto moriría, le dijo — A pesar de que usted es una amenaza del pasado atrapado en un presente anodino para su subconsciente, el Papa actual es una amenaza hoy, que perjudica gravemente nuestro futuro. Intenta cambiar la Iglesia para adaptarse a los tiempos venideros a costa de recortar el poder de la Santa Sede. Lo que para él son negocios turbios, para nosotros es una forma legítima de obtener ingresos; lo que para él es una aberración por mantener relaciones sexuales con hombres del mismo sexo, para nosotros es libertad moral, algo que sucede desde la antigüedad. Cuando le elegimos, creímos que sería como otros tantos papas, un hombre de paja a nuestro servicio, pero intenta cambiar cosas que no debe, por eso ha de ser sustituido.

Desde que se despertó en esa extraña y lúgubre estancia, Mario no había sentido de verdad que su fin estaba llegando hasta ahora, al ver el convencimiento con el que aquel hombre pronunciaba esas palabras —Dígame al menos donde estoy y quítenme estas cadenas. No me dejen morir así —pedía, con la esperanza de tener una última oportunidad para luchar.

—Estamos bajo la iglesia de Santa María de Montesanto, por si lo que quiere es rezar —dijo mientras le hacía una señal a Sonia para que le soltase.

Salvador sacó una pistola de la parte trasera de su cintura apuntándole, y la chica se acercó a Mario y soltó la esposa de su muñeca derecha usando una pequeña llave. Luego, Sonia se metió la llave en la boca mientras Mario no quitaba ojo a Salvador, y le abrazó sujetándole la cabeza y besándole para meterle la llave dentro de la boca y que él se quitase el resto de cadenas. La lujuriosa y peligrosa mujer se echó a un lado riendo mientras le miraba.

—Libérale de su cuerpo para que sepa quién era antes de que muera —ordenó el hombre de la capa que, con un gesto de manos, indicó que todos saliesen menos Salvador.

Segundos más tarde, la puerta se cerró. Mario empezó a liberarse lentamente de las esposas y cadenas sin dejar de mirar a Salvador, quien comenzó a hablar.

—¿Realmente no me recuerdas? ¿Ni tan sólo un poco?

—No. Lo único que se de ti es que eres un asesino más.

Iván Moncada

—Eras el único amigo que tuve en aquel infierno, y ese doctor te apartó de mí. Pero ahora te liberaré. Te liberaré para siempre.

Mario ya se había soltado en el justo momento en que Salvador terminaba de pronunciar esas palabras y, sin pensárselo dos veces, se abalanzó sobre él para intentar arrebatarle la pistola. En aquel momento, estando luchando cuerpo a cuerpo, Salvador disparó, y la bala atravesó el vientre de Mario. Durante unos segundos el inspector permaneció forcejeando con el asesino, pero, incesante, el dolor atrapó su cuerpo haciéndole caer al suelo.

Automáticamente Mario comenzó a retorcerse por el dolor adoptando una posición fetal, apretándose la barriga con las manos y viendo como su sangre se escapaba entre sus dedos. El dolor era inmenso y mantenía los ojos y la boca totalmente abiertos por la conmoción. Salvador se agachó, y se puso frente a frente con él para mirarle a los ojos, diciendo —Lo siento.

Luego, Salvador se levantó y salió de la estancia. Mario estaba inmovilizado en el suelo por la agonía y, súbitamente, comenzó a escuchar ruidos y voces en su cabeza a la vez que todo a su alrededor parecía retumbar. El profundo sonido de sus latidos se confundían con el constante "tac-tac" de un metrónomo musical que oía de fondo —*Sigue el sonido de mi voz Viator, escucha los pulsos y sigue mi voz...* —. Mario intentaba luchar contra el dolor mientras aquella horrible estancia parecía desaparecer —*...Quiero que respires profundamente y sientas cómo poco a poco tus párpados pesan y tus ojos se cierran, Viator* —. En un segundo, todo a su alrededor había cambiado. Mario miraba hacia abajo y no veía su cuerpo encogido, sino el cuerpo de un niño pequeño sobre una cama. Luego, miró hacia un lado y vio a un hombre que no conocía pero, a pesar del terrible dolor, su cerebro logró reconocer aquella voz. La voz que escuchó en los vídeos del doctor Cayetano —*Lentamente estás cayendo en un profundo sueño...* —. ¡Dios mío! Gritaba Mario con desesperación —*...quiero que me escuches atentamente, Viator. Quiero que saques de tu mente todo cuanto te atormenta y no pienses en nada* —. Nuevamente, todo lo que le rodeaba cambiaba. Ahora, estaba en un patio, en el patio de un colegio, y un niño se acercaba para hablarle —*Hola Viator, ¿por qué ya no quieres hablar conmigo?...* —Mario no sabía quién era ese niño, pero enseguida recobró recuerdos del pasado que nunca supo que tenía y lo recordó, era Salvador, era su amigo Salvador del orfanato San Gregorio. —¡Aaaggghhhh! —gritaba Mario mientras su cuerpo comenzaba a temblar por los estragos de la herida y la acuciante presión que se estaba apoderando de su cabeza mientras que, ahora, miles de imágenes se colaban en ella como inmensos destellos de luz —*... quiero que cuando despiertes no te acuerdes de nada del ayer, Viator. Quiero que cuando despiertes después de cada sueño no recuerdes que has soñado, Viator...* —. Escuchaba una y otra vez sin parar la voz de Cayetano.

Miles y miles de recuerdos y sueños se colaban compulsivamente en su mente sin que nada pudiese hacer para evitarlo. Su cuerpo temblaba descontrolado y las venas de su cuello se engrosaban mientras que sus ojos no controlaban el río de lágrimas que de ellos brotaban. Pronto, Mario perdió el conocimiento.

Iván Moncada

En El Tormento De La Noche

Iván Moncada

39

En el Vaticano, los segundos se tornaban eternos para Anrig y la noche parecía no acabar nunca. Ya eran las seis de la mañana y, en la quietud de los grandes pasillos del palacio apostólico, no parecía haber ningún movimiento. Los ingenieros de comunicaciones de los Carabinieri habían pinchado cada una de las llamadas cercanas al Vaticano. Algunas, efectuadas por miembros de la guardia para hablar con sus familias; otras, de religiosos con propósitos parecidos y, la gran mayoría, de vecinos de la zona con conversaciones intrascendentes y banales. De repente, un mensaje de texto llamó la atención de uno de los Carabinieri.

—*¡Señor! Tenemos algo.*

Anrig se acercó al él y el técnico le mostró la pantalla del ordenador portátil con el que trabajaba.

—*Este mensaje acaba de salir ahora mismo, y la triangulación muestra que no está a más de veinte metros de nosotros, dentro del*

301

Iván Moncada

Vaticano —informaba el técnico mientras señalaba con el dedo el mensaje, que decía:

"El arma está en el sitio acordado, ya sabes cómo has de entrar al palacio"

Output sms message from +39 3475525412 Via Sant'Ana / Via di porta Angelica +/- 25 mt

—*¡Es él!* —exclamó Anrig.

El técnico, automáticamente, pulsó una tecla y el mensaje salió impreso en papel. Rápidamente, el comandante lo cogió y abandonó la habitación ordenándoles que le avisasen si interceptaban más comunicaciones de ese teléfono.

Mientras andaba apresuradamente por los pasillos de la Santa Sede, el comandante avisó por radio para que todos sus hombres formasen frente al barracón, a excepción de los cuatro hombres de su confianza, quienes permanecían custodiando el apartamento papal. Al momento, la Guardia Suiza cumplió las órdenes de su comandante y se presentaron para la formación. Anrig llegó de inmediato, y directamente, sin miramientos, sacó su móvil y marcó el teléfono desde el que había salido aquel mensaje diciendo:

—*¡Hay un traidor entre nosotros que intenta que un asesino atente hoy contra el Santo Padre!*

Antes de que el teléfono diese tono, Anrig sacó su arma y la amartilló. Unos a otros, los hombres en formación comenzaron a mirarse. La tensión era máxima. De repente, la melodía de un teléfono se comenzó a escuchar entre los hombres que

Iván Moncada

formaban la guardia. Como un sabueso en busca de su presa, el comandante se dirigió a toda prisa hacia el sonido mientras apuntaba con su arma. En ese momento, el portador del teléfono que sonaba, un sargento mayor al que Anrig creía conocer bien y al que no hacía mucho tiempo había ascendido, reaccionó rápidamente intentando sacar su arma para dirigirla contra sí mismo.

—¡Nooo! —gritó Anrig, a la vez que dos de los compañeros en formación reaccionaron intentando quitarle la pistola.

En medio del forcejeo, un seco y estruendoso disparo se oyó. Aquel soldado había logrado dispararse debajo de la boca, pero al acercarse, Anrig vio que, gracias a los otros dos guardias, la bala se había desviado atravesando su mandíbula en vez de su cabeza, arrancándole media cara sin llegar a matarle. Ahora permanecía en el suelo, le habían quitado la pistola, y perdía mucha sangre. El comandante se arrodilló pidiendo a sus hombres que le mantuviesen erguido para evitar que se ahogase con el rojo líquido.

—¡*Dime! ¡¿Por dónde va a entrar?! ¡¿Por dónde va a entrar?!*

Aquel hombre no podía articular palabra, pero el comandante le mantenía sujeto por el cuello de sus ropajes y le zarandeaba intentando obtener una respuesta. Entonces, Anrig se dio cuenta de que aquel traidor movía los ojos intentando ver el reloj de muñeca de su comandante. En aquel preciso instante, Anrig cayó en la cuenta, eran casi las siete de la mañana, hora en la que Su Santidad acudía todos los días a la capilla privada para rezar.

Iván Moncada

—*¡A sus puestos, máxima alerta! ¡Vosotros venid conmigo!*
—gritaba el comandante señalando a un grupo de cuatro guardias que portaban subfusiles mientras echaba a correr.

El resto de la Guardia Suiza entró frenéticamente en la armería y se equiparon para cubrir el palacio por completo mientras el sanitario y dos de los guardias se quedaron custodiando al traidor para estabilizarlo y mantenerle bajo arresto.

Como un rayo, Anrig y sus hombres se adentraron en el Palacio Vaticano dirigiéndose directamente a la capilla personal del Papa. El Pontífice estaba a punto de entrar cuando ellos llegaron y, al verlos, Ratzinger preguntó alarmado:

—*¿Qué ocurre, Daniel?*

—*¡Está en grave peligro, Su Santidad!* —respondió Anrig
—. *¡Protegedle!* —alertaba a los guardias que acompañaban al Santo Padre para que hiciesen un círculo a su alrededor. Entonces, Anrig ordenó abrir la puerta de acceso a la capilla y, nada más irrumpir dentro, un religioso que se hallaba de espaldas a la puerta, arrodillado frente al pequeño altar, se giró y comenzó a disparar alcanzando a dos de los alabarderos. Al oír los disparos, los guardias que estaban con el Papa le escoltaron a toda prisa en dirección al apartamento papal. El hombre que vestía hábitos era Salvador, y Anrig y los dos guardias que aún permanecían en pie abrieron fuego. Tirándose al suelo y situándose detrás del altar, Salvador se protegía de los disparos de la Guardia Suiza que hacían saltar trozos de mármol de las paredes todo a su alrededor como si fuese la metralla de una granada. No sabía cómo habían logrado dar con él, pero la única salida era la puerta desde la que los guardias disparaban. Debía

darse prisa, los disparos ya habrían alertado al resto de la guardia y, en poco tiempo, estaría acorralado sin posibilidad de escapatoria.

Salvador sabía que no tenía opciones, así que, abriendo fuego para que los guardias se protegiesen, se levantó para echar a correr hacia la puerta. En la carrera, Salvador logró alcanzar a otro de los alabarderos y, estando casi ya en la salida, el otro alabardero se puso en pie para dispararle a la vez que Salvador movía el brazo para adelantarse a él, pero, en ese preciso instante, Anrig se cruzó enfrente de la puerta abriendo fuego y alcanzando a Salvador en el pecho dos veces. El guardia también abrió fuego son su subfusil colapsando el cuerpo de Salvador con más de seis disparos. Como la última hoja de un árbol que cae con la llegada del invierno, Salvador se desplomó sin vida contra el suelo.

Después de comprobar que en la capilla no había nadie más, y que el hombre al que habían abatido era Salvador, Anrig se dirigió a ver al Papa mientras pedía por radio informe de la situación en la seguridad del palacio. Uno a uno, los jefes de equipos de la Guardia Suiza contactaban con su comandante. Todo estaba en calma y bajo control.

Al momento, Anrig llegó a las estancias del Papa, en donde sus hombres permanecían aún en la puerta con sus armas automáticas apuntando hacía los pasillos de acceso.

—*La amenaza ha caído* —se dirigía a ellos para que rebajasen el nivel de protección y evitar disparos desafortunados.

Iván Moncada

Después, entró en la sala para informar a Su Santidad. El Papa estaba sentado en un butacón con un rosario entre sus manos y rezando con la cabeza agachada.

—*Santo Padre, el hombre que intentaba atentar contra usted ha sido abatido, el peligro ha pasado.*

El Pontífice levantó la vista y miró a Daniel con cara de preocupación.

—*Quizás sea el momento de obtener respuestas, querido Daniel* —dijo Ratzinger, a la vez que separaba las manos dejando ver un pedazo de papel que, a continuación, le entregó.

—*¿Qué es esto, Santo Padre?*

—*Alguien me lo dio hace mucho tiempo y lo he guardado hasta este momento, como me pidió.*

El comandante de la Guardia Suiza desdobló el viejo pedazo de papel, y leyó lo que en él había escrito, en italiano y con tinta de pluma.

"Es largo el camino que he recorrido para encontrarte. Los dos necesitaremos ayuda en el futuro, y por eso he venido. El día doce de octubre del año 2012, alguien intentará matarte, yo intentaré por todos los medios que no lo logre y, si lo consigo, ruego entonces me ayudes tú a mí enviando a alguien a socorrerme en las antiguas ruinas bajo Santa María in Montesanto.

Espero que los dos lleguemos a tiempo."

Después de leerlo, Anrig se quedó mirando al Santo Padre sin saber qué decir.

Iván Moncada

—*Corre Daniel, corre* —gesticulaba Ratzinger con la mano para que se diese prisa.

El comandante no podía abandonar el Vaticano, y menos después de lo ocurrido. Pero enseguida le vino a la cabeza la imagen de los dos inspectores que fueron para alertarle del atentado.

Iván Moncada

Iván Moncada

40

Bruno no había desistido en la búsqueda de Mario ni un solo momento. Lo primero que hizo tras perder el rastro de la ambulancia en la que creía que le llevaban, y en la que de seguro estaba el inspector, fue ir a comisaría. Allí, interrogó al hombre que arrestaron tras adquirir el traje de obispo en *FotoVittoria*, sobrepasando incluso las medidas convencionales para obtener información dentro de la legalidad. Pero aquel pobre diablo no sabía dónde le habían llevado. No había ni una sola pista, y el tal Paolo, supuesto amigo del profesor Sassuolo, estaba desaparecido. Bruno tenía un mal presentimiento.

Durante toda la noche, el inspector de la Interpol deambuló por todo Roma acompañado por Ángelo y Flavio visitando a los contactos facilitados por el comisario Cabranza. Alguien tenía que saber algo. Pero cuanto más tiempo pasaba, menor probabilidad había de encontrar a Mario con vida.

Ya hacía rato que había amanecido y, por un momento, Bruno paró el coche para intentar pensar mientras que Flavio compraba unos cafés y Ángelo fumaba un cigarrillo afuera. Al momento, los dos agentes entraron de nuevo en el coche. Eran las siete y cuarto de la mañana, y Bruno permanecía agarrado al volante cuando la frecuencia de los Carabinieri en la radio interrumpió el sepulcral silencio que embargaba a los tres hombres.

— *¡Atención a todas las unidades! ¡Nos informan de que se ha producido un tiroteo en el Vaticano! ¡Diríjanse todas las patrullas cercanas hacia allí para acordonar la zona y cerrar las calles colindantes! ¡Los accesos al Vaticano han de ser sellados por orden del comisario Cabranza!*

Después de oír la noticia, los tres agentes suspiraron profundamente entre gestos de rabia sintiendo que habían fallado. Habían perdido a Mario, y seguramente, también al Papa. En aquel momento, Bruno cerró los ojos y apoyó su frente sobre el volante, comenzando a respirar profundamente y a rezar. Flavio y Ángelo dejaron los cafés en el porta vasos de cartón, los acababan de empezar, pero nunca antes un café les había sabido tan amargo como ese. La desolación era palpable en el reducido habitáculo del vehículo. Todo estaba perdido.

Unos segundos más tarde, Bruno levantó la cabeza y abrió los ojos. Después, arrancó el coche, y se dispuso para poner rumbo a la central. Pero en ese preciso instante, su teléfono comenzó a sonar.

—*¿Sí?* —respondió cabizbajo.

—*¿Cómo...?* —se decía a sí mismo, mientras escuchaba al comandante de la Guardia Suiza informándole de que Salvador había sido abatido y el Papa se encontraba en perfecto estado.

Iván Moncada

—*¿El atentado ha sido fallido y el Papa está a salvo?* — repetía, esta vez en voz alta para que le escuchasen sus hombres.

El gesto de Bruno cambió al oír aquella magnífica noticia mientras continuaba escuchando la voz de Anrig. Flavio y Ángelo permanecían expectantes a la conversación de Bruno, a quien nuevamente el rostro le había cambiado, esta vez, mostrando incredulidad ante la petición de un favor por parte de Anrig. Segundos más tarde, Bruno colgó, y se quedó pensativo durante un instante.

—*¡Agarraos!* —dijo Bruno comenzando a conducir a toda velocidad mientras les decía a sus hombres que debían acudir urgentemente en auxilio de alguien.

El corazón de Bruno iba a cien. No sabía si quizás sus rezos habían surtido efecto, pero al igual que antes tenía la corazonada de que Mario estaba muerto, ahora, sin saber bien por qué, sentía todo lo contrario.

A esa hora de la mañana no había demasiado tráfico, por lo que, en escasos seis minutos, llegaron hasta la plaza del *Popolo* y, a toda prisa, entraron en la iglesia de *Santa María di Montesanto.*

Nada más entrar, y sin tan siquiera mostrar la placa al viejo fraile con el que se cruzaron, Bruno preguntó cómo se accedía a las antiguas criptas que había debajo de la iglesia. Éste negó automáticamente que existiesen tales criptas, pero al ver cómo Bruno sacaba su arma apuntándole a la cabeza con cara de no bromear, el religioso les mostró cómo bajar hasta ellas.

Con las armas por delante, los tres agentes de la Interpol se introdujeron en las antiguas ruinas que soportaban la iglesia

311

Iván Moncada

registrando cada rincón. Enseguida, a través de las rendijas de una robusta puerta de madera, vieron una titilante luz en el interior. Dos disparos y varios empujones, lograron hacer que la compacta puerta se abriese.

—¡Dios mío! —exclamó Bruno nada más acceder a la sala y ver a Mario tirado en el suelo. Corriendo, se acercó hasta él y palpó con sus dedos en el cuello del malherido inspector.

—*¡Tiene pulso! ¡Tiene pulso!* —le gritaba a Ángelo.

Enseguida, el agente de la Interpol llamó por radio para pedir asistencia médica.

Iván Moncada

41

9 de febrero de 2013, Hospital Policlínico Umberto I, Roma.

Nada de lo acontecido el doce de octubre tuvo excesiva repercusión, pues el Vaticano decidió manejarlo con mucho celo. En principio, la noticia apuntaba a un posible atentado contra el Papa. Después, a un tiroteo con varios muertos. Y al final, quedó tan sólo en que el arma de un alabardero se disparó fortuitamente durante una maniobra, hiriendo a varios compañeros. La noticia apuntaba a varios heridos graves, pero ninguna muerte.

Desde entonces, Mario había permanecido tumbado en la misma cama del hospital al que le llevaran el día que le dispararon. Habían pasado ya casi cuatro meses, y los médicos no daban crédito a lo que le sucedía. La bala se introdujo en su abdomen, perforando partes del intestino grueso y delgado, y terminando por alojarse cerca de la columna. Había sido operado con éxito, y con algo de reposo, se debería haber recuperado

Iván Moncada

perfectamente; sin embargo, cuando aquel día entró en urgencias, ingresó en estado de coma y todavía no había despertado a pesar del esfuerzo de los facultativos.

Multitud de aparatos y cables monitorizaban su estado las veinticuatro horas del día, sobre todo el concerniente a su cabeza, de donde los numerosos cables de los electrodos se conectaban a un monitor que mostraba su actividad cerebral, la cual estaba desproporcionadamente estimulada. No estaba en absoluto dormido, o en ningún otro estadio parecido, simplemente su cerebro parecía estar sumido en un continuo recuerdo.

Ya no tenía ningún familiar al que comunicarle lo sucedido, por lo que, nada más ser ingresado, Bruno informó a Bermúdez de su estado y, de inmediato, éste cogió un vuelo para verle. En principio, el Ministerio del Interior realizó las gestiones oportunas para repatriarlo y que fuese atendido en España, pero el mismísimo Benedicto XVI intervino para rogar que permaneciese allí y así prestarle la mejor atención médica posible, con el fin de que, cuando despertase, pudiese hablar con el hombre que había contribuido a la salvación de su vida.

De vez en cuando, Bruno, Flavio y Ángelo se acercaban al hospital para verle y, de paso, para comprobar que la escolta permanente asignada a su protección era cumplida escrupulosamente. Desde lo ocurrido, la Interpol y los Carabinieri estuvieron investigando a la logia masónica que intentó asesinar al Papa, pero el único sospechoso que podría arrojar algo de luz sobre todo aquello, Paolo Corese, seguía en paradero desconocido.

El médico de la mañana acababa de pasar por la habitación de Mario y, como de costumbre, todo parecía normal. La siguiente persona en entrar fue la celadora encargada de asearle. Como cada mañana, traía un pijama limpio y un barreño en el que mojar las esponjas con las que lavarle y, dispuesta a cumplir su labor matutina, se metió en el baño para recoger agua. Pero lo que nunca hubiese imaginado aquella mujer es que, nada más salir del baño y dirigirse hacia el paciente, se encontraría a éste sentado en la cama con los ojos abiertos y mirándola. El grito que dio la mujer al verle en aquella posición hizo que el barreño de agua saltase por los aires.

—¡Dios del amor hermoso! —exclamó la mujer en italiano, con el corazón en un puño.

Entonces, extrañado, Mario giró ligeramente la cabeza y la preguntó en un perfecto italiano.

—¿Dónde estoy? ¿En qué día y año estamos?

La celadora, llevándose las manos a la cabeza, salió de la habitación gritando —¡Se ha despertado! ¡Doctor! ¡Se ha despertado!

Enseguida, el doctor acudió a la habitación, comenzando a hablarle pausadamente y explicándole por qué estaba allí. Después, el doctor le examinó, mientras que los policías que había a la entrada de su habitación llamaban a comisaría para informar.

—¿Cómo te encuentras? —preguntó el doctor, pues Mario se miraba manos y piernas, como si estuviese dentro de un cuerpo que no era el suyo.

—Bien, aunque algo débil y con mucha hambre.

Iván Moncada

—Perfecto, eso es bueno, muy bueno. Pediré ahora mismo que te suban una dieta blanda para ver como la toleras y luego bajaremos para hacerte un escáner, ¿de acuerdo? —le decía el doctor, totalmente perplejo ante el súbito despertar del paciente.

—Sí —asentía Mario.

El doctor salió de la habitación y Mario comenzó a pensar en todo lo que había pasado por su mente. No había estado en coma, simplemente su mente había desconectado su cuerpo para asimilar todo lo que había dentro de su cabeza. Dos vidas separadas en un mismo hombre, sin conexión entre la consciencia del ser y la inconsciencia de sus sueños por la hipnosis que el doctor Cayetano y su profesor le realizaron cuando tan sólo era un niño. Aquellos hombres únicamente intentaban ayudarle. Pero en realidad, lo que hicieron fue bloquear a quien realmente era. Un hombre igual que el resto de los mortales, pero con la única diferencia de que, en él, se hallaba la reminiscencia de los orígenes del hombre. Ahora, veía y comprendía claramente que su vida entera había sido una farsa, desde el mismo día en que su amada madre Rosario le adoptó y el doctor Cayetano cambió su nombre y fecha de nacimiento para ocultarle. Rosario, aquella mujer a la que tanto amó, y a la que siempre amaría por brindarle todo el cariño de una verdadera madre.

—Viator… Viator —se repetía a sí mismo mentalmente.

Durante el resto del día, Mario comió y anduvo para recuperar su cuerpo de los cuatro meses que estuvo en cama. Incluso continuó haciéndolo durante toda la noche, ya que, des-

Iván Moncada

pués de todo ese tiempo perdido en un extraño limbo, no sentía sueño alguno.

El Santo Padre supo del despertar de aquel hombre enseguida y, de inmediato, pidió tener un encuentro con él. Quería conocerle. Quería saber quién era en realidad aquel policía que ayudó a salvarle la vida, pues sabía que no podía ser el mismo hombre que le entregó el mensaje años atrás.

Iván Moncada

En El Tormento De La Noche

Iván Moncada

42

Al día siguiente, temprano, Mario se sentía preparado para abandonar el hospital, por lo que pidió que le dieran el alta, a pesar de la insistencia de los médicos para que estuviese en observación durante algo más de tiempo.

A las pocas horas, montados en un coche oficial del Vaticano, dos hombres fueron hasta el hospital en busca de Mario, a quien, finalmente, le estaban preparando los papeles para abandonar el centro.

Al verle, uno de los hombres que el Papa había enviado se acercó a Mario.

—¿Señor Mario Parra? Su Santidad el Papa Benedicto XVI le invita cortésmente a reunirse con él en el Palacio del Vaticano. Tenemos un coche abajo esperando.

Mario no se sorprendió en absoluto al verlos, pues, de hecho, les esperaba.

—Sin duda, y gustosamente, acepto la invitación de Su Santidad —respondió, acompañando a los dos hombres.

Al salir del hospital, Mario pudo sentir el aire fresco acariciando su cara, y respiró profundamente. A pesar de que era un día común para cualquier persona sobre la faz de la tierra, para él todo había cambiado. Había visto crecer al hombre como especie llegando a poblar el planeta entero y adaptando su entorno para su prosperidad. Pero negándose a sí mismo sus orígenes. Mario ahora poseía un conocimiento que le hacía ver todas las cosas desde un punto de vista totalmente distinto. Aunque no sabía si sería capaz de comunicarse con el mundo en el que vivía, para intentar abrirle los ojos.

El trayecto en el lujoso y confortable coche oficial no duró más de veinte minutos, y en cuanto llegaron al Vaticano, le condujeron hasta la capilla privada del Papa. La misma capilla en la que hubiese perdido la vida de no ser por él.

—Su Santidad —anunciaba nada más entrar uno de los hombres que fue a recoger a Mario mientras se acercaban al Santo Padre.

El Papa se levantó de la silla sobre la que descansaba y se giró expectante.

Durante un par de segundos, atónito, Ratzinger se quedó mirando a aquel hombre que durante tanto tiempo soñó con conocer.

—Por favor, déjenos a solas —indicó el Papa, con la voz entrecortada.

Al momento, las puertas de la capilla se cerraron permaneciendo dentro tan sólo Mario y Ratzinger.

Iván Moncada

—¿Cómo es posible? —Preguntó con desasosiego al reconocer y recordar perfectamente la cara de la persona que tenía delante —¿Eres realmente tú?

—Sí. Soy yo, el mismo que le dio aquella nota después de que la bomba casi nos matase.

—¿Eres un milagro de Dios, enviado para mostrarme el camino?

En aquel momento, Mario unió sus manos con las del Pontífice para ayudarle a sentarse, pues Ratzinger estaba casi petrificado por su presencia.

—No. No lo soy. Pero gracias a usted he logrado encontrarme a mí mismo y alcanzar la sabiduría necesaria para comprender el misterio de la creación. Aunque no es la misma que predica su credo.

Ratzinger agachó la cabeza por un momento para pensar. Toda su vida la había dedicado a Dios y a la Iglesia, pero necesitaba saber la verdad, aunque supusiese caer en el abismo del desconsuelo si nada era como siempre había creído. Después, miró nuevamente a Mario a los ojos.

—Muéstramela, por favor.

—Está bien —respondió Mario, pidiéndole que cerrase los ojos, y cerrándolos él a su vez.

Fuera de la capilla, el ayudante del Papa y los dos hombres que fueron al hospital, quienes no eran otra cosa sino alabarderos vestidos con traje, esperaban pacientes a que el Papa diese por concluida la reunión. Apenas diez minutos más tarde,

Iván Moncada

Mario abrió las puertas desde dentro dejando que los demás entrasen.

Desde la puerta, Mario se giró para mirar por última vez al Papa, quien seguía aún sentado, mirando a Mario con gesto calmado y desazón en su mirada. Entonces, Mario asintió una sola vez con la cabeza despidiéndose, y se dio la vuelta pidiendo a los guardias que le acompañasen a la salida.

Ninguno de los hombres que estuvieron esperando en el pasillo supo de qué hablaron en la reunión. Pero, sin duda, veían al Santo Padre muy abatido.

Las horas de ese día pasaron como las de cualquier otro, pero no para todos por igual. Ratzinger había sido testigo de algo que nunca hubiese imaginado que vería o conocería. Y durante toda la noche, buscó una respuesta en su fe, sin encontrarla.

Iván Moncada

43

11 de febrero de 2013. El Vaticano.

Las campanas sonaban en la Basílica de San Pedro antes de que comenzase el consistorio que había programado para la canonización de unos mártires. Benedicto XVI había tenido tiempo suficiente para meditar su decisión. La sensación de no ser respetado por la curia, añadido a su estado de salud, y los eventos personales que tuvieron lugar el día anterior, dieron lugar a un discurso que leyó aprovechando aquella reunión cardenalicia. Benedicto XVI, quien había sido Papa durante ocho años, renunciaba a su papado.

Muy pocos eran los conocedores de la decisión del Papa, por lo que, la noticia, llegó de improviso para todo el mundo. El Papa alegó su delicado estado físico y falta de fuerzas para ejercer el Ministerio Petrino. Aquella noticia se extendió rápidamente como la pólvora y, desde el primer momento, todo tipo de teorías, muchas de ellas conspiratorias, llenaron los debates

323

Iván Moncada

y programaciones especiales sobre su abandono las semanas y meses posteriores. Sobre todo, cuando anunció que se retiraría a la residencia de verano del Papa, Castel Gandolfo. En esa villa, perteneciente a la Iglesia y con mayor extensión que la propia ciudad del Vaticano, estaba ubicado el observatorio científico de la Santa Sede, en donde dos grandes bóvedas protegían los telescopios que usaban los astrónomos religiosos para sus estudios. La veda para especulaciones de todo tipo había sido abierta.

Por su parte, Mario desapareció sin dejar rastro alguno. Durante mucho tiempo, tanto la Interpol como la policía española, estuvieron intentando averiguar su paradero. Pero no había ni rastro de él. El comisario Bermúdez temía que, finalmente, aquella secta religiosa le hubiese encontrado y hubiese acabado con su vida; sin embargo, Bruno tenía sus dudas al respecto, pues un día, decidió ir a hablar con el comandante de la Guardia Suiza para saber quién le había dicho que Mario estaría allí. Pero éste solamente se limitó a contestarle.

—En ningún momento le dije que su compañero estuviera allí, sólo le dije que fuese a ayudar a alguien especial que había allí. ¿Recuerda?

Iván Moncada

44

15 de abril de 2053. NCBI (National Center for Biotechnology Information), Maryland, USA.

Durante largos años, la investigadora Linda Schöeng, de cuarenta y dos años, y uno de los más reconocidos científicos en genética humana, había formado parte del grupo de personas que había logrado, finalmente, descodificar por completo el genoma humano, como a los medios sensacionalistas les gustaba decir. Cuarenta años antes, la comunidad científica solamente había logrado descifrar un bajísimo porcentaje del genoma humano.

Alcanzando los casi tres mil quinientos millones de pares de bases de ADN, y conformando una aproximación de veintisiete mil genes, se había considerado que, más del noventa por ciento, era ADN no codificante o ADN basura. Las cifras actuales eran mareantes, pues se habían descubierto y clasificado una exagerada cantidad de sub-genes a partir de esa "basu-

Iván Moncada

ra" que ayudaban en la formación de los genes principales y, gracias a los que, multitud de enfermedades habían sido erradicadas genéticamente.

Linda era una mujer solitaria, peculiar y algo extravagante, natural de la pequeña localidad de Hellen, al norte de Bergen, en Noruega. Nunca llegó a casarse a pesar de haber tenido varias relaciones. Su pasión, y en realidad su verdadero compañero y amante, era su trabajo. El éxito que había alcanzado ella y su equipo era tremendo. La esperanza de vida del ser humano se había incrementado sustancialmente y, con un gran apoyo gubernamental para realizar ensayos fuera de nuestro planeta, se estaban formando nuevos equipos de investigación para llegar a mejorar al ser humano para su adaptación a distintos entornos. Pero lo que realmente mantenía a Linda inmersa en su trabajo era el todavía noventa por ciento de ADN basura restante.

Como cada martes, Linda salió de las instalaciones para ir a comer al *Delilunch-Mark*, en donde el cocinero y dueño, Mark, le preparaba un excelente Rakfisk noruego, tal y como se lo preparaba la abuela de Linda cuando ésta era niña.

La mayoría de las veces Linda comía sola. Era una de esas costumbres o manías que uno desarrolla con el tiempo. No porque fuese una mujer antipática, sino porque le gustaba meditar y pensar mientras comía. Pero hoy, un hombre mayor que la miraba desde otra mesa, interrumpía su paz. La estaba inquietando y molestando con su pétrea mirada. Y saber que alguien la observaba, simplemente, consumía sus nervios. Linda

Iván Moncada

no acostumbraba a ser grosera, y menos con alguien que seguramente rondaba la ochentena, pero necesitaba decirlo.

—¿Perdone? ¿Quiere algo de mí?

Tras preguntarle aquello, y acompañar sus palabras con un gesto de cabeza y la apertura de sus manos hacia los lados, el hombre se levantó y, ayudado por un bastón, comenzó a andar hacia ella con una vieja bolsa de cuero colgada de su hombro. Luego, al llegar a la altura de la mesa de Linda, sonrió y se sentó con ella.

—¿Perdone? ¿Nos conocemos? —indignada preguntaba al anciano, ya que tenía una memoria privilegiada y sabía perfectamente que nunca le había visto antes.

—Usted es Linda Schöeng ¿Verdad?

Linda se quedó parada durante un segundo, pues no esperaba que aquel hombre tan mayor supiese quien era ella.

—La he estado esperando durante mucho, mucho tiempo —añadió el anciano.

La estupefacción de Linda iba en aumento.

—Sí, mi nombre es Linda Schöeng. Creo no conocerle, aunque veo que usted sí a mí. Y eso de que lleva esperándome mucho tiempo, la verdad, ha despertado mi curiosidad.

El hombre sonreía nuevamente, a la vez que abría su bolsa y sacaba una carpeta de dentro. Después, se la entregó a la científica.

—Sabe, hace muchos años, me prometí a mí mismo que intentaría por todos los medios despertar al hombre de su letargo mostrándole su pasado, pero ha sido una ardua tarea, créame. No obstante, como anteriormente le he dicho, esperaba a alguien como usted. Alguien que pudiese acabar lo que yo empecé.

Linda había cogido la vieja carpeta que el anciano le había entregado mientras le escuchaba. Luego, le respondió levantando las cejas ante aquella extraña situación.

—No sé, de verdad, esto es algo totalmente inesperado. ¿Qué es esto? —reía por compromiso.

—Son sólo unos recortes de periódicos y una libreta de anotaciones —decía el anciano sin darle demasiada importancia —, aunque, en ellos, encontrará algo que seguramente le suscitará preguntas. Preguntas que estoy seguro de que usted sabrá responder.

Linda comenzó a mirarlos por encima. Había retazos de periódicos desde hacía cuatro décadas hasta la actualidad. Todos ellos, sobre descubrimientos científicos. Y la libreta estaba plagada de impresiones de aquel anciano sobre cada uno de ellos.

—Lo siento. No sé qué quiere que haga yo con estos papeles.

—Oh, créame. Quizás ahora no lo comprenda pero, poco a poco, irá siguiendo las pistas igual que yo lo hice, y no lo digo como un acto de fe —miraba a la joven científica directamente a los ojos —. Sobre todo, en esta última parte —le señalaba con el dedo.

Linda miró de nuevo. Junto a las anotaciones del anciano, había unos dibujos hechos a mano de inscripciones antiguas como las que aparecían en las excavaciones arqueológicas que alguna vez había visto en los documentales.

Iván Moncada

—Bueno, si sabe bien quién soy, sabrá también que la arqueología no es mi campo.

—Cierto. Lo sé. Pero no se preocupe, alguien se pondrá en contacto con usted para ayudarle con eso. Ahora sólo quiero que complazca a este pobre anciano y dedique un rato a leer mis apuntes cuando tenga tiempo. Puede que ahora mismo le parezca algo que no tiene nada que ver con usted, pero cuando lo haga, deducirá la tremenda coincidencia que tiene con su trabajo. En concreto, con ese ADN basura.

Mientras Linda escuchaba a aquel hombre, la melodía del comienzo de las noticias en la televisión del restaurante la alertaban de la hora que era.

—Vaya, es algo tarde y he de irme —dijo Linda mientras comenzaba a recoger su bolso, y sin saber bien qué hacer con el anciano y sus papeles.

—Yo...

—No se preocupe señorita. El tiempo es oro y usted tiene mucho trabajo, lo sé. Sólo le pido que se lleve esto y lo lea con calma.

—Bueno, está bien. Me lo llevaré y lo leeré —sonreía la tenaz científica cogiendo la carpeta y llevándosela consigo — Bueno, encantada de conocerle, adiós...eh...

—Viator, mi nombre es Viator, señorita Schöeng. Ha sido un placer conocerla —replicaba el anciano que, después de que Linda abandonase el restaurante, también se marchó.

Pocos minutos después, Linda llegó al centro y se dirigió a su departamento. Allí, una de sus compañeras, Melani, permanecía pegada al microscopio hasta que la vio llegar.

—¿No te he visto en el comedor?

—Ah, bueno, hoy he ido a comer donde Mark. Aunque creo que no debiera haberlo hecho. Un viejo se ha sentado en mi mesa interrumpiéndome.

—Vaya, ¿por fin has comido acompañada por un hombre y te quejas? Jajajaja —reía Melani.

—Puf… calla, calla…

Linda se puso a trabajar. Tenía que aislar unas proteínas de una muestra para sintetizarlas, pero, no mucho tiempo después, el teléfono de su mesa comenzó a sonar.

—¿Sí?, ¿dígame?

—¿Doctora Linda Schöeng?

—La misma, ¿quién es?

—Hola, soy el doctor Goker, de la universidad de Estambul. Nos ha costado muchísimo levantar la losa que cubría el acceso a la cámara pero, ya tengo digitalizado todo lo encontrado. Es fascinante. ¿Dónde se lo envío?

—¿Cómo? Perdone, pero creo que se está equivocando.

—¿No es usted Linda Schöeng?

—Sí, pero…

—Entonces es a usted a quien se lo tengo que enviar. Esas fueron las condiciones del señor Viator para desvelarme la ubicación de la sala del tiempo de la antigua Constantinopla. ¿Me da un email?

—¿Viator? —se decía a sí misma, pensando en el anciano que acababa de conocer —Oh Dios mío, pero qué diablos…Está bien, apunte.

Linda le dio su dirección de correo electrónico y, segundos después, lo recibió y abrió.

En el correo había un archivo adjunto extremadamente pesado y que tardó en descargarse casi dos minutos. Cuando hubo completado la descarga, Linda lo abrió.

En el texto principal del email, del doctor Goker había escrito:

"Tenía razón. Cada grupo de figuras de la parte superior de cada una de estas inmensas piedras, corresponde a una secuencia concatenada en base de tres con cada una de las figuras inferiores. Como los nucleótidos del ADN humano.

No tengo palabras. Esto hay que verlo en persona para poder creerlo."

Frente a la pantalla de su ordenador, Linda leía a Goker totalmente alucinada por lo que decía —¿Qué?... ¿Similitudes entre inscripciones y los nucleótidos del ADN?... —pensaba Linda.

Inmediatamente, la doctora abrió el archivo adjunto. En él, veía con excepcional detalle un total de doce losas repletas de inscripciones y, al final del archivo, nuevamente el doctor escribía. En esa parte, Goker había traducido las partes superiores de las losas poniendo el significado numérico y alfabético de cada una de las figuras, haciendo referencia a su colocación piramidal según el "Tetrakys" que la escuela Pitagórica usaba en la antigüedad.

Por un momento, y tal y como el anciano hombre que la abordó en su hora de comida le dijo, enseguida comenzó a ver grandes similitudes con su trabajo. Con un sentimiento extraño,

Iván Moncada

entre intriga y ansiedad, Linda abrió la carpeta que le dio y comenzó a leer, esta vez, con suma atención y detalle.

No sabía ni cómo ni por qué, pero la cabeza de Linda era un hervidero de ideas que no paraban de bullir mientras, lápiz en mano, escribía cada una de las cosas que pasaban por su cabeza. Y así continuó durante horas.

Al día siguiente, después de haber pasado la noche entera en el laboratorio, llamó a un compañero del departamento de informática. Linda tenía una teoría en la cabeza, y le explicó lo que necesitaba. Rápidamente, éste comenzó a trabajar programando una aplicación en la que cruzar la información obtenida por el doctor Goker y las investigaciones efectuadas por Linda sobre el ADN basura. El departamento de Linda trabajaba frenéticamente para realizar las comprobaciones que la doctora tenía en la cabeza y, después de setenta y dos horas de codificación en el programa informático, obtuvieron un resultado.

—Doctora Schöeng, el programa ha finalizado el cruce de datos que pidió —informaba el técnico informático a la doctora, que acababa de llegar al centro.

Eran las siete de la mañana, y Linda se dirigió directamente al ordenador.

—¿Ha habido algún resultado?

—La verdad es que ha habido alguno, sí, ha habido exactamente un total de tres millones, trescientas treinta y tres mil, trescientas treinta y tres páginas.

Linda comenzó a mirar los datos, pero parecían simples páginas llenas de cifras sin demasiado sentido. Pensaba que tenía algo, pero al ver aquello, se quedó parada y pensativa.

Iván Moncada

Sabía que allí debía haber algo. No sabía qué podía haber pasado. Estaba segura.

En ese preciso instante, recordó al anciano y cómo le señalaba una parte específica de sus apuntes. Directamente, Linda fue a cogerlos de nuevo. Pasó las páginas de la libreta, y llegó hasta dónde Viator le indicó.

—¡Eso es! —exclamó linda.

—¿Metiste también las figuras digitalizadas de Goker en el programa? —preguntaba al programador.

—Sí.

—Por favor, sustituye ahora los números y letras resultantes por las figuras.

Obediente y cooperativo, el técnico tecleó para modificar el tratamiento de datos. A los pocos segundos, tenía el resultado.

—¡Dios mío! ¡Dios mío! —decía Linda al ver lo que aparecía ante sus ojos —¡No es basura! ¡Sabía que no era basura! —repetía una y otra vez. Mientras sus compañeros se arremolinaban a su alrededor.

*   *   *

Una semana después, el planeta entero se hacía eco de la noticia. La doctora Linda Schöeng había decodificado por completo el ADN humano. Para sorpresa de la humanidad, no sólo contenía la información de si un individuo tenía los ojos azules o el pelo rubio, sino, que en él, con ayuda de unas claves encontradas en unas inscripciones que tenían miles de años, se habían hallado más de tres millones de páginas en las que se explicaba la procedencia del ser humano y los secretos del Universo que durante tantos años el hombre había anhelado.

Apenas se habían logrado traducir un dos por ciento de la información que contenían aquellas páginas, pero desde la lectura e interpretación del primer símbolo, la humanidad comenzaba a despertar de su letargo.

FIN

Iván Moncada

Agradecimientos

Quiero agradecer y dedicar esta novela a mi mujer, Fátima.

Y a mi familia, por estar siempre ahí.

Quiero agradecer también, no sé si directa o indirectamente, a todos aquellos que han participado y logrado que el canal Historia produzca y emita esa trepidante, interesante y fabulosa serie llamada "Ancient Aliens" cuyo visionado ha despertado mi interés por la teoría de los antiguos astronautas y ha hecho volar mi imaginación.

www.ingramcontent.com/pod-product-compliance
Lightning Source LLC
Chambersburg PA
CBHW030926260626
47169CB00002B/383